3121 | ALF

YAĞMU

SİNAN AKYÜZ

1972'de Iğdır'da dünyaya geldi. Gazeteci, fotoğraf sanatçısı ve köşe yazarı da olan Akyüz çok okunan romanlarıyla tanınmaktadır.

Yazarın tüm kitapları Alfa Yayınları tarafından basılmaktadır:
Etekli İktidar
Bana Sırtını Dönme (cep boyu da basılmıştır.)
İki Kişilik Yalnızlık (cep boyu da basılmıştır.)
Yatağımdaki Yabancı (cep boyu da basılmıştır.)
Sevmek Zorunda Değilsin Beni (cep boyu da basılmıştır.)
Aşk Meclisi
Piruze: Şam'da Bir Türk Gelin (cep boyu da basılmıştır.)
İncir Kuşları (midi boyu ve 50. baskıya özel ciltli de basılmıştır.)
Şahika & Feraye (midi boyu da basılmıştır.)
Kavuşma: Piruze ve Oğulları (midi boyu da basılmıştır.)
Aşk Başka Evde
Bir Evlilik Komedisi
Yağmurun Gelini
Solgun Karanfil
Meyra

akyuzsin1@gmail.com
f /SinanAkyüz(Yazar)
f /SinanAkyüzOfficial
/AkyüzSinan

Yağmurun Gelini

Yayıncı ve Genel Yayın Yönetmeni M. Faruk Bayrak
Genel Müdür Vedat Bayrak
Yayın Yönetmeni Mustafa Küpüşoğlu
Kitap Editörü Özgür Batur
Kapak Tasarımı Füsun Turcan Elmasoğlu
Sayfa Tasarımı Elif Çepikkurt

ISBN 978-605-171-448-6

1. Basım: Şubat 2017
22. Basım: Şubat 2021

Baskı ve Cilt
Melisa Matbaacılık
Çiftehavuzlar Yolu Acar Sanayi Sitesi No: 8 Bayrampaşa-İstanbul
Tel: (212) 674 97 23 Faks: (212) 674 97 29
Sertifika No: 45099

Alfa Basım Yayım Dağıtım San. ve Tic. Ltd. Şti.
Alemdar Mahallesi Ticarethane Sokak No: 15 34410 Cağaloğlu-İstanbul
Tel: (212) 511 53 03 Faks: (212) 519 33 00
www.alfakitap.com - info@alfakitap.com
Sertifika No: 43949

SİNAN AKYÜZ

Büyük Dertler Dilsizdir

Yağmurun Gelini

ALFA

Bu kitap gerçek bir hayat hikâyesinden esinlenerek yazılmıştır...

Küçük üzüntüler konuşurlar,
büyük dertler dilsizdir.
(Nijerya Atasözü)

Âdem cennetten kovulup yeryüzünde yapayalnız kaldığı günlerden birinde, Allah'a kendisini affedip tekrar cennetine kabul etmesi için diz çöküp yalvardı. Yakarışı biter bitmez yağmur başladı ve bir hayli uzun sürdü. Yağmur dinince Allah, Âdem'e bir gökkuşağı gönderdi ve ayağa kalkmasını işaret etti. Eğer gökkuşağının altından geçmeyi başarırsa cennete ulaşacağını söyledi. Ve Âdem, umut etmeyi öğrendi...

DÜĞÜN

Kilis, Atmalı Köyü, Haziran 1959

O gün bütün köy halkı oradaydı. Harman yerinde açılan nakışlı çulların üzerinde oturmuş bekliyorlardı...

Etrafta hummalı bir hazırlık vardı. Büyük kazanlarda yemekler pişiyor, gelen konuklar tek tek ağırlanıyor, kızlar kınalı elleriyle ayran ikram ediyordu.

Bir süre sonra harman yeri o kadar kalabalıklaştı ki, gökten iğne düşse yere inmezdi. Köy, köy olalı ne böyle bir kalabalık görmüştü, ne de böyle bir hazırlık...

Evlerde hiç kimse kalmamış, çoluk çocuk herkes gelmişti. Hatta çevre köylerden ve uzak diyarlardan da konuklar gelmişti, fakat bir tek o gelmemişti...

Vakit ilerliyordu. Harman yerinde bekleyen kalabalık biraz tedirgin olmaya başladıysa da, kimse birbirine belli etmemeye çalışıyordu. Sadece aralarından yaşlı biri başını yukarı kaldırıp gözlerini kamaştıran güneş ışığına doğru elini siper ederek, "Bu bekleyiş hayra alamet değil," dedi kendi kendine.

Hâlbuki o sabah bir başka doğmuştu güneş. Tanyeri ağarırken büyük bir heyecanla uyanmışlar, sıcak gözleme ve tereyağıyla kahvaltılarını etmişlerdi. Kızlar en güzel elbiselerini giymiş, saçlarındaki örgüleri kır çiçekleri ve boncuklarla süslemiş, dövmeli alınlarına gümüş pulları dizmiş, burunlarına işlemeli hızmaları takmışlardı. Erkekler ise sandıklardan gül yağlarını çıkarmış, üzerlerine sürmüşlerdi...

Çok geçmeden bütün köyde, tören evinin hazır olduğunu bildiren zurnanın sesi yankılandı. Dünden gelen konuklar zurna eşliğinde tek tek ağırlandıkları evlerden alınıp törenin yapılacağı harman yerine getirildi. Rengârenk giyinmiş kadınlar alanı çiçek tarlasına çevirmişti.

Vakit ilerledikçe sabahki bu tatlı telaşın ve heyecanın yerini tuhaf bir huzursuzluk almış, şen şakrak sohbetler yerini mırıldanmalara bırakmıştı.

Davulcuların uzaktan yaklaşan kafileyi fark etmesiyle birlikte ortalık yeniden hareketlendi. Hüküm sürmeye hazırlanan sessizliğe inat hemen karşılama havasını çalmaya başlayan çalgı ekibi eşliğinde beklenen son konuklar ayaküstü selamlaştıktan sonra yerlerine oturdular. Artık okuntusunu alıp da gelmeyen hiç kimse kalmamıştı.

"Nerde kaldı bu deli oğlan?" diye söylendi Berivan Kadın, harman yerindeki son hazırlıkları yakından takip eden kocasına.

Kocası Ferman yemek kazanlarına doğru ağır ağır yürürken, "Atın iyisine doru, yiğidin iyisine deli derler kadınım. Meraklanmayasın, Şiyar'ım her nerdeyse gelir," diye cevap verdi.

Birden, köyü ikiye bölen derenin karşı yamacından kadınların zılgıt sesleriyle beraber davulcuların sesleri duyuldu. Ortalık bir anda hareketlendi. Kadınlar kendilerine çekidüzen verip ayaklandılar. Karşı yamaçtan kopup gelen zılgıt seslerine ahenkli zılgıtlarıyla karşılık verdiler. Bu sesler insanın içini kıpırdatıyordu.

Davullar bu sefer büyük bir şevkle çalmaya başladı. Renk cümbüşü içindeki kadınlar erkeklerin kollarına girip halaya tutuştu.

"Bey, ben şimdi neyleyeyim?" dedi Berivan Kadın telaşlı bir sesle. "Bak! Düğün alayı gelir."

"Meraklanmayasın," diye karşılık verdi Ferman, ama bu kez sesinde bariz bir kaygı vardı.

Düğün alayı harman yerine yaklaşırken davullar sanki daha bir gür, zurnalar daha bir kıvrak çalıyordu. Sürmeli gözlü kızlarla bıyığı yeni terlemiş delikanlılar daha istekli bir şekilde halay çekiyordu. Bütün herkes büyük bir heyecan içerisindeydi.

Bir vakit sonra düğün alayı köye yaklaştığında, güneşin dik ışıkları da yavaşça eğilmeye başlamıştı. Rüzgâr iğde ağaçlarının yaydığı kokuları taze çimenlere bulayıp öyle getiriyordu. Ayrıca havada mis gibi bir de toprak kokusu vardı. Çocuklar az sonra gelinin başından dökülecek ince jelatine sarılı renkli şekerleri toplayabilmek için hazırlık yapıyordu.

Beyaz atın üzerindeki gelin yavaş yavaş belirginleşmeye başlamıştı. Düğün alayının en önünde yürüyen kişi elinde tepesi iğde dalları ve kır çiçekleriyle süslenmiş, ucunda bir bezin olduğu uzunca bir direk taşıyordu. Bez iki renkliydi: yeşil ve kırmızı...

Yeşil; canlılığı, hayatı ve üretkenliği, kırmızı ise zoru ve özgürlüğü simgeliyordu. Bu iki renk, kadının simgesiydi. Her gelin olan kıza eşlik ederdi bu bez. Bir de iğde dalları ve çiçekler, bir tutam da gümüş renkli gelin teli...

Nihayet gelin göründü. Adı Delal'di... Beyaz atın üzerinde kuğu gibi duruyordu. Dik ve mağrur... Çivit mavisi elbisesini gökkuşağının bütün renkleri süslüyordu. Başının üzerindeki gümüş pulların süslediği festen yüzüne doğru kıpkırmızı ipek bir duvak iniyordu. Saçlarının arasından binbir renkli şifon, ipek puşiler sarkıyordu. Yanağının hemen yanında bir tutam gelin teli vardı. İnce belini ağabeyi Aso'nun bağladığı, gelinin bekâretini simgeleyen kırmızı bir kurdele sarıyordu...

Ağabeyi Aso, kız kardeşi Delal'i hep el üstünde tutmuştu. Pamuk gibi ellerini sıcak sudan soğuk suya değdirmemişti. Delal silah kuşanmayı, atın üstünde rüzgârla yarışmayı ondan öğrenmişti. İki kardeş en çok da yağmuru severdi. Gökten iri iri damlalarıyla yağmur düşmeye başladığında, kalın beyaz bir naylonu avluya gerip yağmurun çıkardığı sesi dinlerlerdi. Bazen de yağmurun altına büyük bir çinko tepsi koyar, düşen damlaların sesiyle mest olurlardı. Hele bir de yağmur altında at koşturmak yok muydu? O anda tarifi imkânsız bir hazla sırılsıklam oluncaya kadar atlarını yarıştırırlardı...

Gelin atının başı da boncuklar ve çiçeklerle süslenmişti. Sırtında nakışlı bir örtü, onun üzerinde de türlü işlemelerle bezenmiş bir eyer vardı. Eyerden birkaç sıra mavi göz boncuğu ve rengârenk püsküller sarkıyordu. Gelin de, üzerine bindiği atı da yıllarca saklanacak bir tablo gibiydi...

Davulcular önlerine köçekleri katıp gelini karşılamaya giderken, "Bey!" diye bir kez daha seslendi Berivan Kadın. "Gelin indi inecek. Nerde kaldı bu oğlan?"

Ferman sustu. Bu sefer karısına, "Meraklanmayasın," diyemedi. Bakışlarını ondan kaçırdı, yemek kazanının altına odun atmaya koyuldu. Berivan Kadın kocasının yanına daha bir sokuldu.

"Duydun mu beni?" dedi endişeli bir sesle. "Gelin indi inecek. Şiyar'ım hiç böyle yapmazdı..."

Ferman karısının sözünü kesti.

"Beklemek lazımdır."

Berivan Kadın'ı bir düşünce sardı. Başını usulca çevirip yeşil gözlerini uzaklara dikti. Tam o sırada gece gibi siyah bir at... Yelesi kırk örük örülmüş, perçeminde türlü boncukların dizildiği, yuları boşalmış bir at... Bir suçlu gibi başı öne eğik... Gümüş eyerinin üzerinde süvarisi yok... Hızlı adımlarla yaklaşıp kalabalığın arasına girmedi, daha doğrusu girmeye cesaret edemedi. Öylece durdu ötede. Dünya o anda taş kesildi sanki. Dereler akmıyor, kuşlar uçmuyor, yapraklar kıpırdamıyordu. İğde kokuları da gelmiyordu artık...

"Bu Şiyar'ımın atıdır," diye bağırdı Berivan Kadın.

Birden zılgıtlar sustu. Davul ve zurna sesleri bıçak gibi kesildi. Halay çekenler öylece kalakaldı, konuklar nefes dahi almıyordu. Bütün herkes sözleşmişçesine aynı noktaya bakıyordu.

Ferman oğlu Şiyar'ın atını o halde görünce bir an ne yapacağını şaşırmış, yemek kazanın altına odunu atayım derken, kor ateşin içine daldırmıştı elini. Kıpkırmızı koru avuçladığını hissetmemişti bile...

Birden tiz bir zılgıtla yırtıldı sessizlik. Bu öyle bir sesti ki, insanın içine işliyordu âdeta. Bir alev topu gibi yürekleri dağlayıp karşı dağlarda yankılandı. İçine düşen ateşi bu sefer acı bir zılgıtla ilan ediyordu Berivan Kadın, gözyaşlarına baraj olsun diye. Sonra arkasından diğer kadınlar devam etti, onun sesinin tükendiği yerde...

Delal'in kalbine derin bir acı saplanmıştı. Sert bir hamleyle yüzünü örten ipek duvağı çıkarıp fırlattı. Konukların şaşkın bakışları arasında koşup harman yerini aştı, Şiyar'ın atı Cengâver'in sırtına bindi. İki bacağını ata dokundurup, "Deh!" diye bağırdı. "Beni Şiyar'a götür."

Delal nereye gideceğini, Şiyar'ı nerede bulacağını sanki biliyor gibiydi. Kim bilir belki de hâlâ sınırdan gelecek olan bir arkadaşını bekliyordu. Bir yandan da beybabasını aklına getirdi. Az önce eli bileğine kadar yanmıştı. Ama Şiyar'ı görünce acısının hafifleyeceğini umuyordu. Bu düşünceyle dizginlere daha güçlü bir şekilde asıldı, bacaklarını bir kez daha ata dokundurup, "Deh!" diye bağırdı.

Cengâver rüzgâr gibi koşmaya başladı. Diğer atlılar da peşlerine takılmış, onları takip ediyordu...

Bir süre sonra Cengâver, Delal'e bir şey söylemek ister gibi ansızın durdu. Delal bacağını siyah atın yelesinin üzerinden savurarak indi, o sırada yakınlardaki bir kayalıktan gelen cılız bir ses duydu. Hızla sesin geldiği yöne doğru koştu. Şiyar büyük bir kayaya sırtını vermiş, hareketsiz bir şekilde duruyordu. Onu ilk defa bu halde görüyordu Delal.

"Şiyar!" diye avazı çıktığı kadar bağırdı.

Şiyar hiçbir tepki vermedi, veremedi. Delal hızla yanına gitmiş, kanla yıkanmış başını usulca dizlerinin üzerine koymuştu. Şiyar hafifçe gülümseyip son defa sevdiğine baktı. Ona tek bir şey bile söyleyemeden sürmeli siyah gözlerini sonsuza dek kapattığında, avcunun içinde altın bir bilezik, hemen yanı başında da gök mavisi elbiselik bir kumaş parçası duruyordu...

Delal âdeta donup kalmıştı. Uzunca bir süre hiç kıpırdamadan öylece durdu. İşin en kötü tarafı da, ela gözlerinden bir damla yaş akmıyordu. İçinden kopup gelen keskin, azap verici fırtınanın sesini dinliyordu sadece...

Hava artık iyiden iyiye kararmıştı. Hafif hafif esen rüzgâr gündüzün sıcaklığından eser bırakmamıştı. Harman yerindekiler ellerinde tuttukları meşalelerle ölüm sessizliğinde bekliyorlardı.

Birden ön taraflarda bir hareketlenme oldu. Delal, Şiyar'ın cansız bedenini Cengâver'in sırtına yüklemiş, karanlıkta ağır ağır köye doğru ilerliyordu. Diğer atlılar da ona eşlik ediyordu.

Cengâver harman yerinin yakınına geldiğinde kendiliğinden duruverdi. Sanki herkesten utanıyor, harman yerine Şiyar'sız girmek istemiyor gibiydi. Delal ise gözlerinde kor bir acıyla atın üzerinde bir kavak gibi dimdik oturuyordu.

Şiyar'ın cansız bedenini yavaşça attan indirip nakışlı çulun üzerindeki kalın yün döşeğe yatırırlarken, Berivan Kadın dağlara, taşlara acısını ilan edercesine tiz bir zılgıt yaktı. Sesinin tükendiği yerde diğer kadınlar yine ona eşlik etti.

Ferman ruhu bedeninden çekilmiş bir halde oğlunun başına geldi. Alnına düşen perçemi kana bulanmıştı. Gösterişli bedenini saran beyaz gömleğinin üzerinde bir kurşun yarası vardı.

Birden kaya gibi ağırlaştı. Sanki bin yıl yaşlanmış gibiydi. Yün döşeğin üzerinde yatan oğlunun cansız bedenine uzun uzun baktı, sonra geriye doğru birkaç adım attı. Bir beze sarılı yaralı elini havaya kaldırıp gökkubbeyi titreten bir sesle haykırdı:

"Bu ne sessizliktir? Bilmez misiniz, Şiyar'ımın düğünüdür bugün. Çalın davulcular. Ne durursunuz kadınlar? Dilinize ne oldu? Zılgıtlarınız neden susar?"

Bir anda zılgıtlar koptu, davullar çaldı. Kadınlar ve erkekler mavzerlerine sarılıp havaya ateş açtı. O gece sinsin ateşinin karanlığı yırttığı harman yerinde sabaha kadar ne zılgıtlar sustu, ne de davullar. Şiyar, düğünü için hazırlanan gerdek odası yerine, aynı düğün alayının eşliğinde mezarına kondu...

O gün yukarıda bir yerlerde melekler Şiyar'ın yaşamına son noktayı koyup divitlerini kırdılar. Böylece Şiyar'ın kısacık hayatı dengbejlerin sesinden ağızdan ağza ölümsüzleşirken, aynı melekler bu sefer de ellerine tüylü uçlu divitlerini alıp Delal'in alınyazısını yeniden yazmaya koyuldular...

YAĞMURUN GELİNİ

Bir ay önce...

Bahar yağmuru berrak gökyüzünden kristal damlaları halinde iniyordu. Delal ile Aso atlarıyla birlikte tepedeki bir oyuğa sığınmış, ıslanan bedenlerini kurulamaya çalışıyorlardı.

Delal başındaki yazmasını çıkardı, çamaşır sıkar gibi yapıp suyunu akıttı. Uzun ve kumral saçları hafif dalgalıydı. Yanakları pembemsi, dudakları da kendini fazlasıyla gösteren bir kırmızılıktaydı...

Aso kız kardeşine büyük bir sevgiyle bakıp, "Üşüdün mü?" diye sordu.

"Yok, üşümedim."

Ağabeyi gülümsedi.

"Bahar yağmurudur. Haşin yağar, ama çabuk geçer."

Delal de gülümserken, "Bak abi, bak!" dedi heyecanlı bir sesle. "Dediğin gibi olmuştur. Yağmur dindi, gökkuşağı çıktı. Hadi! Atlarımıza binip gökkuşağının altından geçelim."

Aso bindi hemen atına, bir anda uzaklaştı. Atı dörtnala koşarken, Delal de arkasından yetişmeye çalıştı. Aralarındaki mesafe biraz açılmış, ağabeyi hafif alaycı bir sesle bağırıyordu:

"Pes et kız, pes et! Yenildiğini kimseye söylemem."

Delal hiç olmadığı kadar hırslanmıştı.

"Rüyanda görürsün," diye bağırdı arkasından.

Aso birden dizginleri çekip atını yavaşlattı. Delal kısa bir süre sonra yanına geldiğinde, "Neden yavaşladın?" diye sordu.

"Burdan öteye gidilmez..."

Delal işaretparmağıyla gökyüzünü gösterip sözünü kesti.

"Bak!" dedi. "Yağmurun gelinine bak."

Delal'in o anda içi içine sığmıyor, yerinde duramıyordu. Aso başını kaldırdı, Delal'in işaretparmağıyla gösterdiği yere baktı. Sınırın öbür tarafında gökyüzünü renkli tüllerle bir yay gibi ikiye bölen gökkuşağını gördü.

"Hadi!" dedi Delal, sesinde karşı konulmaz bir istek vardı. "Hadi, altından geçelim."

Yağmur iyice dinmiş, etrafta ılık bir bahar kokusu vardı. Aso bir süre Suriye toprakları üzerindeki gökkuşağını hayranlıkla izledikten sonra, "Burdan öteye gidilmez bacım," dedi kararlı bir sesle. "Mayınlar vardır."

Hiç kuşkusuz Delal de bu gerçeği biliyordu. Karşısı Suriye topraklarıydı. Üstelik mayınlarla döşenmiş, kanla sulanmış, canla sınanmış bir sınır vardı karşılarında...

Aso kız kardeşinin bakışlarındaki hayal kırıklığını fark etmişti. Gönlünü almak için şefkat dolu bir sesle, "Üzülmeyesin," dedi. "Senin dileğin zaten kabul olmuştur. Yakında Şiyar'la düğünün olacak. Hem bakarsın düğününde yağmur da yağar. Sen de **'YAĞMURUN GELİNİ'** olursun."

Delal biraz olsun rahatlamıştı. Sabırsız bir şekilde bacaklarını atının iki yanına dokundurup, "Deh!" diye bağırdı. "Hadi, öyleyse köye kadar yarışalım."

***

Uçsuz bucaksız sınır bölgesi kilometreler boyunca uzanıyor, mayınlar pek çok zahmetle döşeniyordu sınır boyuna…

Mayınlama çalışmaları üç kişilik ekipler tarafından yapılıyor, bu askerler genelde istihkâm astsubaylarından oluşuyordu. Askerlerden biri elli adetlik mayın sandığını taşıyor, diğeri ayakkabı bağına benzeyen özel bir naylon iple mayını sandıktan çıkarıyor, bir diğeri de toprağa gömüyordu.

O gün de 122. Seyyar Alay Süvari Bölük Komutanı Teğmen Cevdet atına binmiş, sınır boyunu geziyordu. Bir çavuş koşarak yanına geldi, asker selamını çaktıktan sonra, "Komutanım," dedi. "Mayınlar döşendi, dikenli teller çekildi."

Teğmen Cevdet selamına aynıyla karşılık verirken, "Teller sağlam oldu mu bari?" diye sordu.

Çavuşun bu sefer sesi daha gür çıktı:

"Evet, komutanım. Hatta ek kazıklarla bir güzel destekledik."

"İyi! Çünkü yakında Alaaddin Paşa teftişe gelecek. Sonra, 'Bu olmamış,' diye bir laf etmesin bize."

Çavuş, "Kimsenin laf edeceğini sanmıyorum komutanım," dedi. "Her şey usulüne uygun yapıldı."

"Çok iyi! Alaaddin Paşa bu sınır boyunu mayınlattığına göre elbet bir bildiği vardır. Belki kaçakçıların bu şekilde sınırdan geçmelerine tamamen engel oluruz. Gerçi geçmek isteyene bu da engel olmaz ya. Neyse... Biz yine de görevimizi yapmış olalım. Bu aralar kaçakçılar epey çoğaldı, gözünüzü dört açın. Mayınları döşeyip bitirene kadar gece devriyelerini de sıklaştıralım."

"Emredersiniz komutanım."

Teğmen Cevdet atının başını çevirip geri dönerken, mayınları ve dikenli telleri döşeyen diğer askerler de yorgun argın bir halde cemselerine biniyorlardı...

***

Akşam olmuş, karanlık çökmeye başlamıştı. Aso duvarda asılı olan idare kandilini yakmaya çalışırken, küçük kız kardeşi Leyla ve Halise de yerde kurulan sofraya tandır ekmeğini ve su testisini bırakıyordu.

Delal elinde tuttuğu yayvan bir kaba etli pilavı koyarken, "Benim güzel anam," dedi içten bir edayla. "Kurban olurum sana. Bana zılgıt çekmeyi öğretsene.

Diğer kızlar zılgıt çekerken ben ağzımı oynatırım. Bir gün anlayacaklar diye ödüm kopar."

Annesi Sultan kırk yaşındaydı. Henüz on beşindeyken gelin olmuş, bir yıl sonra da ilk çocuğu Aso'yu doğurmuştu. Aso'dan sonra tamı tamına yedi yıl hiç çocuğu olmamış, gitmediği hoca, kullanmadığı kocakarı ilaçları kalmamıştı. Ama en sonunda Delal dünyaya gelmişti. Bu yüzden kocası Kendal diğer çocuklarına göre bu kızını bir hayli şımartmış, el üstünde tutmuştu...

Annesi birden gülmeye başladı.

"De git deli kız," dedi. "İşim vardır, görmez misin?"

Delal üsteledi.

"Bak ana! Bana zılgıt çekmeyi öğret, ben de sana nişan almayı öğretirim."

"Sana git dedim. Benimle oyun mu oynarsın? Sen kim, zılgıt çekmek kim? Sen önce kanaviçe işlemeyi öğrenesin. Sonra zılgıta gelir sıra. Tövbe tövbe..."

O sırada kocası Kendal avludan içeri girdi. Merakla, "Nedir alıp veremediğiniz bakayım?" diye sordu.

Delal, babasının yanına koşup boynuna sarıldı.

"Hiç baba," dedi nazlı bir sesle. "Anam bana zılgıt çekmeyi öğretmez. Ne var sanki gösterse? Belki de hemen öğrenirim."

Babası içinden kıs kıs gülerken, "Kızım," dedi. "Hadi, anan öğretti diyelim. Sen şimdi nasıl çekeceksin? Zılgıt durduk yerde çekilmez ki. Zılgıt çekmenin anlamı acı ya da tatlı bir şeyi ilan etmektir. Ben seni bilmez miyim? Boş yere çalar, köylüyü telaşlandırıp başımıza toplarsın. Sen en iyisi yemek pişirmeyi öğren."

Delal'in biraz morali bozulmuştu, ama babasına asla gönül koymazdı. Babasının koluna girip sofranın başına oturturken, "Bugün etli pilavı," dedi karısı Sultan, "kızın yapmıştır."

Delal birdenbire heyecanlandı, yanakları hafifçe kızardı. Babalarıyla birlikte diğerleri de yer sofrasına oturup heyecanla yemeğe tahta kaşıklarını salladılar. Ama daha ilk kaşıkta Aso yüzünü buruşturdu. Kız kardeşine belli etmemeye çalışarak şaka yollu, "Eline sağlık bacım," dedi. "Pilav güzel olmuştur."

Delal safça cevap verdi:

"Afiyet olsun abi."

Babası sofradakilere göz ucuyla bakıp bıyık altından gülümserken, "Ama şekeri biraz az olmuştur," dedi Aso.

Delal ne diyeceğini şaşırdı.

"Şeker mi?"

"He ya, şeker!.. Yoksa pişirirken yemeğe parmağını mı soktun bacım?"

Diğerleri Aso'nun bu sözleri üzerine kahkahalarla gülerken, Delal şaşkın bir şekilde etli pilava baktı. Neden güldüklerini anlamak için pilavdan bir kaşık aldığında, "Abooo!" dedi. "Helva gibi olmuştur."

Babası Kendal gülümsedi, eliyle kızının başını okşarken, "Aman kızım!" dedi şefkat dolu bir sesle. "Sen bakma bunlara. Senin elinden ne olsa yenir."

Karısı Sultan şakayla karışık laf attı:

"Bir bak hele! Kızı yapınca laf yok, ama karısı yapınca demediğini bırakmaz."

O sırada Delal içi pilav dolu yayvan kabı sofradan kaldırmak isterken su testisini devirdi. Aso onun elinden kabı çekip aldı, tekrar sofraya koydu.

"Yok bacım," dedi. "Gel otur. Güzeldir güzel. Ben yerim."

Sofradakiler Aso'yu destekleyerek, "He ya!" dedi babası, "güzel olmuştur."

Leyla muzipçe gülümseyerek, "Valla değişik olmuştur abla," dedi.

Halise de, "He ya! Akşam akşam ağzımız tatlanmıştır," diye söze karıştı.

Annesi kızının kıpkırmızı kesilmiş yüzüne baktı.

"Gel otur," dedi, "gel. Bunda da vardır bir hayır. Mideye indikten sonra tuz da bir, şeker de."

Delal utana sıkıla tekrar sofraya oturdu, herkes gibi o da şekerli pilavı yemeğe koyuldu...

ŞİYAR

Güneş tepelerin ardından çoktan doğmuş, yeni bir gün başlamıştı. Şiyar köy meydanındaki çeşmede atı Cengâver'e su içirirken, bir yandan da Delal'in yaşadığı iki katlı evi gözetleyip ıslık çalıyordu.

Yirmi dört yaşındaki Şiyar, uzun boylu, geniş omuzluydu ve tıpkı babası gibi siyah gözlere sahipti. Saçlarını yana tarar, her gün mutlaka sakal tıraşı olurdu.

Kısa bir süre sonra Delal bir gölge gibi pencerenin önünde belirdi. Pencerenin kenarına sıralanmış, üzerinde Vita yazan teneke kutulardaki rengârenk çiçekleri sular gibi yapıp Şiyar'a beklemesi için eliyle işaret etti.

Şiyar keyifli bir şekilde atının yelesini okşayıp, "Eee Cengâver Efendi!" dedi. "Gördün mü? Ben sana demedim mi? Sevdiğim hemencecik pencereye çıkar diye. Bir de benimle iddialaşmaya kalkarsın."

Cengâver onun karşısında sanki bir suçlu gibi ezildi, bakışlarını kaçırdı. Ama Şiyar çok iyi kalpli ve merhametli bir delikanlıydı. Yeleğinin cebinden şekeri çıkarıp atına uzattı.

"Al," dedi, "al, hadi! İddiayı kaybettin ama gönlüm el vermez yine. Bilesin, bu şeker Delal'imin yüzü suyu hürmetinedir ha!"

Bu sırada yanlarından geçen Mısto Dayı biraz da şaşkınlıkla, "Selamünaleyküm yeğenim," diye seslendi.

Şiyar başını çevirip baktı.

"Ve aleykümselam."

Mısto Dayı etrafa iyice göz gezdirdikten sonra, "Tek başına ne yaparsın burda?" diye sordu.

"Şey..." diye kekeledi Şiyar. "Atım Cengâver vardır. Görmez misin dayı?"

Yaşlı adam güldü.

"Doğru söylersin yeğenim. Koskoca atı görmem mi hiç?"

Şiyar da kendini tutamayıp gülümsedi.

"Sen nereye gidersin böyle dayı?"

"Musabeyli'den gelip eve giderim."

Şiyar az sonra Delal'in geleceğini düşünerek, "Sen çok yorulmuşsundur şimdi," dedi, "e hadi sana uğurlar olsun."

"Sağ olasın yeğenim."

Mısto Dayı arkasını dönüp gideceği sırada, "Ha!" diye seslendi. "Az kalsın söylemeyi unuturum. Musabeyli'de duyduklarıma göre devlet sınırı boydan boya mayınlayacakmış..."

Şiyar, Delal'i az sonra göreceği için o kadar çok heyecanlıydı ki, bu sözlerin üstünde hiç durmadı. Adamı başından savmaya çalışarak, "E hadi dayı!" dedi, "sana uğurlar ola."

***

Delal etrafı iyice kolaçan ettikten sonra gizlice ağıla girdi. Birkaç tane kuzuyu dışarı saldı, kuzulardan biri bahçe kapısını aşarak sokağa kaçtı. Delal bir yandan içten içe gülümsüyor, bir yandan da bağırıyordu:

"Anaaa! Kuzu kaçmış. Gidip hemen getireyim."

Birdenbire annesinin gür sesi kulaklarında yankılandı:

"Tez git getir. Elimde çamaşır yıkarım. Bu kör olasıca kuzulara n'oluyor? Kuzu da sürekli dışarı mı kaçar?"

Delal büyük bir sevinçle sokağa çıktı, kuzunun ters yöne doğru gittiğini görünce, "Hay aksi şeytan!" diye kendi kendine söylendi, sonra da kuzunun peşinden koştu.

Şiyar onun bu haline gülerken, Delal kuzuyu önüne katmış söylene söylene geliyordu. Şiyar bir ara yanına sokulup, "Çabuk bahçeye gel," diye fısıldadı.

Delal utangaç bir tavırla başını hafifçe salladı, sonra da açık kapıdan içeri girdi. Kuzuyu ağıla soktuktan sonra telaşlı telaşlı annesinin yanına gitti.

"Ana," dedi. "Kuzuyu ağıla soktum. Ben şimdi de bahçeyi sulamaya giderim."

Annesi Sultan, kızının yüzüne şaşkın şaşkın bakarken, "Yağmur yağdı ya!" dedi. "Bahçenin neyini sulayacaksın?"

Delal'in pes etmeye hiç niyeti yoktu. Biraz daha ısrarcı davrandı.

"O zaman," dedi, "gider sebze toplarım."

Annesi elindeki sabunlu çamaşırı büyük çinko leğenin içine atıp sinirli bir şekilde ayağa kalktı.

"Sen şaşırdın mı kız? Daha yeni ektik körpeleri, nesini toplayacaksın?"

Tam o sırada Aso yanlarına geldi. Tatlı sert bir ifadeyle, "Anaaa!" dedi. "Elleşme nazlımla. Bırak gitsin bacım."

Şiyar ile Delal'in aşkı köy sınırını çoktan aşmıştı. Elbette bu haber ilk günlerde Aso'nun da kulağına çalınmıştı. Ama o da diğer köylüler gibi Şiyar'a içten içe hayranlık beslemiş, ona gıptayla bakmıştı. Şiyar ne de olsa mert, tuttuğunu koparan yiğit bir delikanlıydı. Üstelik kendisinin de en iyi arkadaşıydı. Kız kardeşinin karşısına ondan daha hayırlı bir kısmet çıkacağına asla inanmamıştı Aso. Ta başından beri ikisinin ilişkisine engel olmadığı gibi, üçü ara sıra birlikte at koşturmaya giderlerdi. Hatta Delal'in onlarla birlikte at koşturmasından dolayı köylüler bir ara rahatsızlık duysa da, bu iki yiğide söz söylemeye ne dilleri vardı, ne de cesaretleri...

Delal süratle yanlarından uzaklaşırken, babası Kendal da bir köşede çalıları kırmakla meşguldü. Kızının çabucak önünden geçip gittiğini görünce, "Hayrola!" diye seslendi. "Aceleyle nereye gidersin?"

Delal o kadar çok heyecanlıydı ki, oralı bile olmadı. "Bahçeye baba, bahçeye..."

Babası arkasından şaşkın şaşkın bakarken, Şiyar mutluluktan âdeta yerinde duramıyordu. Delal hiç vakit kaybetmeden yanına geldi.

"Bir an gelemezsin sandım," dedi Şiyar yüreği titrerken.

Delal gülümsedi.

"Sen gel dersin de, gelmez miyim hiç? Ama bu sefer anamdan zor kurtuldum."

Şiyar ona iyice sokuldu, yanağını okşadı.

"Ben seni çok özledim."

Delal onun bu sözlerinden dolayı utandı, yüzü kızardı.

"Dur, yapma! Bir gören, duyan olacak."

"Şurada ne kaldı ki düğünümüze? Çok yakında helalim olacaksın. Bir kerecik öpeyim bari!"

Delal cilveli ve nazlı bir şekilde geri çekilirken, "Şimdi olmaz," dedi, "helalin olduğumda öpersin."

Şiyar ona bakıp tatlı tatlı gülümsedi.

"Kız," dedi. "Ben seni öpmeye bile kıyamam ki. Hele bir evlenelim, sana gül gibi bakacağım. O güzel yüzünü doya doya seyredeyim, bana yeter de artar bile."

"Hee şimdi böyle dersin, ama evlenince ya benden bıkarsan. Bıkmazsın değil mi?"

Şiyar onun kolundan tutup hafifçe çekiştirirken, "Kız," dedi, "senden bıkar mıyım hiç? Hele gel biraz sokul koynuma."

Delal işveli bir şekilde başını onun göğsüne yaslarken, Şiyar da cebinden bir mendil çıkarıp ona uzattı.

"Al," dedi. "Sakla bu mendili."

Delal şaşırdı.

"Almayayım yiğidim! Mendil ayrılıktır derler, bilmez misin?"

Şiyar onun sözlerini önemsemez bir tavırla, "İnanma bu hurafelere," dedi. "Hadi, al! Allah bizi birbirimize yazmış. Beni senden kim ayırabilir ki?"

Delal ne söyleyeceğini, ne cevap vereceğini bilemediği için sustu. Şiyar elinde tuttuğu al mendili öptü, sonra onun avcuna sıkıştırıverdi...

***

O gün ılık bir öğle sonrası Aso, Şiyar ve Delal arada sırada yaptıkları gibi at koşturmuş, tüfekleriyle bir taşa nişan alıp kendi aralarında yarışmışlardı. Şiyar, Delal'e her defasında bilerek yenilmiş, Aso'ya karşı da hep kazanmıştı...

Aso, terlemiş ve biraz yorgun düşmüş atları yularlarından tutup derenin kenarına su içirmeye götürürken, Şiyar da bağdaş kurup Delal'in yanına oturdu. Cebinden metal tütün tabakasını çıkardı, bir sigara sardı. Yaktığı sigaradan derin bir nefes çektikten sonra, "Delal'im," dedi neşeli neşeli. "Gene tüfek elindedir. Başka kızlar kanaviçe işlerken sen tüfekle oynarsın. Dikkat et, şeytan doldurur! Allah esirgesin, sonra sana da bir zarar gelebilir. Bir şey olursa sensiz ben ne yaparım?"

Delal temizlediği tüfeği yemyeşil çimenlerin üzerine koyarken, bahar güneşi de yeni sürgün veren fidanların açık yeşil yapraklarında parıldıyordu. O anda hafif ve ılık esen bir rüzgâr mis kokuları onlara doğru getirdiğinde, Delal gülümseyip yumuşak bir sesle cevap verdi:

"Aha bu cansız tahta, cansız demirdir! Şeytan nerdedir? Sen hiç kendi kendini öldüren bir tüfek gördün mü ki?"

Şiyar ona hayran hayran bakarken, Delal elini kaldırıp onun başına ve sonra da kalbinin üzerine koydu.

"Aha!" diye fısıldadı. "Şeytan orda ve burdadır. Eğer sen içindeki şeytana kulak asmazsan bir şeycik olmaz. Sen önce içindeki şeytanı sustur."

Şiyar onun bu sözlerinden bir hayli etkilenmişe benziyordu.

"Bak hele!" dedi şaşkın bir ifadeyle. "Neler de bilirmiş sevdiğim. Sen nerden öğrenirsin bu lafları?"

Delal ona bakıp gülümsediği sırada, birkaç atlı adam ellerinde tuttukları tüfeklerle başlarında belirdi.

"Selamünaleyküm," dedi içlerinden biri.

Şiyar başını kaldırıp kısa bir an adamlara baktıktan sonra, "Ve aleykümselam," diye karşılık verdi. "Nasılsın Reşo Dayı?"

Reşo kır saçlı, ince yapılı, kırk-kırk beş yaşlarında bir adamdı. Oralarda sözü geçen biriydi. Herkes onu sever, sayardı. Bunda en önemli etken de, kaçakçıların başı olmasıydı.

"Nasıl olalım?" dedi keyifsiz bir sesle. "Devlet bize aç kal, öl der."

Şiyar oturduğu yerden ayağa kalktı, Reşo da atının üzerinden atlayıp cebinden tütün kesesini çıkardı. Bir sigara sarmaya koyulurken, "Ne oldu Reşo Dayı?" diye sordu Şiyar. "Bugün pek bir neşesizsin."

"Daha ne olsun Şiyar'ım? Devlet eski köye yeni âdet getirmiştir. Böyle giderse ekmeğimizi büsbütün elimizden alacaktır."

Şiyar daha bu sabah Mısto Dayı'nın çeşme başında söylediği sözleri hatırladı.

"Mayından mı bahsedersin?"

Reşo sigaranın dumanını ağzının içinde dolaştırıp dışarı salarken, "He ya!" diye fısıldadı. "Kaçakçılık zor bir iş olmuştur. Artık kefeni cebe koyup öyle çıkmam gerekir yola."

Delal istemeden de olsa konuşulanları duymuş, işittiklerine şaşırmıştı. Şiyar sıkıntılı bir halde sigarasını içerken, "Koca devlet," dedi, "tütünümüzden, çayımızdan ne ister ki?"

Kaçakçı Reşo bayağı tedirgin görünüyordu.

"Hiç sorma! Geçen gün sınırın öbür tarafına götürdüğüm şamfıstığını mayınlı arazide bırakıp kaçmak zorunda kaldım. İki çuval fıstık heba oldu."

Delal hayretler içindeydi.

"Peki," dedi Şiyar meraklı bir şekilde. "Bundan sonra ne yapacaksın?"

Kaçakçı Reşo başını çevirip yanındaki adamlarına baktı, sonra acı acı gülümseyip, "Mayınları," dedi bir çırpıda, "sökmeyi öğreneceğiz. Az önce dedim ya Şiyar'ım. Ne de olsa artık kefenimiz cebimizdedir..."

FALCI BACI

Çingeneler şafak sökmeden Atmalı Köyü'ne gelmiş, çadırlarını kurmuşlardı. Burada o kadar rahat davranıyorlardı ki, sanki yıllardan beri bu köyde yaşıyormuş gibiydiler...

Köy meydanına kurdukları onlarca yamalı çadır sanki küçük birer atölyeyi andırıyordu. Göze ilk çarpan çadırlardan birinde kalaycı, diğerinde de kalburcu vardı. Demirci, nalbant, kürkçü çadırı da hemen yanı başlarındaydı.

Kadınlar ve erkekler aynı torna tezgâhından çıkmış gibi birbirlerine benziyorlardı. Esmer tenli ve kara kuruydular. Ayrıca kara kaşlı, kara gözlüydüler. Çoğunlukla dalgalı olan saçları hiç tarak görmemişti. Ama gözleri her zaman ışıl ışıldı, yüzleri güleçti. Son derece açık sözlüydüler ama küstah değillerdi...

O gün de her zamanki gibi köylüler ellerinde takasa değer ne varsa alıp gelmiş, kurulan çadırların önünde takas edeceği malların hesabını yapmaya koyulmuşlardı.

Elbette ufak tefek alacaklar için birkaç yumurta yeterliydi. Ama tozşeker, çay, bir-iki metrelik basma için buğday başta olmak üzere hatırı sayılır miktarda tahıl, bazen de canlı bir tavuğu gözden çıkarmak gerekiyordu. Yaşça büyük kadınlar köye gelen Çingenelerle tatlı bir pazarlığa tutuşurken, genç kızlar da biriktirdikleri yumurtalarla bir kenarda durup sıralarını bekliyorlardı.

Bir süre sonra büyüklerin işi bitip sıra onlara geldiğinde, dantel ipliği, patiska, rengârenk kanaviçe iplikleri ve kum boncukları için bu sefer onlar pazarlığa başlardı. Fakat yaşlı satıcı kadın o âna kadar büyüklerden fazlasıyla kâr ettiğinden genç kızları pek fazla zorlamazdı. Kızlar aldıkları birkaç yumak kanaviçe ipliği için köy meydanını âdeta bayram yerine çevirirlerdi. Ama aralarında en şanslı olanları geçen alışverişten ellerinde kanaviçe iplikleri kalanlardı. Onlar o gün ya boyunlarını süsleyecek kum boncukları ya da saçlarına takacakları ışıltılı taraklardan alırlardı.

Köyün delikanlılarına gelince... Onlar için alışverişin anlamı daha bir başkaydı. Hemen herkes arkasında horoz resmi olan yuvarlak bir ayna, kızılımsı plastik bir tarak ve içinden artist resimleri çıkan sakızların hayalini kurardı. Ama ne yazık ki birçoğu bu hayallerine kavuşamazdı. Cebinde horozlu bir aynası ve kızılımsı plastik bir tarağı olanlar köy yerinde parmakla gösterilirdi.

Hiç kuşkusuz bütün bu yoksulluğa rağmen oralarda hâlâ süregelen çok güzel bir gelenek vardı. Genç kızlar ve delikanlılar kendilerine hiçbir şey bile alamasalar da, en azından yavuklularına vermek için birer mendil alırlardı...

***

Delal o sabahki işlerini çoktan halletmiş, arkadaşı Fidan'la birlikte soluğu çadırların yanında almıştı.

Kalbur tamircisi adam büyük bir titizlikle delik deşik olmuş kalburu inceleyip ona geri uzatırken, "Bu tamir olmaz," dedi, "bunun işi bitmiş."

Fidan ısrar etmedi. Hemen yenisini ısmarlayıp oradan uzaklaştıkları bir sırada, "Kız," dedi heyecanlı bir sesle. "Gel hele! Şurada bir falcı vardır. Kime ne dediyse çıkmıştır. Vallahi de Evliya gibidir."

Delal de heyecanlanmıştı.

"Hakkat mı?"

Fidan onun koluna girip çekiştirirken, "Hakkat kız!" dedi. "Her bir şeyi bilirmiş."

İki arkadaş peş peşe çadırdan içeri girdiklerinde, ön dişleri altın kaplı bir kadın onlara hafifçe gülümseyip, "Buyurun, kime baktınız?" diye sordu tiz bir sesle.

Fidan hemencecik bir adım öne çıkıp cevap verdi:

"Falcı bacıya bakmıştım."

Kadın bu sefer altın kaplı dişlerini iyice göstererek güldü.

"Buyurun, falcı benim," dedi.

Fidan da gülümsedi.

"O vakit hele bak şu falıma."

Falcı kadın ikisini de yerdeki yırtık pırtık bir kilimin üzerine oturttu, sonra da karşılarına geçip masmavi gözlerini Delal'in gözlerine dikip uzun uzun baktı. Tam ağzını açıp bir şey söyleyecekti ki, "Onun falına bakılmıştır," dedi Fidan bir çırpıda. "Sen bana bak."

Falcı kendisine söyleneni duymamıştı bile. Masmavi gözleriyle hâlâ Delal'e bakıyordu. Delal bir ara elinde olmayarak aklından Şiyar'ı geçirmiş, çoktan dileğini tutmuştu.

Falcı kadın, "Tuttuğun dilek çıkmaz bir yoldur," diye söylendi. "Sana başka bir yol görünür. Lakin bilemedim! Bu yol iyi midir, yoksa kötü müdür? Sanki bir yanı güllük gülistanlık, öbür yanı diz boyu dikendir..."

Delal onun bu sözleri üzerine âdeta içi çekilerek ayağa kalktı.

"Yeter, sus! Artık fal baktırmayacağım," diye çıkıştı kadına ve morali bozuk bir halde çadırı terk etti.

Fidan başını çevirip şaşkınlıkla falcıya baktıktan sonra hemen ayağa fırladı. Koşup Delal'in arkasından seslendi:

"Dur, beni bekle! Zaten bunun dedikleri çıkmamıştır hiç. Geçen gelişinde bacıma, 'Bir kızın olacak,' demişti. Hani ne oldu? Aha ola ola bizim cıbır Hüso oldu..."

***

O gün öğleüstü değirmenci sıska atının gözlerini yine siyah bir çaputla bağlamış, zavallı at da bir topaç gibi kendi etrafında dönüp değirmen taşını çevirmeye başlamıştı...

Değirmenci böylelikle buğdayı öğütüp nişasta yapıyor, sonra bu nişastayı ihtiyacı olan köylülere satıyordu. Köyün genç delikanlıları da değirmenin önünü kendilerine mekân edinip her Allah'ın günü burada toplanıyor, böylece hem dama oynuyorlar, hem de önlerinden geçip köy meydanındaki çeşmeye doğru giden yavuklularını görüyorlardı.

Değirmenci o öğleüstü kalabalığın yine toplandığını görünce bir hışımla tahta kapıyı açıp yanlarına geldi.

"Bana bakın!" dedi sinirli sinirli. "Dün akşam hangi vicdansız, atın gözündeki çaputu açmıştır?"

Köyün delikanlıları birbirlerine bakıp kıkırdamaya başladılar. Değirmenci daha da sinirlenip, "Yuh olsun size!" diye bağırdı. "Günahsız hayvandan ne istersiniz?"

Şiyar o sırada Aso'yla dama oynuyordu. Oyunu yarıda kesip ayağa kalktı.

"Hele dur, sinirlenme Seyfo Emmi! Dün akşam ne olmuştur?"

Seyfo Emmi derin bir nefes aldı.

"Daha ne olsun Şiyar'ım? Zavallı atım az kalsın ölecekti. Değirmen taşını çevirmeden önce her zamanki gibi gözlerine siyah bir çaput bağlamıştım. Ama bu densizler bağladım çaputu açmış, at da başı döndüğü için düşüp bayılmış. Onu yerde bulduğumda ağzından beyaz köpükler gelirdi."

Bu sefer Şiyar da sinirlenmişti. Başını çevirip arkadaşlarına baktı.

"Seyfo Emmi'nin söyledikleri doğru mudur?"

Herkes o anda başını önüne eğdi, sustu. Şiyar onların bu suskunluğu karşısında, "Bugünden sonra," dedi, "bunu bir daha yapan beni kendine düşman bellesin."

Değirmenci öyle yufka yürekli biriydi ki, siniri çabucak geçmişti. Elini kaldırıp Şiyar'ın geniş omzuna koyarken, "Allah senden razı olsun," dedi. "Hadi! Siz oyununuza devam edin şimdi."

Şiyar tekrar yerine otururken, Aso önlerinden sinirli bir şekilde geçip giden Delal'i gördü. Arkasından şaşkınlıkla bakarken, "Allah Allah," dedi kendi kendine. "Bacımın nesi vardır böyle?"

***

Berivan Kadın büyük bir telaş içinde Delallerin evine gelmişti. Annesi Sultan onu dut ağacının altına oturtmuş, hiç vakit geçirmeden semaverde çay demlemişti.

"Nedir bu telaşın Berivan Bacı?" diye sordu Sultan. "Her şey olacağına varır. Biraz rahat ol bacım."

Berivan Kadın oldum olası telaşlı biriydi.

"İnan bana Sultan, oğul evlendirmek kız evlendirmeye benzemez. İnşallah Aso'yu bir gün evlendirdiğinde sen de anlarsın."

Sultan hafifçe güldü.

"İnşallah Berivan Bacı, inşallah! Duyduğuma göre o da Cibranların kızı Dilan'a abayı yakmıştır."

Sultan bu sözleri öyle çocuksu, öyle içten söylemişti ki, en sonunda ikisi de kendini tutamayıp kıkır kıkır gülüştüler.

"Peki," dedi Sultan hâlâ gülerken. "Diyar oğlanın yavuklusu var mıdır?"

Berivan Kadın kırk iki yaşında, beş çocuk annesiydi. Koyu kestane rengi saçlarına tezat inci gibi bembeyaz dişleri vardı.

"Benim de kulağıma çalınanlara göre, Diyar oğlum da Kuşçuların kızı Mizgin'e gönül vermiştir."

Sultan taze demlenmiş çayından bir yudum aldıktan sonra, "Darısı," dedi, "diğer bekâr çocuklarımızın başına olsun."

"Âmin," dedi Berivan Kadın çayını yudumlarken. "Bugün size haber vermeye gelmişimdir. Bizim Şeyhmus yarından tezi yok okuntuları dağıtmaya çıkacaktır."

Okuntu bir tür davetiyeydi. Bu okuntular düğüne davet edilecek misafirlere bir ulakla ulaştırılır, ayrıca bu misafirlere düğün sahibinin zenginliğine göre çeşitli hediyeler götürülürdü. Kimi okuntunun yanına elbiselik parça kumaş koyar, kimi de bir çift çorap...

"Hayırlısı olsun," dedi Sultan heyecanlı bir sesle. "Demek düğünümüze bir şey kalmamıştır."

"He ya!" dedi Berivan Kadın heyecanlı heyecanlı. "Artık sayılı günler kalmıştır bacım..."

Tam o sırada Delal ağlayarak bahçe kapısından içeri girdi. Etrafına hiç bakmadan hızlı adımlarla yürüyüp eve geçti. Fidan da söylene söylene arkasından geliyordu. Sultan'ı bir merak sarmış, Berivan Kadın da neye uğradığını şaşırmıştı. Hemen ayağa kalktılar, Fidan'ın yanına gidip, "Kızıma ne olmuş?" diye sordu Sultan. "Neden ağlar?"

Fidan'ın yüzü kıpkırmızı oldu, başını önüne eğdi.

"Bir şey olmamıştır," dedi, "lakin falcının az önce söylediği sözlere ağlar."

Sultan'ın merakı büsbütün artmıştı.

"Falcı mı? O da kim? Ne söylemiş kızıma?"

Fidan'ın eli ayağına dolaştı, ne cevap vereceğini bilemedi. Titrek bir sesle, "Şey," dedi. "Çingene falcıya göre güya Delal'e başka bir yol görünürmüş."

Berivan Kadın duyduğu bu sözler karşısında afalladı, rengi attı.

"Sen ne söylersin kızım?" diye çıkıştı. "Şiyar'ımdan başka bir yol mu vardır?"

Fidan'ın bu sefer de körpe vücuduna tuhaf bir titreme yayıldı.

"Vallahi," dedi ağlamaklı bir sesle, "ona Şiyar'dan başka bir yol yoktur. Falcı kadın saçmalamış. Demin Delal'e de söylemişim. Geçen gelişinde bacıma da, 'Bir kızın olacak,' demişti. Hani ne oldu? Aha ola ola bizim cıbır Hüso olmamış mıydı? Yalan mı Sultan Ana?"

Sultan bir cevap vermedi. Kızının peşinden hemencecik koşup giderken, Berivan Kadın, Fidan'a ters ters bakıp, "Sizin neyinize fal baktırmak," diye azarladı. "Falcı olacak mendebur karı yalan konuşmuş, güzel gelinimin moralini bozmuş."

MAYINLI ARAZİ

Şeyhmus o sabah erkenden kalkıp namazını kılmış, çocukları uyandırmamak için ayakucuna basarak dışarı çıkmıştı. Karısı Şadiye bahçedeki sedirin üzerine oturmuş, elinde tuttuğu çıkınla onu bekliyordu.

"Hayırlı sabahlar," dedi mahmur bir ses tonuyla. "Çıkınını hazır etmişim. Sonra yollarda aç kalmayasın."

Şeyhmus uzun yıllardan beri Ferman'ın yanında marabalık yaparak karınlarını doyurmuş, dilinden hayır duasını hiç eksik etmemişti.

"Sana da," dedi. "Hayırlı sabahlar olsun. Çıkını hazırlamakla iyi akıl etmişsin. Bugün yolum epeyce uzundur."

Karısı Şadiye yüzünde buruk bir ifadeyle, "Anlaşılan," dedi, "yaşlandık bey. Şiyar'ın doğduğu günü hatırlar mısın? Kucağına aldığında üzerine işemişti."

Şeyhmus kendini tutamayıp gülümsedi.

"Hatırlamam mı? Kerata büyüdü de evlenir şimdi."

“Allah hepsinden razı olsun,” dedi Şadiye. “Onlar olmasaydı şu an durumumuz perişandı. Yukarıda Allah var, Şiyar da gül gibi çocuktur. Elinde ne varsa bizimkilerle paylaşmıştır. Onun da hakkını ödeyemeyiz. Bu yüzden okuntusunu iyi dağıtasın bey. Sakın ola ki çoluğun çocuğun eline emanet etmeyesin.”

Şeyhmus “tamam” dercesine başını sallayıp dünden hazırladığı çuvalları atın terkisine yerleştirmeye başladı. Tam o sırada bir ses duyuldu. Tozu dumana katarak, nal seslerinin tıngırtısı eşliğinde yoldan atlı askerler geçip gitti.

Şeyhmus’un o anda yüreği ağzına geldi. Elinde tuttuğu çuvalı yere koydu, atların toynaklarından kalkan toz bulutları dağılıncaya kadar arkalarından baktı. Başını hafifçe çevirince karısıyla göz göze geldi. Rüzgârdan çatlamış dudaklarını büzüp, “Hayırdır inşallah,” dedi.

***

Askerler sabah çok erken bir vakitte gene mayınlı arazide iz kontrolüne çıkmış, o güne dek hiç tanık olmadıkları bir olayla karşılaşmışlardı.

Sınırı geçmeye çalışan kaçakçılardan biri mayına basmış, bir bacağı kötü şekilde yaralanmıştı. Yığılıp kaldığı yerde acıdan inin inim inliyor, artık sonunun geldiğini düşünüyordu...

O sabah iz kontrolüne çıkan askerlerden biri kaçakçıyı görmüş, çabucak durumu komutanına rapor etmişti. Komutanı Teğmen Cevdet de hiç vakit kaybetmeden bu hadiseyi Tuğgeneral Alaaddin Paşa'ya bildirmiş, hemen sonrasında olay yerine intikal etmişti.

"Herhâlde bacağı kopmuş komutanım," dedi askerlerden biri. "Yoksa böyle avazı çıktığı kadar bağırmazdı."

Teğmen Cevdet askere bir cevap vermedi. Süratle çavuşlardan birini yanına çağırıp, "Kaçakçı adamı," dedi bir çırpıda, "oradan kurtarabilir miyiz?"

Çavuş düşünceli bir şekilde mayınlı araziye baktı, başını "evet" anlamında salladı. Teğmen Cevdet'in bir anda gözleri parladı.

"Peki," dedi, "bu işi nasıl yapacağız?"

"Şu güzergâhı görüyor musunuz komutanım?" dedi çavuş işaretparmağıyla gösterirken. "Oradan adama ulaşabiliriz."

Teğmen Cevdet'in bu sefer yüzü aydınlandı.

"Hadi öyleyse!" dedi elini kaldırıp çavuşun sırtına hafifçe vurarak. "Onu oradan kurtaralım."

Çavuş henüz bir ayağını mayınlı araziye atmıştı ki, "Dur asker!" diye arkasından bas bas bağırdı biri. "Ne yapıyorsun sen?"

Herkes bir an donup kaldı. Sesin geldiği yöne baktıklarında, "Sana soruyorum asker?" dedi ses, bir kez daha. "Duymadın mı beni?"

Çavuş şaşkınlık içindeydi. Alaaddin Paşa'ya ne cevap vereceğini bilmiyordu. Gözlerini ondan kaçırıp Teğmen Cevdet'e dikti. Alaaddin Paşa daha da hiddetlendi.

"Ona niye bakıyorsun? Benim gözlerimin içine bakıp konuşacaksın."

Çavuşun korkudan nutku tutulmuştu. Teğmen Cevdet tam ağzını açmış bir şey söyleyecekti ki, Alaaddin Paşa bu sefer öfkeyle ona dönüp, "Bu askerler," dedi, "senden korkuyor. Neden?"

Teğmen Cevdet vatani görevine Ayazağa Süvari Okulu'nda yedek subay olarak başlamış, terhisine üç ay kala da teğmen rütbesi almıştı. Haksızlığa karşı sözünü esirgemeyen, her zaman doğruluktan yana olan biriydi.

"Tabii ki de," dedi gür bir sesle. "Gözümün içine bakıp konuşacaklar. Çünkü onları ölüme götürecek olan benim, siz değilsiniz komutanım."

Doğrusu Alaaddin Paşa böyle bir tepki beklemiyordu. Kısa bir süre bocaladıktan sonra, "Asker," diye avazı çıktığı kadar bağırdı. "Kiminle konuştuğuna dikkat et! Sen ikimizi birbirine karıştırıyorsun. Sende bir yıldız, bende de bir yıldız var. Ama bende bir de çapraz kılıç var. Şimdi beni anlıyor musun?"

Teğmen Cevdet yutkundu, ne diyeceğini bilemedi. Bir süre sonra şaşkınlığını üzerinden atıp, "Ama komutanım," dedi, "biraz insaflı olalım. Malum memleketin iktisadi durumu ortada..."

Alaaddin Paşa'yı bu sözler sanki daha çok sinirlendirmişe benziyordu. Sözünü keserek, "Bana bak!" dedi. "Şimdi korumaya kalktığın bu kaçakçılar eninde sonunda bir gün isyan edecek. Ben iki isyan görmüş bir askerim. Bunlar para kazanmak için bu işi yapmıyorlar. Bir gün başlatacakları isyan için şimdiden para biriktiriyorlar..."

Teğmen Cevdet ve diğer askerler suspus olmuş, Alaaddin Paşa'nın söylediklerini dinliyorlardı.

"Ayrıca," diye konuşmasını sürdürdü. "Bu sınırlar benim isteğim doğrultusunda mayınlanıyor. Bu konuyla ilgili teklifimi daha önce hükümete bildirmiştim. Sağ olsun Menderes Hükümeti de bu teklifimi kabul etti."

"Ama," dedi Teğmen Cevdet. "Bildiğim kadarıyla Amerika Devleti NATO'nun bu mayınlarını sınırlarımıza döşediğimiz için bize cephe almış durumda."

Alaaddin Paşa pis pis sırıttı, sonra kendinden emin bir sesle, "Ben döşerim," dedi, "kimse bana karışamaz."

Teğmen Cevdet başını eğdi, sustu. O sırada kaçakçı adamın sesi bir kez daha yankılandı gökyüzünde. Bütün herkes aynı anda başını çevirip kaçakçıya baktı.

"Bu eşşoğlueşşeğe," dedi Alaaddin Paşa gür bir sesle, "hiç kimse elini sürmeyecek. Orada bağırsın, ölsün. Bu mayınları niye döşedik buraya?"

Askerler bu sefer de çaresiz bir şekilde başlarını çevirip Teğmen Cevdet'e baktılar. Onların bu bakışlarını derhal fark eden Alaaddin Paşa, Teğmen Cevdet'i şöyle bir süzdükten sonra, "Devlet malı olan kaputunuzu kestirerek neden gocuk yaptınız?" diye sordu. "Sizden derhal yazılı bir savunma istiyorum..."

***

O gün akşamüstü Şiyar kendinden iki yaş küçük olan kardeşi Diyar'ı da yanına almış, Kaçakçı Reşo'yla sınıra yakın bir noktada buluşmuştu.

Şiyar, Reşo'ya bakıp gülümserken, "Hayrola," dedi. "Bu eşekler de neyin nesidir?"

Kaçakçı Reşo'nun morali çok bozuktu. Atının dizginlerini elinden bıraktı, cebinden tütün kesesini çıkarıp bir sigara sardı.

"Hiç sorma," dedi âdeta kahrolarak. "Asker bize gün yüzü göstermez, aman vermez Şiyar'ım."

"İstersen böyle konuşma Reşo Dayı," diyerek söze girdi Diyar saygıda kusur etmemeye çalışarak. "Elbet bir yol bulunur."

Kaçakçı Reşo sigarasından derin bir nefes çekip dumanı dışarı üfledi. Bir süre acı acı tebessüm ettikten sonra yanı başlarında otlayan eşekleri gösterip, "Doğru söylersin," dedi. "Bulduğumuz yol aha bunlardır."

Diyar ağabeyi Şiyar'a göre saf biriydi. Kaçakçı Reşo'nun bu sözlerinden hiçbir şey anlamamıştı. Şiyar hemen araya girip, "Zavallı eşekleri," dedi, "araziye sürüp gömülü mayınları patlatacaklar. Buldukları yol budur."

Diyar'ın zeytin karası gözleri fal taşı gibi açıldı.

"He ya!" dedi Reşo. "Abin meseleyi doğru anlamıştır. Lakin bizi bu eşekler de kurtarmaz. Daha bu sabah bir adamımı mayınlara kurban vermişim..."

Kaçakçı Reşo'nun birden boğazı düğümlendi. Daha fazla konuşamadı. Diyar üzgün bir şekilde ona bakarken, o da içindeki ürpertiyi bastırmaya çalışıyordu.

"Şey," dedi Şiyar utana sıkıla. "Bilirim ki çok zor günlerden geçersin. Ama senden bir isteğim vardır."

Reşo zoraki gülümsedi.

"Senin istediğin," dedi, "başım gözüm üstüne. De hele! Benden isteğin nedir?"

Şiyar sağ elini kaldırıp onun omzuna koyarken, "Başın gözün var olsun," diye cevap verdi. "Demem o ki Reşo Dayı, seninle geçen gün karşılaştığımızda Delal'imin gözü balyadaki gök mavisi kumaşta kalmıştır. Bu bakışlarını görmediğimi zannetti, lakin görmüşüm. O gök mavisi kumaş ve altın bir bilezik ona düğün hediyemdir. Bu ikisini alıp bana düğünümden önce getirirsin?"

Reşo böyle bir masumane isteği geri çevirmeyip başını "tamam" anlamında sallarken, "Sana sözüm olsun," dedi atının dizginlerini yeniden eline alırken. "Bu isteğini yerine getirmezsem gayrı kendimi eksik sayarım..."

SAVUNMA DİLEKÇESİ

Ertesi gün sanki gökyüzünün billur kubbesi çatlamış, yere düşen sert yağmur taneleri barakayı dövüyordu. Zorluklarla geçen askerlik günlerinde bir hayli yıpranmıştı Teğmen Cevdet. Bir ara durdu, başını kaldırıp derme çatma masasına boş gözlerle baktı.

Sonra masanın üzerine koyduğu sarı kâğıdı ve dolmakalemi önüne çekti. Kâğıda savunma dilekçesini yazacağı sırada acı bir kahkaha atıp, "Ulan! Düştüğümüz şu duruma bak! Güya bir taraftan kaçakçılığı önlemeye çalışıyoruz, bir taraftan da kendimiz bu kaçak malları kullanıyoruz," diye söylendi kendi kendine.

Bir süre elinde tuttuğu kaçak Alman malı Tropen dolmakalemi uzun parmakları arasında çevirdikten sonra kâğıda şu satırları yazdı:

GAZİANTEP 1. JANDARMA TÜMEN
KOMUTANLIĞI'NA

Tuğgeneral Alaaddin Paşa'nın, 'Devlet malı olan kaputunuzu kestirerek neden gocuk yaptınız?' sözleri üzerine bizzat kendisi tarafından yazılı bir savunmam istenmiş, benim tarafımdan da bu savunma dilekçesi hazırlanmıştır.

Alaaddin Paşa'nın iddia ettiği gibi devlet malı olan kaputumu kestirip gocuk yaptırmamışımdır. Bu gocuk devlet malı değil, bir hediyedir. Atın üzerinde rahat edebilmem için Ayazağa Süvari Okulu Komutanı Kurmay Albay Ali Tınaz tarafından şahsıma hediye edilmiştir...

O sırada ansızın kapı çaldı. Bir asker güçlükle adım atıp içeri girdiğinde, "Bakın komutanım!" dedi ağlamaklı bir sesle. "Dün akşamüstü voleybol topunu size verdiğim için beni ne hallere getirdi?"

Askerin yüzü gözü kan revan içindeydi, neredeyse tanınmaz hale gelmişti. Teğmen Cevdet'in o an beti benzi atmış, beklenmedik durum karşısında ağzı bir karış açık kalmıştı. Şaşkınlığını üzerinden atıp, "Sana," dedi, "bunu kim yaptı?"

"Revir sorumlusu tabip asteğmen," diye cevap verdi asker ağlarken.

Teğmen Cevdet bir hışımla ayağa kalktı. Öfkeden kaşlarını çatarken, "O şerefsiz," dedi, "şimdi nerede?"

Asker eliyle ağzına dolan kanı sildikten sonra cılız bir sesle cevap verdi:

"Az önce revirdeydi, komutanım. Bir asker arkadaşa ayaklarını yıkatıyordu."

Teğmen Cevdet iri, heybetli bir adamdı. Paldır küldür odayı terk ederken, zavallı asker feri sönmüş bal rengi gözleriyle arkasından endişeyle bakıyordu...

***

Berivan Kadın bahçeye büyükçe bir yer sofrası kurdurmuştu. Bizzat kendisinin ayran dağıttığı sofraya kadınlar öylesine doluşmuşlardı ki, neredeyse oturacak yer kalmamıştı.

Sofradakiler bir yandan etli yemeklerini yiyip ayranlarını içiyor, bir yandan da Berivan Kadın'a imrenerek bakıyorlardı...

Berivan Kadın bu bakışların farkında olduğundan mıdır nedir, dövmeli alnında gurur, yeşil gözlerinde mutluluk parıltısı vardı.

Sofradaki kadınlardan biri, "Vallahi billahi," dedi. "Delal kız çok talihlidir. İki gün sonra yedi köyün yiğidiyle evlenir."

Orada bulunan herkes onaylarcasına başını sallarken, "Doğru söylersin," dedi başka bir kadın.

Bu sözler üzerine köyün yaşlı ebesi güldü. Herkes şaşkınlıkla ona bakarken, "Delal de," diye söylendi. "Yedi köyün güzelidir. Nerden mi bilirim? Çünkü hepinizi ben doğurttum."

Kadınlar o an birbirlerine bakıp kıkırdarken, "Fatma Teyze de," dedi Berivan Kadın. "Doğru söyler. Hangimizin kızı benim gelinim kadar güzeldir?"

Kadınlardan biri tam ağzını açıp bir şey söyleyecekti ki, Berivan Kadın'ın dokuz yaşındaki kızı Zeliha düğün elbisesini giymiş, çabucak yanlarına gelmişti.

"Ana," dedi çocuksu bir heyecanla.

Berivan Kadın hemencecik kollarını açıp küçük kızının beline dolarken, "Uyşşş!" diye bir ses çıkardı. "Kız seni nasıl unuttuk?"

Zeliha onu dinlemiyordu bile.

"Ana," dedi ağlamaklı bir sesle düğün elbisesinin cebini göstererek. "Bu cep ufak olmuştur. Şekerler nereye sığacak?"

Küçük kızın bu sözleri üzerine kadınlar aynı anda kahkahayı bastı. Yaşlı ebe onun küçük elinden tuttu, kendine doğru çekip tombul yanaklarından öperken, "O şekerler," dedi, "bu cebi görmez bile. Sen daha toplarken yersin hepsini..."

***

Birden oda kapısının dışında bir ayak sesi işitti. Ela gözlerini kapıya çevirdiği sırada kapı kuvvetli bir gıcırtıyla açıldı. Tabip Asteğmen Baysal şaşkınlıkla, içeriye giren Teğmen Cevdet'e baktı.

Teğmen Cevdet bir an öfke dolu bakışlarını çevirdiğinde, bir asker Tabip Asteğmen Baysal'ın ıslak ayağını bir havluyla kuruluyordu. Askerin o hali Teğmen Cevdet'i daha da kızdırdı.

"Ulan deyyus!" diye bağırdı. "Bu askerleri dövmeye hiç utanmıyor musun? A edepsiz herif! Üstüne üstlük pis ayağını da bu zavallı askere yıkatıyorsun."

Tabip Asteğmen Baysal ayağa kalktığı sırada pişkin pişkin sırıtıp, "Ne o?" dedi. "Yoksa sen de mi dayak istiyorsun?"

Teğmen Cevdet'in sinirleri bir anda altüst oldu. İçi öfkeden bir deniz gibi kabardıkça kabardı, odadaki askere ateş saçan gözleriyle baktı.

"Burayı derhal terk et."

Asker elindeki ıslak havluyu omzuna attı, yerde duran yeşil leğeni kaptığı gibi dışarı çıktı.

Teğmen Cevdet içerisi tamamen boşalınca, Tabip Asteğmen Baysal'a bakıp sinsi sinsi gülümsedi. Sonra da aç bir kurt gibi üzerine atılıp beyaz önlüğünü paramparça etti. Asteğmen Baysal elinin altında kapana kısılmış bir kuş gibi çırpınıyor, kendini ondan kurtarmaya çalışıyordu. Fakat en son aldığı darbeyle başı masaya çarpınca düşüp bayıldı oracıkta...

***

Yağmur çoktan dinmiş, her yer çamur içinde kalmıştı. Botlar kayıyor, askerler yürürken balçığa saplanıyordu. Mayın yüklü atlar ağır ağır, zahmetle ilerlerken, toynakları birikintilerden etrafa çamurlu su sıçratıyordu.

Sivil giyinmiş bir adam çamurların içinde bata çıka yol alırken, bir yanda da kendi kendine, "Allah kahretsin! Galiba ayağımı burktum. Tam da gelecek zamanı bulmuşum," diye söylenip duruyordu.

Güçlükle birkaç adım daha attı. O sırada yanından geçen yırtık kaputlu bir askere, "Teğmen Cevdet'i nerede bulabilirim?" diye sordu.

Asker hayatında ilk kez gördüğü adamı şöyle bir süzdükten sonra, "Siz kimsiniz?" diye karşılık verdi. "Neden sordunuz?"

Adam çamura bulanmış ayakkabılarını bir taşın kenarına sildikten sonra, "Ben," dedi. "1. Jandarma Tümen Komutanlığı Askeri Savcısı Hâkim Binbaşı Mehmet Yalman'ım. Buraya bir konuda tahkikat yapmak üzere geldim."

Asker bir anda ve sert bir hareketle hazır ol vaziyetine geçti.

"Komutanım," dedi gür bir sesle. "Hoş geldiniz. İzin verin oraya kadar size ben eşlik edeyim."

Komutan gülümsedi.

"Hayır, buna hiç gerek yok. Sen en iyisi ilk önce revirin yerini göster bana. Az önce çamurda yürürken ayağımı burktum. Biraz inceden sızlamaya başladı."

Asker tam karşılarında duran revirin yerini işaretparmağıyla gösterdikten sonra çabucak oradan ayrıldı. Binbaşı Mehmet de hafiften sekerek revire doğru yürüdü...

Kısa bir süre sonra revirin kapısını açıp içeri girdiğinde, gördüğü manzara karşısında büyük bir şok yaşadı. Tabip Asteğmen Baysal yerde kanlar içinde yatıyor, birkaç asker de çaresiz bir şekilde başında bekliyordu.

Binbaşı Mehmet şaşkınlığını üzerinden atınca, "Asker!" diye bağırdı. "Ne oluyor burada?"

Askerler başlarını sesin geldiği yöne çevirdi, hayret dolu gözlerle sivil giyimli adama bakıp kim olduğuna anlamaya çalıştılar.

"Şey," diye kekeledi içlerinden biri. "Acaba kim soruyor?"

Binbaşı Mehmet kısaca kendini tanıttığı sırada, askerlerin hepsi çoktan hazır ola geçmişti bile.

"Ne oluyor burada?" diye sordu tekrar.

Bir asker cesaretini toplayıp, "Cevdet Komutanımız dövdü," dedi.

Binbaşı Mehmet'in şaşkınlığı büsbütün artmıştı.

"Neden peki?"

Askerler sanki sözleşmişçesine başlarını önlerine eğdiler. Bu durum Binbaşı Mehmet'i sinirlendirmişti.

"Anlaşılan," dedi öfkeli bir sesle. "Hepiniz dut yemiş bülbüle döndünüz. Çabuk bana komutanınızı çağırın."

Askerlerden biri hemen fırlayıp Teğmen Cevdet'i çağırmaya giderken, "Siz de," dedi Binbaşı Mehmet, "komutanınızı yerden kaldırıp şuradaki sedyeye yatırın."

Askerler Tabip Asteğmen Baysal'ı düştüğü yerden kaldırıp sedyeye yatırırken, diğer asker çoktan durumu komutanına haber vermişti. Bunun üzerine Teğmen Cevdet hiç vakit kaybetmeden revire gelmiş, Binbaşı Mehmet'in karşısına çakı gibi dikilmişti.

"Ne oluyor burada teğmenim?" diye sordu Binbaşı Mehmet. "Şu asteğmenin içler acısı hali de ne böyle? Onu neden dövdünüz?"

Teğmen Cevdet'in gözlerinde ne bir pişmanlık belirtisi vardı, ne de bir endişe...

"Duyduklarınız doğrudur komutanım," dedi, "bu deyyusu eşek sudan gelinceye kadar ben dövdüm."

Onun bu sözleri karşısında Binbaşı Mehmet daha da şaşırmıştı.

"Bak teğmenim!" dedi buruk bir sesle. "Buraya bir askerinizin kaybolan tüfeğiyle ilgili tahkikat yapmaya gelmiştim. Ama ne yazık ki bu vahim olaya da şahit oldum. Şimdi bu olay için de rapor tutmam gerekecek."

Teğmen Cevdet soğukkanlılıkla başını "evet" anlamında sallayıp, "Öyleyse," dedi, "raporunuzu bir an önce tutun, komutanım."

Binbaşı Mehmet onun bu soğukkanlılığı karşısında afallamıştı.

"Pekâlâ," dedi. "Asteğmeni neden dövdünüz?"

"Dövdüm, çünkü dün akşam revirdeki askerin birinden voleybol topunu istedim. Asker de bana, 'Komutanım! Şayet bu topu size verirsem, asteğmenimiz ortalığı hallaç pamuğu gibi dağıtır, üstelik beni de döver,' dedi. Ben de askere takılıp, 'Bir şey olmaz ulan, korkma! Seni döverse bana gel,' dedim. Ama ben bu deyyusun bir top için emrindeki askerin yüzünü gözünü kan revan içinde bırakacağını nerden bilebilirdim ki? Meğerse zavallı asker doğru söylüyormuş. Dayanamadım, hemen masamdan kalkıp buraya geldim. İçeri girer girmez bir de ne göreyim? Başka bir askere pis ayaklarını yıkatmış, havluyla kurulatıyor. 'Ulan deyyus! Bu askerleri dövmeye hiç utanmıyor musun?' diye sordum. Tabip Asteğmen ayağa kalkıp pişkin pişkin sırıtarak, 'Ne o? Yoksa sen de mi dayak istiyorsun?' dedi. İşte o an kendimi kaybettim, attım dayağı..."

KINA GECESİ

Yaz mevsiminin kendini iyiden iyiye hissettirdiği, sıcaktan insanların içinin ısındığı günlerden biriydi. Ferman tavşankanı demlenmiş çayından bir yudum içtikten sonra, "Oğullarım," dedi. "Gün bugün, saat bu saat, dem bu dem..."

Şiyar kardeşi Diyar'ın kirli sakallı yüzüne göz ucuyla bakıp gülümserken, yanı başından gelen hafif ve kuru bir öksürük sesiyle oturduğu yerden sıçradı Ferman.

"Bey," dedi Berivan Kadın telaşlı bir sesle. "Bugün dünya kadar işimiz vardır. Bakarım çayın hâlâ bitmemiştir."

Ferman kırk yedi yaşında, kara gözlü, uzun boylu, ince yapılı, kısa saçlarına akların düşmeye başladığı cesur bir adamdı. Elindeki çay bardağını yuvarlak tepsinin içine koyup gülümserken, "Değme keyfime kadınım," dedi, "yiğitlerimle oturmuş sohbet ederim."

Berivan Kadın heyecandan yerinde duramıyordu.

"Kınayı," dedi, "adam ne zaman getirecek?"

"Meraklanmayasın, her nerdeyse gelir."

Berivan Kadın birdenbire huzursuz oldu. Garip bir şekilde içindeki boşluk ağırlaşıvermişti sanki.

"Keşke," diye söylendi. "Kınayı burda birinden alsaydık bey. Bir kına için ta Kilis'e adam göndermeye ne gerek vardı?"

Ferman onu tekrar teselli etmeye çalışarak, "Meraklanmayasın," dedi sakin bir sesle. "Her nerdeyse gelir. Yusuf'u oraya bilerek gönderdim, çünkü Zelzele Kardeşler kınanın en iyisini satar."

Şiyar güldü.

"Ana," dedi, "babam doğru söyler. Zelzele Kardeşler kaçakçıların piri sayılır. İpekli kumaş, naylon, esans, çay, tütün… Her şey onlardan sorulur."

Ferman başını sallarken, "Bizim Kaçakçı Reşo da," dedi. "Onların en has adamlarından biridir."

"İyi," dedi Berivan Kadın çaresiz bir şekilde, sonra da arkasını döndü, homurdana homurdana yanlarından uzaklaştı.

Ferman karısının arkasından bakıp gülümsedi.

"Ananız," dedi, "tez canlıdır. Allah da onu böyle yaratmıştır."

Şiyar da kendini tutamayıp güldü.

"Allah'tan," dedi. "Delal, anam gibi değildir baba. O daha soğukkanlıdır."

Ferman, Delal'in adını duyunca birden suskunluğa büründü, kara gözleri doldu. Oğlu Şiyar'a bir süre hayran hayran baktıktan sonra yüzüne buruk bir sevinç yerleşti.

"Oğul," dedi buğulu bir sesle, "artık sen de koca bir adam oldun. Yarından sonra kendi ailenin reisi olacaksın. Sana demem o ki, bizi iyi insan yapan şey, adaletli ve merhametli olmamız. Karına karşı her zaman merhametli, çocuklarına da adaletli ol..."

Şiyar'ın o an içinden bir şeyler koptu, boğazına bir yumru takıldı sanki.

"Bak oğul!" diye konuşmasını sürdürdü babası. "Bu topraklar kanla, gözyaşıyla ve alın teriyle var olmuştur. Bizler bu topraklar üzerinde doğup büyümüşüz, vakit geldiğindeyse bu topraklara gömülmüşüz. Nefes aldığımız bu topraklarda kaç nesilden beri yaşayıp gideriz. Yaşamak için toprak şarttır oğul. Bir erkeğin toprağa, toprağın da onu işleyecek güçlü ve maharetli ellere ihtiyacı vardır. Bu yüzden ucu bucağı görünmez topraklarımızın bir bölümünü sana bırakırım. Bu toprağı işleyip hem evini geçindiresin, hem de toprağına toprak katasın."

Şiyar bir anda duygulandı. Babasının elinden öpüp alnına koyduğu sırada, "Beni çok utandırdın," dedi yanakları al al olurken.

Ferman oğlunun boynuna sarıldı, onu defalarca koklayıp öperken, "Benim olan her şey sizindir," dedi gururlu bir ses tonuyla.

Şiyar bir şeyler söylemek için tam ağzını açmıştı ki, "Beyim," diye arkalarından seslendi Yusuf.

Ferman başını çevirip arkasına baktı.

"Gel Yusuf," dedi. "Seni dört gözle beklerim. Nerde kaldın?"

Genç adam elinde tuttuğu çuvalı usulca yere koyarken, "Vallahi ancak gelebildim beyim," diye cevap verdi. "Her taraf asker kaynar."

Ferman şaşırdı.

"Hayrola Yusuf? Ne oldu ki? Yoksa bilmediğim bir şey mi var?"

Yusuf yere koyduğu içi kına dolu çuvala baktı, ardından esmer kalın dudağını büzüp, "Duyduğuma göre," dedi, "paşa buradaymış."

"Allah Allah! Gene niye gelmiş acaba?"

"Bir kaza olmuştur."

Ferman'ın merakı büsbütün artmıştı.

"Ne kazası?"

"Mayınlar patlamış beyim. Ama bu sefer kaçakçılar değil, mayınları döşeyen üç asker ölmüş."

Ferman'ın morali bozulmuştu, içten içe kahrolarak, "Yapma yahu!" dedi acı dolu bir haykırışla. "Yazık olmuş askerlerimize."

"Gene duyduğuma göre," dedi Yusuf. "Paşa çok öfkeliymiş beyim. 'Bu kaçakçıların tez zamanda köküne kibrit suyu dökeceğim,' diye bas bas bağırıp dururmuş."

Şiyar'ın aklına birden Kaçakçı Reşo geldi, içi bir kez daha cız etti.

"Paşanın," dedi Ferman buruk bir ses tonuyla, "ne söylediğini boş ver sen. Esas ölen askerlerimize üzülmek gerekir..."

O sırada Berivan Kadın yanlarına doğru gelirken, "Yusuuuf!" diye bağırdı. "Beni meraktan öldürecek misin? Bu saate kadar nerde kaldın? Bilirsin ki akşama kına gecemiz vardır..."

***

Teğmen Cevdet eski ahşap bir sandalyeye oturmuş, tam karşısında yükselen Darmık Dağı'nı dalgın ve düşünceli gözlerle seyrediyordu.

"Komutanım," dedi çavuş. "İzninizle size bir şey soracağım."

Teğmen Cevdet başını çevirip onun gözlerinin içine baktı.

"Sor bakalım."

Çavuş, komutanının karşısında çekinerek duruyordu. Merakla bakan gözler, onu daha da heyecanlandırmışa benziyordu.

"Şey..." diye kekeledi. "Kaçakçılardan ele geçirdiğimiz iskambil kâğıtlarını neden biriktiriyorsunuz?"

Teğmen Cevdet gülümsedi, sonra eğilip çavuşun yanındaki şamfıstığı çuvalını önüne doğru çekti. Birkaç tane şamfıstığını alıp içlerinden fıstıkları çıkarmaya başladığı sırada, "İskambil kâğıtlarının arkasına," dedi, "dikkat ettin mi hiç? O kâğıtların arkasında at resimleri var."

Çavuş bu sefer kendini tutamayıp gülmeye başladı. Teğmen Cevdet de ona bakıp gülümserken, "Yine aklına ne geldi?" diye sordu.

Çavuş hâlâ gülüyordu.

"Bizim erler de," dedi, "sakızların içinden çıkan artist resimlerini biriktiriyor, komutanım."

Teğmen Cevdet'in kaç günden beri kaçan keyfi biraz olsun yerine gelmişti, bir kahkaha patlattı. Tam o sırada askerin biri yanlarında belirip, "Komutanım," dedi gür bir sesle. "Alaaddin Paşa geldi."

Teğmen Cevdet'in az önceki neşesi kaçtı. Çabucak oturduğu yerden kalktı, haki renk palaskayı beline bağladı.

"Şimdi nerede?" diye sordu.

"Revirde," dedi asker. "Tabip Asteğmen Baysal, komutanımızla yüz yüze bir görüşme yapıyor."

Teğmen Cevdet'in bir an aklı karıştı.

"Eee?" dedi sesini yükselterek. "Beni yanlarına mı çağırıyor?"

"Hayır, komutanım. Sizinle de baş başa görüşecekmiş. Beş dakika sonra odanızda olmanız için talimat verdi."

Teğmen Cevdet heyecanını bastırmak için derin bir soluk aldı. Bir an, "En iyisi her şeyi oluruna bırakmak," diye düşündü. Sonra başını çevirip, "Çavuş," dedi, "atlara fıstık vermeyi unutma sakın..."

***

Yaklaşık on dakika sonra Alaaddin Paşa açık kapıdan içeri girdiğinde, kendisine eşlik eden subaya öfkeyle bağırdı:

"Derhal kapıyı kapat. Bizi yalnız bırak."

Yüzbaşı hemen kapıyı kapattı, onları baş başa bıraktı.

"Bak asker!" diye çıkıştı Alaaddin Paşa. "Ben elli altı yaşındayım. Sen ise bana göre daha bir çocuksun. Söyle bana, tabip asteğmeni niye dövdün?"

Teğmen Cevdet ayakta zor duruyordu. Ona bir şeyler söylemek için tam ağzını açmıştı ki, "Seni," dedi Alaaddin Paşa, "birliğinle birlikte sürüyorum buradan."

Teğmen Cevdet âdeta donup kaldı. Kısa bir süre hiç kıpırdamadı. Kendini biraz toparladığında, "Birliğimin," dedi ağlamaklı bir sesle, "suçu, günahı ne komutanım?"

Alaaddin Paşa bu cevap karşısında daha da öfkelendi. "Bütün bunları," dedi, "tabip asteğmeni dövmeden önce düşünecektin. Nedir benim senden çektiğim be! Bugün mayınlara üç tane askerimi şehit vermişim. Benimse burada uğraştığım şeye bak."

Teğmen Cevdet'in morali çok bozulmuştu. Komutanına ne diyeceğini bilemez bir şekilde bakarken, Alaaddin Paşa'nın birden gözü masanın üzerinde duran dolmakaleme takıldı. Hışımla gidip dolmakalemi aldı ve havaya kaldırıp birkaç defa salladıktan sonra, "Nedir bu?" diye sordu sinirli bir şekilde.

Teğmen Cevdet o an dokunsalar ağlayacak gibiydi. "Dolmakalem," dedi cılız bir sesle.

Alaaddin Paşa öfkeli bir şekilde elindekini yere fırlatıp üzerinde tepinirken, "Dolmakalem olduğunu ben de görüyorum," dedi. "Kaçakçıların sınırımızdan geçirdiği bu kalemi ne diye alıp kullanıyorsun?"

Teğmen Cevdet o an ne diyeceğini bilemedi. Fakat kısa bir süre sonra şaşkınlıktan olsa gerek, "Atlara," dedi, "kaçakçılardan ele geçirdiğimiz şamfıstıklarını yediriyoruz. Bu durumda atları da vuralım mı komutanım?"

Böyle bir cevap beklemeyen Alaaddin Paşa, "Bütün bunları," dedi hışımla odayı terk ederken, "mahkemede hâkime anlatırsın..."

***

O akşam Sultanların evi âdeta bayram yeri gibiydi. Kızı Delal'in kına gecesi sanki bütün köylünün üstüne bir tutam mutluluk serpmişti. Aylar süren kara kışın sıkıntılarından sonra bu kına gecesi hayırlı bahar yağmurları gibi gelmişti...

Delal kına gecesi için giydiği kıpkırmızı bir kaftanla ahşap bir sandalyenin üzerinde otururken, Berivan Kadın ve diğerleri zılgıt çekiyor, genç kızlar halaya duruyorlardı. Davulcular ve zurnacılar ise var güçleriyle çalıp seslerini göğe kadar yükseltiyorlardı...

Delal'in annesi Sultan bir köşeye çekilip hüzünlü şekilde kızını seyrederken, yaşlı ve bilge bir kadın avluya girdi. Ardından ellerini havaya kaldırıp davulcuları ve zurnacıları susturdu.

Bütün herkes aynı anda kenara çekildi. Yaşlı kadın Delal'in yanına geldi, elinden tutup sandalyeden kaldırdı. Yere serilmiş bir kilimin üstüne oturttu.

O sırada genç bir kız elinde bakır bir tepsiyle yanlarında belirdi. Tepsinin içinde yeşil ve kırmızı renkli iki başörtüsü vardı. Yaşlı kadın ilk önce yeşil başörtüsünü eline aldı, bilgece bir tavırla, "Bu," dedi, "yaşamın, bereketin ve doğurganlığın rengidir."

Yaşlı kadın bunu der demez yeşil başörtüsünü Delal'in alnına bağladı. Ardından tepsinin içindeki kırmızı başörtüsünü aldı.

"Bu da," dedi, "zorun, zahmetin ve özgürlüğün rengidir..."

Bu cümle Delal'in heyecanını daha da artırdı. Yaşlı kadın elinde tuttuğu kırmızı başörtüsünü de alnına bağlarken konuşmasını sürdürdü:

"Bu renkler kadının rengidir. Kadın olmak senin şerefindir. Bu şerefini canınla bir tutasın kızım."

Bilge kadının konuşması biter bitmez orada bulunan herkes deliler gibi zılgıt çekti, yeniden halaya durdu...

***

Aynı günün akşamı köyün bütün gençleri meydanda toplanmış, büyük bir sinsin ateşi yakmışlardı. Aralarından bazıları sinsin oynamaya karar verdiğinde, davulcular ve zurnacılar hiç vakit kaybetmeden sinsin havasını çalmaya başlamışlardı.

Delikanlılardan biri hemen öne fırladı. Etrafındaki diğer gençler de onu ortada bırakacak şekilde çepeçevre kuşattı, böylelikle sinsin başlamış oldu.

Genç adam bir meydan okuyuşu andıran kısa bir gezintiden sonra sol elini yumruk yapıp göğsünün üstüne koydu. Sağ kolunu arkasından kalçasının üzerine yasladı.

Zurnacıların kıvrak çaldığı bir anda sol ayağını çok az geri alıp sağ ayağını öne doğru fırlattı. Sonra sol ayağı üzerinde, sola geri ritimli bir sekme yaptı. Aynı hareketleri bir kez de sağ ayağıyla yaptı.

Genç adam en sonunda soluna doğru geri geri gidip tam bir daire çizerken birden durdu. Birazdan sağ pazısına indirilecek yumruğa dayanabilmek için ayaklarını açıp karşı tarafın yapacağı hamleyi beklemeye başladı.

Tam o sırada Diyar başını çevirip ağabeyine baktı. Şiyar sanki bir hayalet gibiydi. Yüzü solgun, bir hayli de düşünceli görünüyordu.

"Hayrola?" dedi Diyar şaşkınlıkla. "Yüzünden düşen bin parçadır."

Şiyar sigarasından derin bir nefes aldıktan sonra, "Yok bir şey," dedi. "Sen eğlenmene bak."

Diyar acı acı tebessüm etti.

"Esas," dedi, "sen eğlenmene bak abi. Bu gece senin gecendir. Var var. Akşamdan beri sende bir hal var."

Şiyar hafiften sinirlenmişti.

"Çok üstüme gelme. Zaten Kaçakçı Reşo da gelmedi hâlâ."

Diyar, ağabeyinin derdini anlamıştı.

"Allah büyüktür, güzel canını sıkmayasın. Daha sabaha çok var."

Şiyar sigarasından bir nefes çekerken elleri titriyordu.

"Sen de bilirsin ki," dedi buğulu bir sesle. "Reşo'ya ısmarladıklarım ceylan bakışlıma yüz görümlüğümdür."

Diyar sustu, cevap vermedi. Şiyar yanan sigarasından derin bir nefes daha çekti, dumanı dışarı üflerken arkasından sessizce yaklaşan güçlü kuvvetli biri kollarını onun beline doladı, diğerleri de çabucak koşup ayaklarını tuttu.

"Bakın," dedi eliyle onun ağzını açmaya çalışan biri. "Gençtir ha! Dişleri de tamdır."

Köyün başka bir delikanlısı da ayağına bakıp, "Maşallah!" dedi gülerek. "Toynağı güzel, tırnağı da parlaktır."

O sırada gençlerden biri elinde nal ve çekiçle çıkageldi.

"O vakit," dedi, "getirin de nal vuralım."

Şiyar'ın şaşkınlıkla baktığı sırada sıska biri arkalarından koşup, "Durun!" diye bağırdı. "Çivileri unutmuşsunuzdur."

Bütün hepsi aynı anda katıla katıla gülmeye başladı. Hatta bazıları işi o kadar çok abarttı ki, gülerken birbirlerinin üzerine düşüp kaldılar.

Bu sırada Şiyar gülerek, "Bana bu yaptıklarınızı hiç unutmam," dedi, "elbet sizin de düğününüz olacaktır."

Arkadaşları onu dinlemiyordu bile. Hemen bir iple elini ayağını bağladılar. Sonra da sert bir biçimde toprağın üzerine fırlatıp attılar.

"Ah!" diye bağırdı Şiyar. "Yavaş ulan! Unutmam bunları..."

Gençlerden biri sözünü kesip, "Vaaay!" dedi ona sert bir bakış atarken. "Namussuz, şimdi de bizim tarlaya girmiştir ha. En iyisi bunu kaldırıp başka bir yere atmalı, ondan çabucak kurtulmalı."

O akşam bütün arkadaşları tozun toprağın içinde debelenen Şiyar'ın başına toplanmış gülüşürken, "Unutmam bunları," diye hâlâ söyleniyordu Şiyar. "Düğününüzde ben size yapacağımı bilirim..."

***

Kına gecesinde Delal'in etrafını köyün bütün genç kızları sarmış, hep bir ağızdan hüzünlü ve hoş bir kararda, ahenk içinde maniler söylüyorlardı:

Altına attılar ağır cecimi
Boynuna taktılar yağlı sicimi
Tezin ağlatmayın gelin bacımı
Ağlama kız gelin yazın bu imiş

Şu dağın ardına duman mı durdu
Yemenigin içine yılan mı girdi
Amin uşağına kıran mı girdi
Ağlama kız gelin yazın bu imiş

Şu dağın ardına ekerler küncü
Ekerler biçerler sararlar genci
Genç bana göndermiş ayva turuncu
Ağlama kız gelin yazın bu imiş

Anan seni Has Dağı'nda haslamış
Zülfünü gül dalında ıslamış
Anan seni iller için beslemiş
Ağlama kız gelin yazın bu imiş...

Delal ise ağlayıp gözyaşı dökmek yerine içinden sürekli gülüyor, gülmesini bastırmaya çalışırken de omuzları titriyordu.

Ağıtların hâlâ yakıldığı o esnada genç kızlardan birinin yanına gelen yaşlı bir kadın, "Yeter artık," diye çıkıştı. "Bu kıza yazıktır. Onu daha fazla ağlatmayasın."

Herkes aynı anda sustu, başını çevirip meraklı gözlerle yaşlı kadına baktılar. Kadın genç kızların sustuğunu görünce, "Darısı sizlere inşallah! Hepiniz ağ bağırlığı olun," diye dua etti.

Bekâr kızların hepsi sanki sözleşmişçesine, "Âmin," diye bağırdılar.

O an bunu öyle içten, dokunaklı bir şekilde söylemişlerdi ki, en sonunda bütün herkes kendini tutamayıp gülüştü.

Bir süre sonra yaşlı kadın Delal'in annesi Sultan'a bakıp, "İzninle bacım," dedi, "şimdi kınayı yakalım mı?"

Sultan saygıdan hiçbir şey söylemedi, sadece başını "olur" anlamında sallamakla yetindi. Ardından birkaç kızla birlikte hızlıca yürüyüp kınayı getirmeye gitti.

Yaşlı kadın o esnada ahşap bir sandalyeyi yavaşça kaldırdı, yönünü kıbleye doğru çevirdi. Delal'in elinden fa sandalyeye oturttu. O sırada kızlar kına nlarına geldi.

ın hiç zaman kaybetmeden kına tepsisini navaya kaldırdı, Delal'in başının üzerinde tam üç defa çevirdikten sonra, "Tu, tu, tu!" diye tütsüleyip nazarını aldı. Sonra da nazarı gözden uzak bir yere fırlatıp attı.

"Şimdi elini açabilirsin kızım," dedi yaşlı kadın, fakat Delal onu dinlemeyip elini açmadı.

Ansızın oradakilerden biri, "Gelin elini açmıyor," diye bağırdı.

Berivan Kadın bunun üzerine gülümseyip bir adım öne çıktı, gelinin avcuna küçük bir altın koydu. Yaşlı kadın hemen Delal'in avuçlarına kınayı yakıp ellerini bir tülbentle bağladı, başındaki kırmızı örtüyü açtığı sırada bir kez daha zılgıtlar koptu...

***

Aynı günün gecesi herkes dağılıp evine gitmiş, Şiyar da gizlice ahıra girip yağ kandilinden yayılan loş ışığın altında atı Cengâver'i eyerliyordu.

"Hayrola," diye seslendi Diyar. "Nereye böyle?"

Şiyar birden irkildi.

"Senin," dedi, "burda ne işin vardır? Herkes uyudu. Bu saatte niye ayaktasın?"

Diyar biraz daha yakınına geldi.

"Seni tanıdığım için uyku tutmamış. Gözünü seveyim abi. Gel etme, gitme."

Şiyar hâlâ atını eyerliyordu.

"Reşo," dedi, "birazdan hududu geçer..."

Diyar sözünü kesti.

"Şimdi zamanı mı peki?"

Şiyar atı Cengâver'in dizginlerini hafifçe çekerken, "Bilirim," dedi kararlı bir ses tonuyla. "Şimdi zamanı değildir. Ama Reşo'ya ısmarladıklarımı bir an önce almam gerekir."

Diyar, ağabeyinin önünü kesti.

"Adına kurban olayım. Gel etme, hududa gitme. Bugünlerde her taraf asker kaynıyor. Burda bilezik yoktur? Sabah erkenden gider alırız."

Şiyar zoraki gülümsedi.

"Öylesi," dedi, "yoktur. Ahdetmişimdir Diyar'ım. Gerdek gecesi o bileziği ceylan bakışlımın koluna takacağım."

Diyar'ın boğazı düğümlendi, sustu. Ne yapacağını, ne söyleyeceğini bilememenin üzüntüsü içerisindeydi. Ama ağabeyinin önünden çekilmeye de hiç niyeti yoktu.

"Şimdi," dedi Şiyar, "çekil önümden."

Diyar bir süre hiç kıpırdamadı. Sonra kederli bir şekilde, "Gel etme," dedi bir kez daha titrek ve duygulu bir sesle. "Hududa gitme..."

Şiyar birden elini kaldırıp kardeşinin ağzını kapattı, o an göz göze geldiklerinde, "Şimdi," dedi, "bana söz ver. Hududa gittiğimi hiç kimseye söylemeyeceksin."

Diyar bu defa sadece uzun kirpiklerini kırptı, başka hiçbir şey söylemedi. Yalnızca arkasından öylece baktı...

***

Delal yatağına uzanmış, ama heyecandan uyuyamamıştı. Kınalı ellerini havaya kaldırıp, "Allahım sana şükürler olsun," diye dua ettiği bir sırada, cama atılan taşın sesiyle irkildi.

Hemen ayağa kalkıp sessizce pencerenin önüne geldi, kalın perdeyi araladı. Şiyar'ı birden karşısında görünce şaşkınlık içinde, "Bu saatte ne işin var?" der gibi eliyle işaret yaptı.

Şiyar ona bakıp tatlı tatlı gülümserken, "Aşağı gel," diye fısıldadı.

Delal eliyle "git" işareti yaptı, ama Şiyar'ın gitmeyeceğini anlayınca mecbur kalıp sessizce aşağı indi, kimseler görmesin diye de kuytu bir köşeye saklandı.

Şiyar bir kedi yavrusu gibi yanına sokulduğunda, "Deli oğlan!" diye kısık bir sesle söylendi Delal. "Sabahı bekleyemedin mi? Ne işin var burda?"

Şiyar gülümsedi.

"Seni göresim geldi."

Bunun üzerine Delal, Şiyar'ın sağ elinden tuttu, kına yakılmış serçeparmağına bakıp mutlu bir şekilde, "Sabah," dedi, "göreceksin zaten. Yoksa beklemekten mi bıktın?"

Şiyar birden onu kendine doğru çekti, sımsıkı sarıldı.

"Beklerim ceylan bakışlım," dedi duygu dolu bir sesle. "Seni beklemekten güzel ne vardır? Sevgin de güzeldir, özlemin de..."

Delal'in ansızın içi ürperdi.

"Bana," dedi sesi titrerken. "Vedalaşır gibi niye böyle sarılırsın?"

Şiyar'ın yüzüne buruk bir gülümseme yayılırken, "Bilmem," dedi, "öyle içimden geldi ceylan bakışlım..."

Tam o sırada bahçedeki köpekler birden havlamaya başladı. Delal o panikle eve doğru koştururken, "Sabahleyin," diye mırıldandı, "görüşürüz yiğidim."

DÜĞÜN

O pazar sabahı bir başka doğmuştu güneş. Tanyeri ağarırken büyük bir heyecanla uyanmışlar, kahvaltı sofrasına oturmuşlardı. Okuntusunu alıp düğün için köye gelen misafirlerin ağırlandığı evlerden sıcak gözleme ve tereyağı kokuları etrafa yayılıyordu. Ayrıca bu kahvaltı sofralarında büyük bir neşe, tatlı bir sohbet vardı.

"Ferman Beyciğim," dedi misafirlerden biri. "Gözün aydın. Şiyar sonunda muradına erer."

Ferman'ın sanki yüzünde rengârenk güller açmıştı. Gururlu bir sesle, "Allah razı olsun," dedi. "Darısı tez zamanda sizin oğlanların başına."

Sofradakiler gülümsedi.

"İnşallah," dedi adam. "İnşallah."

Bu sefer de başka bir misafir Diyar'a, "Eee..." dedi hınzır bir bakış atarken. "Sıra sana gelir."

Diyar nedense utandı, buğday teni kıpkırmızı oldu. Onun utandığını gören Mısto Dayı hemen araya girdi.

"Hani nerdedir? Damadı hâlâ görmemişiz."

Ferman başını çevirip Diyar'a baktı.

"He ya!" dedi. "Bugün sanki benim düğünüm vardır. Bir bak hele oğlum. Şayet uyuyorsa çabucak kaldır. Gelsin de aramıza otursun. Soframız daha da şenlensin."

Diyar bu sözler karşısında birden huzursuz oldu. Garip bir şekilde içindeki boşluk ağırlaştı. Ayağa kalkıp hiçbir şey söylemeden oradan uzaklaşmak üzereydi ki, "Ne uyandırması yahu?" dedi misafirlerden biri. "Gece uyku mu tutmuştur onu? Bırak da biraz daha uykusunu alsın."

Sofrada bulunan herkes birden gülmeye başladı. Gülüşmeler devam ederken Ferman oğlu Diyar'a, "O vakit," dedi, "sen harman yerine git. Bir bak bakalım. Hazırlıklar ne vaziyettedir?"

***

Delal erkenden uyanmış, tahta merdivenden avluya inmişti. Çinko bir leğenin içinde kınalı ellerini yıkıyor, arada sırada ellerini burnuna götürüp yakılan kınayı büyük bir keyifle kokluyordu.

Sonra bir an gözlerini boşluğa dikip düşüncelere dalıverdi, geçen sonbahardaki üzüm hasadının yapıldığı günü hatırlamıştı...

Şiyar o gün kuru bir dalı ıslatıp üzüm kesen bir arkadaşının ayağına hafifçe dokundurmuştu. Arkadaşı, "Yılan vaaar!" diye bir çığlık atmış, arkasına bile bakmadan dereye kadar koşmuştu. Genç adam sonrasında kendisine şaka yapıldığını anlayınca oradaki herkesten öyle bir utanmıştı ki, neredeyse günlerce ortalıkta gözükmemişti...

"Bizim taze gelin," diye seslendi Aso, "bakarım da hayallere dalmış."

Delal, ağabeyinin sesiyle dalıp gittiği düşüncelerden sıyrıldı. O sırada Aso da yanına gelmişti. Delal başını kaldırıp açık, masmavi gökyüzüne bakıp, "Sence," dedi, "bugün yağmur yağar mı?"

Aso bu sözlerden tek kelime bile anlamamıştı. Gözlerini dikip ona meraklı meraklı baktı.

"Neden sordun?"

Delal, ağabeyinin omzuna hafifçe vurdu.

"Yoksa," dedi, "bana söylediklerini unutmuşsun?"

Aso'nun birden kafasına dank etti. Haftalar önce ona söylediği, "Senin dileğin zaten kabul olmuştur. Yakında Şiyar'la düğünün olacak. Hem bakarsın düğününde yağmur da yağar. Sen de **'YAĞMURUN GELİNİ'** olursun," sözlerini hatırladı, birden yüreği sızladı.

"O günü hiç unutmamışım bacım," dedi buruk bir sesle. "Hatta seninle geçirdiğimiz hiçbir günü unutmamışım."

Delal'in tüyleri diken diken oldu, ela gözleri doldu. Titrek bir sesle, "Ben de," dedi, "o günleri hiç unutmamışım. Hatırası hep aklımdadır."

Aso o an gözyaşlarını bastırmaya çalışarak, "Bacım," dedi bu sefer duygu dolu bir sesle. "Yokluğunda seni çok özleyeceğim."

Delal onun bu üzüntüsü karşısında metanetli olmaya, kendi üzüntüsünü belli etmemeye çalıştı. Yanaklarını ıslatan gözyaşlarını çabucak sildikten sonra bu defa gülümsedi.

"Abi," dedi, "yalnızca evden ayrılırım. Gene bu köydeyim. Gören de başka bir yere gittiğimi sanır..."

***

Diyar hiç zaman kaybetmeden evden çıkmış, düğününün yapılacağı harman yerine gelmişti. Gördüğü kadarıyla hazırlık hummalı bir şekilde devam ediyordu. Nakışlı çullar bir bir açılıyor, büyük kazanlarda yemekler ağır ağır pişiyor, sofralar kuruluyordu...

O sırada Şeyhmus koşturmaktan kan ter içinde kalmış, misafirlerin oturacağı ahşap sandalyeleri adamlarıyla birlikte yan yana diziyordu. Diyar neşeli bir sesle, "Şeyhmus Emmi," dedi, "kolay gelsin."

Şeyhmus elinin tersiyle alnında biriken teri sildi.

"Sağ ol yeğenim."

Diyar gülümsedi.

"Görürüm ki işler nerdeyse bitmiş emmi. Her şey tamam olmuş."

Şeyhmus elinde tuttuğu son sandalyeyi de yerine koyduktan sonra, "Şimdi her şey tamamdır," dedi yüzüne büyük bir sevinç yayılırken. "Merak etmeyesin."

Diyar emin olmak için son bir kez daha sordu:

"Ya koçlar? Onlar da kesildi mi?"

Şeyhmus başını hafifçe çevirdi, altında ateş yanan büyük kazanları işaretparmağıyla gösterip, "Koçlar," dedi gülümserken. "Çoktan pişmeye başladı bile."

Diyar büyük bir mutlulukla onun boynuna sarılıp yanağından öperken, "Emmi," dedi, "ben o zaman bütün ahaliyi çağırmaya giderim."

Şeyhmus ceketinin cebinden tütün kesesini çıkardı, keyifli keyifli bir sigara sardı. Sigaradan bir fırt çekip dumanı dışarı üflerken, "Çağır çağır gelsinler," diye seslendi arkasından. "Düğün neymiş görsünler. Zaten buralarda böylesi bir daha ne görülür ne de duyulur..."

***

Ferman o gün sanki bir rüyada gibiydi. Mutluluktan parıldayan siyah gözleri etrafa âdeta ışık saçıyor, ağırlandıkları evlerde sabahlayan misafirleriyle ayrı ayrı ilgileniyordu.

Bu sırada Diyar harman yerinden dönmüş, yanına gelmişti.

"Baba," dedi büyük bir sevinçle, "her şey tamamdır. Çok şükür hiçbir eksik kalmamıştır."

Ferman bu sözü duyduğunda daha bir keyiflendi.

"E, hadi öyleyse!" dedi. "Gidip ağabeyini kaldır artık. Düğün günü ne uykusudur bu? Tövbe tövbe!.."

Diyar'ın birden içine bir kurt düştü, az önceki sevincinin yerini büyük bir elem aldı.

"Nasıl yani?" dedi keyifsiz bir ses tonuyla. "Abim hâlâ uyanmamış mıdır?"

Babası onu duymadı bile. Neşeli bir şekilde elini havaya kaldırıp davulcuları ve zurnacıları yanına çağırırken, "E hadi bismillah!" diye seslendi, "başlasın düğünümüz."

Bu sözler üzerine çok geçmeden bütün köye, tören evinin hazır olduğu haberi verildi zurnanın sesiyle. Böylece konuklar zurna eşliğinde tek tek evlerden alınıp törenin yapılacağı harman yerine götürülmeye başlandı.

Oysaki Diyar'ın keyfi kaçmıştı, ama bunu hiç kimseye belli etmemeye çalışarak merdivenlerden hızlıca yukarı kata çıktı. Şiyar'ın odasının önüne geldiğinde durdu, kapıyı açıp içeri girdiği anda annesiyle burun buruna geldi.

"Oğul," dedi Berivan Kadın telaşlı bir sesle. "Şiyar'ım yatağında yoktur. Bu oğlan nerdedir?"

Diyar deminden beri kaygılandığını belli etmemeye çalışarak, "Ne bileyim ana," dedi, "belki de harman yerine gitmiştir."

Berivan Kadın hafiften sinirlendi.

"Deli mi bu oğlan? Düğün günü aç biilaç ortalıkta ne diye dolanır?"

"Ana," dedi Diyar, "abim çocuk mudur? Elbette bu saate kadar karnını doyurmuştur."

"Ağabeyini bilmez miyim oğul? Onun aklı bir karış havadadır şimdi. Aklına yemek mi düşer?"

Diyar zoraki gülümseyip, "Oğlunu," dedi, "bilmez misin ana? Hiç aç kalır mı o?"

Berivan Kadın heyecandan yerinde duramıyordu.

"Karşımda," diye çıkıştı. "Ne laf çevirip durursun? Var git! Bulup getir şu deli kardaşını."

Diyar ağabeyi Şiyar'a hem verdiği sözün altında eziliyor, hem de neler olup bittiğini öğrenmek için yanıp tutuşuyordu.

"Tamam ana," dedi düşünceli bir sesle, "onu bulup eve getireceğim..."

***

Şiyar geceden beri Suriye sınırına yakın bir yerde, Kaçakçı Reşo'nun yolunu gözlüyordu. Uykusuzluk ve yorgunluk onu her geçen dakika daha da zorluyordu.

Birdenbire yorgun yüzüne bir tebessüm gelip yerleşti.

"Şimdi sen dersin ki," diye fısıldadı. "Burda ne işimiz vardır? Ama ahdetmişim Cengâver'im. O bilezik ve elbiselik kumaş nazlıma çok yakışır."

Cengâver hafiften kişnedi. Şiyar çabucak atın yelesini okşayıp, "Yalvarırım sus," dedi, "yoksa askeri başımıza mı toplayacaksın?"

Cengâver bir insan gibi başını eğip birkaç defa Şiyar'ın göğsüne sürttü. Şiyar hemencecik yeleğinin cebinden şekeri çıkarıp atına uzattı.

"Al, aferin sana! Böyle uslu ol. Bilirim, sen de meraklandın şimdi. Nerde kaldı bunlar diye, doğru mu?"

Cengâver ona boş gözlerle bakarken, "Yok yahu!" dedi Şiyar gülümseyip bembeyaz dişlerini göstererek.

"O kadar da meraklanmayasın. Biraz gecikmiş olabilirler, ama öncüleri kaçakçılıkta nam salmış Reşo'dur."

Cengâver sessizce şekerini yiyip bitirirken, Şiyar da yeleğinin cebinden metal tütün tabakasını çıkarıp bir sigara sardı. Yaktığı sigarasından derin bir nefes çekip dumanı dışarı üflediği sırada, geçen ilkbaharda yağmurun sicim gibi yağdığı günü hatırladı...

Delal'i o gün atının terkisine atmış, dere boyundaki söğüt ağacının altına götürmüştü. Onun o pembe yanaklarından bir öpücük alabilmek için kaç zamandan beri böyle bir ânı beklemiş, muradına erdikten sonra da sözü dönüp dolaştırıp evlenecekleri bugüne getirmişti.

***

Köyün genç kızları öğleüstü Delal'in odasında toplanmıştı. Kimi çivit mavisi kadife bir elbiseyi ona giydirmekle meşgul oluyor, kimi saçlarını binbir renkli şifon ve ipek puşilerle süslüyor, kimi yanağının hemen yanından bir gelin teli sarkıtıyor, kimi de kandili yakıp bir sacın üzerinde biriken siyah isi süpürge çöpüne batırıp ele gözlerine sürme çekiyordu.

Hazırlıklar bitip de hepsi birden Delal'e hayran hayran bakarken, "Kız," dedi içlerinden biri. "Ağlamayacak mısın?"

Delal gülümsedi.

"Ağlarım canım," dedi, "niye ağlamayayım? Evimden ayrılırım."

Fidan içinden kıs kıs güldü.

"Biliriz!" dedi imalı bir ses tonuyla. "Seni biliriz!.."

Fidan'ın bu sözlerine odada bulunan herkes kıkır kıkır gülerken, bir kadın hızlıca içeriye daldı.

"Zurnanın sesini duydunuz," dedi heyecanlı bir sesle. "Biraz acele edin. Sonra gülüşürsünüz."

Kızların hepsi aynı anda ayaklandı. Fidan peşlerinden koşturup, "Bir saniye durun," diye seslendi.

Herkes birden durup ona baktı.

Fidan, "Şaşkınlar sizi," diyerek güldü, onlara gümüş pulların süslediği fesli kıpkırmızı ipek duvağı göstererek. "Gelinin başına bunu takmayı unutmuşuz," dedi.

***

Düğün tüm coşkusuyla devam ediyordu. Bir süre sonra harman yeri o kadar kalabalıklaşmıştı ki, gökten iğne düşse yere inmezdi. Köy, köy olalı ne böyle bir kalabalık görmüştü, ne de böyle bir hazırlık...

Evlerde hiç kimse kalmamış, çoluk çocuk herkes gelmiş, çevre köylerden ve uzak diyarlardan gelen konuklar da yerini almıştı.

Köyün en güzel oynayan adamı halayın başına geçmiş, kendilerini meraklı gözlerle izleyenlere muhteşem bir gösteri sunarken, "Baba," dedi köylü bir çocuk. "Şu zurnacılardan biri çok mu fakirdir? Zurnasını az süslemiştir."

Babası onun saçlarını usulca okşarken gülümsedi.

"Fakir midir bilmem oğul," dedi, "ama zurnayı süslemek o kadar da kolay bir şey değildir."

Çocuk masum masum babasına bakıp, "Süsleri dizmek o kadar zor mudur?" diye sordu.

Babası gene gülümsedi.

"Öyle değildir oğul," dedi. "Önce çırak olacaksın, tek delikli zurnayı çalacaksın. Sonra ustan sana el verdikçe pişer, sen de zurnanı yavaş yavaş süslemeye başlarsın."

Çocuk bu sefer sustu. Kafasını çevirip zurnacıya baktığı bir sırada harman yerindeki yaşlı bir adam başını yukarı kaldırdı, gözlerini kamaştıran güneş ışığına doğru elini siper ederek, "Bu bekleyiş hayra alamet değil," dedi.

***

Delallerin evinin avlusunda büyük bir kalabalık vardı. Köyün genç kızları en güzel elbiselerini giymiş, saçlarındaki örgüleri kır çiçekleri ve boncuklarla süslemiş, dövmeli alınlarına gümüş pulları dizmiş, burunlarına işlemeli hızmaları takmışlardı. Erkekler ise sandıklardan gül yağlarını çıkarmış, üzerlerine sürmüşlerdi...

Tam o sırada Şiyar'ın sağdıcı olan Ferhat, gelin gibi süslenmiş beyaz bir atla avluya girdi. Gelin atının başı boncuklar ve çiçeklerle süslenmişti. Sırtında nakışlı bir örtü, onun üzerinde de türlü işlemelerle bezenmiş bir eyer vardı. Eyerden birkaç sıra mavi göz boncuğu ve rengârenk püsküller sarkıyordu.

Delal, ağabeyi Aso'nun koluna girmiş, beyaz renkli ata doğru yürürken, "Seni çok özleyeceğim," diye fısıldadı Aso, kadere boyun eğişin izlerini taşır gibi bir bakışla bakarken.

Delal o an dokunsan ağlayacaktı. Sustu, cevap vermedi. Gelin atının yanına geldiklerinde durdular. Aso kız kardeşinin bekâretini simgeleyen kırmızı bir kurdeleyi yeleğinin cebinden çıkardı, onun ince beline bağladı.

Delal buruk bir şekilde atın üzerine binerken, annesi Sultan da hüzünlü ve dalgın gözleriyle ona bakıp ansızın bir zılgıt çekti. Avludaki diğer kadınlar da peşi sıra ahenkli zılgıtlarıyla ona eşlik etti.

***

Vakit ilerliyordu.

Sabahki telaşın ve heyecanın yerini tuhaf bir huzursuzluk almış, şen şakrak sohbetler yerini mırıldanmalara bırakmıştı.

"Damat nerdedir?" dedi içlerinden biri.

"Allah Allah!" dedi bir diğeri. "Şiyar hiç böyle yapmazdı. Acaba ne oldu bu oğlana? Sanki yer yarılmış içine girmiştir."

Yaşlı adam tekrar başını yukarı kaldırdı, bu sefer güneşin yavaşça eğilmeye başlayan dik ışıklarına elini siper edip, "Ben söylemiştim," dedi, "bu bekleyiş hayra alamet değildir..."

O sırada davulcuların uzaktan yaklaşan bir kafileyi fark etmesiyle birlikte ortalık yeniden hareketlendi. Davulcular hüküm sürmeye başlayan sessizliğe inat çaldılar karşılama havasını. Beklenen son konuklar da davul zurna eşliğinde geçip yerlerine oturdular. Artık okuntusunu alıp da gelmeyen hiç kimse kalmamıştı.

"Nerde kaldı bu deli oğlan?" diye söylendi Berivan Kadın, harman yerindeki hazırlıkları yakından takip eden kocasına.

Kocası Ferman yemek kazanlarına doğru ağır ağır yürürken, "Atın iyisine doru, yiğidin iyisine deli derler kadınım. Meraklanmayasın, Şiyar'ım her nerdeyse gelir," diye cevap verdi.

Berivan Kadın o an bir şey yapamamaktan dolayı kederleniyor, içi içini yiyordu.

"Bey," dedi, "bu oğlanın başına sakın bir hal gelmesin?"

"Sen meraklanmayasın dedim ya. Hâlâ da öyle derim."

Berivan Kadın sıkıntıdan yerinde duramıyordu.

"Hâlâ öyle dersin de," dedi yüreği titrerken. "Diyar ile Şeyhmus da ortalıkta gözükmez. O ikisi nereye kaybolmuştur?"

Ferman yemek kazanın altına bir odun atarken, "Meraklanmayasın," dedi, "belli ki Şiyar'a bakmaya çıkmışlardır..."

***

Diyar en sonunda dayanamamış, gece olup bitenleri Şeyhmus'a anlatmıştı. Şeyhmus duydukları karşısında şaşkın ve üzüntülüydü.

O gün sınır boyunda, atının üzerinde düşünceli düşünceli bir ileri bir geri gidip gelirken, "Bu oğlan," dedi, "acep nerdedir?"

Diyar kahrolmuştu. Herkesten sakladığı gerçeği sabahtan beri söylemediği için pişmanlık duyuyor, vicdan azabı çekiyordu.

"Şeyhmus Emmi," dedi kederli bir sesle. "Gün nerdeyse bitmek üzeredir. Ne yapacağız şimdi?"

Şeyhmus kendini hiç bu kadar çaresiz hissetmemişti. Ağırlaşmış başını kaldırıp kilometrelerce uzanan sınır boyuna umutsuz bir halde bakarken, "Selamünaleyküm," diye seslendi çobanın biri arka taraftan.

Şeyhmus ve Diyar kısa bir süre için başlarını sesin geldiği yöne çevirdiler.

"Ve aleykümselam," dediler aynı anda.

Çoban hafifçe gülümsedi.

"Hayrola?" dedi. "Burda durup neyi gözetlersiniz?"

Şeyhmus onu baştan aşağı dikkatlice süzdü, nereden ve kimlerden olduğunu çıkaramadı.

"Kaçakçı Reşo'yu gözetleriz."

Çoban bu sözlerine şaşıp kaldı. Şeyhmus ondaki bu değişimi fark edince, "Ne oldu ki?" diye sordu. "Neden şaşırmışsın?"

Çoban alaycı bir sesle, "Kaçakçı Reşo'nun," dedi, "bu vakitte sınırdan geçtiğini hiç kimse görmemiştir..."

Şeyhmus yeleğinin cebinden köstekli saatini çıkarıp düşünceli bir şekilde bakarken, "Kaçakçı Reşo," diye konuşmasını sürdürdü çoban. "Sınırı adamlarıyla birlikte sabaha karşı geçer."

Şeyhmus'un uzaklara dalıp giden gözlerini hüzün kapladı. Bir ara dalgın bakışlarını Diyar'ın yüzüne çeviririp, "Doğru söyler," dedi, "artık geri dönelim. Belki de sağ salim eve varmıştır..."

***

Birden köyü ikiye bölen derenin karşı yamacından kadınların zılgıt sesleriyle beraber davulların sesi duyuldu. Bunun üzerine ortalık bir anda hareketlendi. Kadınlar kendilerine çekidüzen verip ayaklandılar. Karşı yamaçtan kopup gelen zılgıt seslerine ahenkli zılgıtlarıyla karşılık verdiler.

Davullar bu sefer büyük bir şevkle çalmaya başladı. Rengârenk giyinmiş kadınlar erkeklerin kollarına girip halaya tutuştu.

"Bey, ben şimdi neyleyeyim?" dedi Berivan Kadın telaşlı bir sesle. "Bak! Düğün alayı gelir."

"Meraklanmayasın," diye karşılık verdi Ferman, ama bu kez sesinde bariz bir kaygı vardı.

O sırada düğün alayı harman yerine yaklaşırken davullar daha bir gür, zurnalar daha bir kıvrak çalıyordu. Sürmeli gözlü kızlarla bıyığı yeni terlemiş delikanlılar daha istekli bir şekilde halay çekiyordu. Bütün herkes büyük bir heyecan içerisindeydi.

Düğün alayı köye varırken, rüzgâr da iğde ağaçlarının yaydığı kokuları taze çimenlere bulayıp öyle getiriyordu. Ayrıca havada mis gibi bir de toprak kokusu vardı. Çocuklar az sonra gelinin başından dökülecek ince jelatine sarılı renkli şekerleri toplayabilmek için hazırlık yapıyordu.

Beyaz atın üzerindeki Delal yavaş yavaş belirginleşmeye başlamıştı. Gelin atının başını Şiyar'ın sağdıcı Ferhat tutuyordu. Düğün alayının en önündeki, tepesini iğde dallarının ve kır çiçeklerinin süslediği, ucunda bir bezin olduğu uzunca bir direği taşıyordu. Bez iki renkliydi: yeşil ve kırmızı...

Davulcular önlerine köçekleri katıp gelini karşılamaya giderken, "Bey!" diye bir kez daha seslendi Berivan Kadın. "Gelin indi inecek. Nerde kaldı bu oğlan?"

Ferman sustu. Bu sefer karısına, "Meraklanmayasın," diyemedi. Bakışlarını ondan kaçırıp yemek kazanının altına gene odun atmaya koyuldu. Berivan Kadın kocasının yanına daha bir sokuldu.

"Duydun mu beni?" dedi endişeli bir sesle. "Gelin indi inecek. Şiyar'ım hiç böyle yapmazdı..."

Ferman, karısının sözünü kesti.

"Beklemek lazımdır..."

***

Şiyar sınırı geçmeye çalışan Kaçakçı Reşo ve adamlarını fark ettiğinde, "Sana şükürler olsun Allahım! Anamgil de çok meraklanmıştır şimdi. Tez gelseler de ben de yoluma düşsem," dedi kendi kendine.

Kaçakçı Reşo diğerlerinin en önünde mayınlı sınırı geçmeye çalışırken, Şiyar da atı Cengâver'i saklandığı yerde bırakıp dikkatle Reşo'nun yanına doğru yürümeye başladı.

Reşo birden onu karşısında görünce şaşırdı.

"Yahu," dedi kısık bir sesle, "burda ne işin vardır?"

Şiyar kendisini yorgun hissediyor, bir an önce köye dönmek istiyordu.

"Hiç sorma Reşo Dayı," dedi. "Sözleştiğimiz gibi burda durmuş, geceden beri yolunu gözlerim. Nerdeydin bu vakte kadar?"

Kaçakçı Reşo başını çevirdi, mayınlı araziden öteberiyi geçirmeye çalışan adamlarına baktıktan sonra, "Senin ısmarladığın elbiselik kumaş geç gelmiştir," dedi, "ondan gecikmişiz. Valla sana sözüm olmasaydı, bu saatte sınırı geçmezdim. Zaten geçtiğim de pek görülmemiştir ya."

Şiyar o an bu sözlerin ağırlığı altında ezildiğini hissetti.

"Allah senden razı olsun dayı," dedi mahcup bir sesle. "Bilesin ki bu iyiliğini unutmam."

Kaçakçı Reşo balyasından gök mavisi elbiselik kumaşı ve altın bileziği çıkarıp ona verirken, "İkimizin de," dedi gülümseyerek, "fazla zamanı kalmamıştır. Benim de yolum uzundur. Hadi Şiyar'ım! Şimdi sen de var git kendi yoluna. Allah mesut bahtiyar etsin inşallah!"

Şiyar mutlu bir şekilde küçük bohçayı sırtına vururken, "Sana da uğurlar olsun," dedi. "Tekrar bilesin ki bu iyiliğini unutmam. Şimdi güle güle..."

Reşo atına bindiği sırada, adamları hâlâ öteberiyi sınırdan geçirmeye uğraşıyorlardı. Şiyar hızlıca yürüyüp Cengâver'in yanına geldiğinde ansızın şiddetli bir patlama oldu. Başını çevirip sesin geldiği yöne baktığında, mayına basan kaçakçılardan birinin acı içinde bağırdığını, ince ve keskin sesiyle ortalığı velveleye verdiğini gördü.

Kaçakçı Reşo birden paniğe kapılarak, "Eyvah!" diye bağırdı. "Herkes canını kurtarsın."

Şiyar çabucak atlarına binip oradan uzaklaşan kaçakçıların arkasından şaşkın şaşkın baktıktan sonra, "Sizi şerefsizin evlatları!" diye bağırdı.

Kaçakçı Reşo ve adamları arkalarına bile dönüp bakmamışlardı. Sadece atlarını dörtnala sürüyor, bölgeden hızla uzaklaşmaya çalışıyorlardı.

Şiyar bir an ne yapacağını bilemez bir şekilde kıpırdamadan durdu. Fakat hemen sonrasında silkinip kendine geldiğinde, "Cengâver'im," dedi fısıltıyla. "Kaçmak bize yakışmaz. Hadi dostum, şu garibi ordan kurtaralım."

Şiyar hiç vakit kaybetmeden kıvrak bir hareketle atına bindi. Cengâver'i yaralı kaçakçının yanına doğru hızlıca sürerken, askerlerden birinin açtığı ateş sonucu göğsünden yaralandı ve daha ne olduğunu anlayamadan atının üzerine yüzükoyun kapaklandı.

Cengâver sanki kötü bir şeylerin olduğunu sezmiş gibi birden huzursuzlandı, toynaklarıyla dövdüğü toprak yerinden oynadı.

"Koş," dedi Şiyar zar zor konuşarak, "koş... Gül nazlım bekler. Ne olur beni ona kavuştur."

O an kan kokusunu alan Cengâver durumun vahametini kavramışçasına, önlerinde uzanan geniş düzlükte dörtnala koşmaya başladı.

Şiyar atının üzerinde güçlükle kalmaya çalışırken, "Koş Cengâver'im," diye fısıldadı kulağına. "Bir şeyciğim yoktur. Sen yeter ki koş. Korkma, hâlâ üstündeyim..."

Ama çok değil, birkaç dakika sonra birden sola doğru kaykıldı, neredeyse atından düşecekti. Bunun üzerine Cengâver ansızın yavaşladı, hızlıca yönünü değiştirip büyük bir kayalığın yanında durdu. Şiyar elinde tuttuğu bohçayla birlikte kayıp yere düşerken, "Gidip," dedi hüzün dolu bir sesle, "Delal'ime haber ver. Ona de ki: Deli oğlan seni bekler. Hemen oracıkta anlar seni. Şimdi git..."

Cengâver demir nallı toynaklarının altında un ufak ettiği bir kaya parçasının üzerinde şaha kalktı, yerinde birkaç kez dönüp kişnedikten sonra var gücüyle koşmaya başladı.

Şiyar atı gittikten sonra güçlükle sürünerek kayalıklara yaklaştı. Elinde tuttuğu kana bulanmış bohçayı açıp içinden bileziği ve elbiselik kumaşı çıkardı. Gök mavisi kumaşı öpüp kokladı. Sonra büyükçe bir kayaya sırtını verip başını geriye doğru yasladı. O anda sürmeli siyah gözlerinden yanaklarına yaşlar süzüldü...

BÜYÜK DERTLER DİLSİZDİR

Şiyar'ın ölümünün üzerinden günler geçmişti. Delal o günden sonra onun adını ağzına hiç almamıştı.

Kaç yağmur yağdı, kaç güneş açtı, kaç gece aydınlığa kavuştu... Delal bütün bunların farkında mıydı, kimse bilmiyordu.

Bazen onu alacakaranlıkta Suriye topraklarına bakan bir tepede görürlerdi. Feri sönmüş gözlerini karşıya dikip uzun süre öylece bakar dururdu. Köylüler çekindiklerinden yanına varamaz, hiçbir şey soramazlardı. Delal bütün dirayetiyle hâlâ ayaktaydı, ama günden güne üzüntüden kahroluyor, yavaş yavaş ölüyordu...

Berivan Kadın da ondan pek farklı değildi. Gencecik yaşta oğlunu toprağa vermek onu derinden yaralamıştı. Üstüne bir de kocası Ferman'ın ölümcül kahrı eklenince, acısı daha da derinleşmişti.

Oğlu Şiyar'ın öldüğü gün, matem evinde sanki zaman durmuştu. Elbette onlar da günlük işlerini yapıyor, sütlerini sağıyor, hasatlarını topluyor, koyunların ve keçilerin tüylerini kırpıyordu. Ama o yaz Berivan Kadın'ın evinin önünde çul dokunmayacaktı. Oysaki en güzel, en renkli çulları Berivan Kadın dokurdu...

Kocası Ferman'a gelince... Elindeki bir türlü iyileşmeyen yanıktan mıdır, yoksa kahrından mıdır bilinmez, günbegün eriyip gidiyordu. Mecbur kalmadıkça kimseyle konuşmuyor ve gözlerinden hâlâ tek damla yaş akmıyordu.

Dahası... Yanık kısım yerini yeni deriye bırakmış olsa da, üzerinde nedense bozkır misali derin çatlaklar oluşmuştu. Bu duruma köylüler de, Berivan Kadın da bir anlam veremiyordu. Zira yaraya zeytinyağı da dâhil olmak üzere birçok şey sürmüşler, ama hiçbiri fayda etmemişti.

Aslında herkes çok iyi biliyordu ki, bey iyileşmek istemiyordu. Dağlara, ovalara sığmayan bey, en sonunda bir döşeğe sığıvermişti...

***

Delal o gün avluya çıkıp hüzünlü gözlerle gökyüzüne baktı. Az önce kopan fırtınanın etkisiyle rüzgâr var gücüyle esiyor, ağaçların dallarını sağa sola savuruyordu. Bahçeden gelen havlama sesi fırtınanın sesine karıştı ve ansızın yağmur bulutlarıyla kaplı gökyüzünde şimşekler çakmaya başladı.

Delal ağır adımlarla yürüyüp ağılın yanına geldi, çinko bir tepsi alıp tekrar avluya geri döndü. Elinde tuttuğu tepsiyi yere koyduğu sırada, gökyüzünden düşen sert yağmur damlaları çinko tepsinin içinde ahenkli sesler çıkardı.

Delal ahşap bir sandalyeyi çekip oturdu. Çiçekli, tek parça elbisesinin cebinden haftalar önce Şiyar'ın avcuna sıkıştırdığı al mendili çıkarıp koklarken, "Allah bizi birbirimize yazmış. Beni senden kim ayırabilir ki?" sözlerini hatırladı. Ansızın yüreği sızladı, gözleri yeniden doldu.

Delal, Şiyar'ın ölümünden sonra töre gereği beybabasının evinde kalmış, evdeki matem hâlâ sürdüğünden, onun Diyar'la evlendirilmesi mevzusu henüz kimse tarafından dillendirilmemişti. Delal gayet iyi biliyordu ki, er ya da geç Diyar'la evlenmesini isteyeceklerdi.

O sırada ağabeyi Aso geldi yanına.

"Yaz yağmuru," dedi. "Güzel yağar."

Delal dalıp gittiği düşüncelerden sıyrıldı, elinde tuttuğu al mendili tekrar cebine koydu.

"Artık," dedi kederli bir ses tonuyla, "yağmur güzel değildir. Ne zaman yağsa onu hatırlatır, acılarımı depreştirir."

Aso, Şiyar'ın öldüğü günden beri onu nasıl teselli edeceğini bilememiş, çoğu zaman onunla göz göze gelmekten dahi kaçınmıştı. Ayrıca kız kardeşinin töre gereği Diyar'la evlenecek olmasını kendisi bile içine sindiremezken, Delal'in halini düşünemiyordu.

"Bacım," dedi Aso. "Ben de senin gibi üzülürüm, lakin alınyazısı böyleymiş. Elden ne yazık ki bir şey gelmez."

Bu sözler karşısında Delal'in gene yüzü kederlendi.

"Öyle dersin de abi," dedi sesi çatallaşarak, "küçük üzüntüler konuşurlar, büyük dertler dilsizdir. Kendi düğün gününde öldüğüne mi üzüleyim, yoksa kardeşim gibi gördüğüm Diyar'la baş göz edilecek olmama mı?"

Aso bu soru karşısında sustu. Ne söyleyebilirdi ki? Çaresiz bir şekilde başını önüne eğip sessizce yanından ayrıldı...

***

Oralarda erken batardı güneş. Köyün üstünden aşıp dağların ardına doğru çekildi mi, fakir köylünün içini kemiren kaygılar da yavaş yavaş ortaya çıkardı.

O akşam da Kuşçuların kızı Mizgin'in yüreğine derin bir acı gelip yerleşmişti. Şiyar'ın öldüğü günden beri ağlamaktan yorgun düşmüş, yüzü daha da solgunlaşmış, güzel kahverengi gözleri şişmişti.

"Yeter bacım," diye çıkıştı ablası. "Daha ne kadar ağlayacaksın? Ağladıkların yetmemiş mi sana?"

Mizgin henüz on altı yaşında, biçimli burnuyla güzel mi güzel bir kızdı.

"Ben ağlamayayım da kimler ağlasın abla?" dedi içini çekerken. "Meğerse ben ne kadar bahtsız bir kızmışım..."

Ablası uzun uzun ona baktı.

"Şimdi," diye konuşmasını sürdürdü Mizgin. "Ben ne yapacağım?"

Ablası Songül o topraklar üzerinde yaşayan herkes gibi törenin emrettiği şeyleri çok iyi biliyordu.

"Senin yapacağın şey bacım," dedi tok bir sesle, "gözyaşlarını silip ayağa kalkmaktır. Tez zamanda onu unutmaktır. Çünkü törenin emrettiği şeye itaat etmek gerekir."

Mizgin onun bu sözlerinden sonra yine gözyaşlarını tutamamış, bu defa hıçkıra hıçkıra ağlamaya başlamıştı.

O sırada yanlarında duran annesi ona ters ters baktı, sonra başını çevirip, "Songül," dedi. "Kendi gözlerinle gördün işte. Bacın aklını kaçırmıştır."

Songül, kız kardeşine bakıp acı acı gülümserken, "Olmaz," dedi, "hayatta olmaz. Ne bileyim be bacı. Başımıza gelen bu işi belki de kadere ve hayra yormak gerek."

***

Sultan her gün kızını o halde görünce kahroluyor, kendini yiyip bitiriyordu. Yatağın içinde bir taraftan diğer tarafa dönüp duruyor, yüreğindeki acıdan bir türlü uyuyamıyordu. Üstelik başı çatlayacak gibi ağrıyordu.

"Neyin var?" diye sordu kocası.

"Neyim yok ki?" diye cevap verdi Sultan. "Kızımızın içi yanar, üzüntüsü günbegün artar Kendal. Bu dertle nasıl başa çıkacağızdır?"

Kendal da ne yazık ki herkes gibi çaresiz kalmış, üzülmekten başka bir şey yapamamıştı.

"Bilmem," dedi cılız bir sesle, "galiba her derdin çaresi zamandır. Bu derdi de zamana bırakmak gerekir."

"Öyle dersin ama, Ferman da yatağa düşmüştür. Hiç iyi değildir. Yemekten, içmekten kesilmiştir. Senin dediğin gibi bu derdi zamana bırakırsak adamcağız ölüp gider."

Kendal yattığı yerde hafifçe dönüp karısına baktı.

"Ne demek istersin?"

Sultan yatağın içinde doğrulup oturdu. Düşünceli bir şekilde, "Berivan Kadın'ın yüreği de," dedi, "evlat acısıyla kavrulmaktadır. Ama buna rağmen hâlâ ayakta durmaya çabalar. O da kendini bırakırsa aile tümden çökecektir..."

Kendal aslında karısının sözü nereye getireceğini çok iyi biliyordu. Lakin o meseleyi açmaya bir türlü dili varmıyordu.

"Demem o ki," diye konuşmasını sürdürdü Sultan. "Töre işlesin."

Kendal bir an kızı Delal'i düşündü, yüreği sızladı.

"Elbet," dedi sesi titreyerek. "Töre er ya da geç işleyecektir."

Sultan ona kararlı gözlerle baktıktan sonra, "O vakit," dedi, "töre tez zamanda işlesin. Adamcağız ölmek üzeredir."

Kendal canından çok sevdiği kızını düşünürken, "Delal," dedi. "Bu işe ne der? Onunla bu meseleyi konuştun mu?"

Sultan yatağın bir kenarına yüreği acı içinde kıvrıldı, ağrıyan başını ellerinin arasına alıp çaresiz bir şekilde, "Berivan Kadın," dedi, "birkaç güne kadar bu meseleyi ona açacaktır."

UMUT GÜZELDİR OĞUL

O gün yağmur sonrası koyu bulutların ardından doğmakta olan güneşin ışıkları Kulyanlı Köyü'nün perişan halini tüm çıplaklığıyla gözler önüne seriyordu.

Baran bitap durumda bir köşede oturmuş, babası Mamo da diğer iki oğluyla birlikte sırtına yükleyip getirdiği çalı şeleklerini üst üste istifliyordu.

Mamo'nun henüz on yaşındaki oğlu Halil birden bakışlarını gökyüzüne çevirip uzun uzun gökkuşağına baktı.

Bir süre sonra aynı gökkuşağın üzerinde ikincisi belirdiğinde, "Âdem," dedi Mamo. "Cennetten kovulup yeryüzünde yapayalnız kaldığı günlerden birinde, Allah'a kendisini affedip tekrar cennetine kabul etmesi için diz çöküp yalvardı. Yakarışı biter bitmez yağmur başladı ve bir hayli uzun sürdü. Yağmur dinince Allah, Âdem'e bir gökkuşağı gönderdi ve ayağa kalkmasını işaret etti. Eğer gökkuşağının altından geçmeyi başarırsa cennete ulaşacağını söyledi. Ve Âdem, umut etmeyi öğrendi."

Baran başını kaldırınca bir an babasıyla göz göze geldi, uzun kirpiklerini hiç kırpmadan babasına baktı. Çakmak çakmak yanan yeşil gözleri de olmasa, bakımsız ve solgun yüzünde yaşamın izine rastlamak neredeyse imkânsızdı.

Berraktı gözleri Baran'ın. Berrak yeşili. Bakışları şimşek gibi çakardı. İnsanı âdeta peşinden sürükleyecekmiş gibi bakardı... Fakat o an babasıyla göz göze geldiğinde, bu bakışlarından eser yoktu. Gözlerini babasının gözlerinden kaçırdı, başını kaldırıp gökkuşağına baktı.

"Peki baba," dedi, "Âdem geçmiş midir gökkuşağının altından?"

Babası gülümseyip, "Hiç kimse geçememiştir," diye cevap verdi. Âdem, oğullarına umut vasiyet etmiştir. Lakin oğulları onu anlamamıştır. O da anlasınlar diye, eğer gökkuşağının altından geçerlerse dileklerinin kabul olacağını söylemiştir. Umut güzeldir oğul. İnsanın bir dileği beslemesi güzeldir. Âdem de oğullarına işte bu umudu vasiyet etmiştir..."

Baran yüzündeki kederle oturduğu yerden doğruldu, şalvarını çektiği sırada babası sol bacağındaki morluğu gördü.

"Bilirim," dedi buruk bir sesle, "canın yanar oğul. Dostallı Köyü'nde Derin Hoca varmış. Bugün yarın ona da giderim."

Baran güçlükle ayakta duruyordu. Topallayarak yürümeye başladığında, "Baba," dedi. "Askerde gitmedik tabip, burda gitmedik hoca, gitmedik şifacı kalmamıştır. Gel gör ki bu meret iyileşmez."

Mamo'nun gene keyfinin kaçtığı her halinden belliydi. Oğlunun arkasından çaresiz gözlerle bakarken, "Umut güzeldir oğul," diye seslendi. "Sen de umut et..."

***

Teğmen Cevdet ve yüz kırk kişilik süvari birliği, Aladdin Paşa'nın sürgün emri yüzünden çok zor günler geçiriyor, birlikteki zavallı atlar yazın o sıcağında susuzluktan kavruluyordu.

Çavuş, Teğmen Cevdet'in yanına gelip selam verdikten sonra, "Komutanım," dedi. "Atlar yine perişan halde. Ne yapmamızı emredersiniz?"

Teğmen Cevdet kendini salak gibi hissetmekten bıkıp usanmıştı. Tüm bu olup bitenler yüzünden içten içe hayıflanırken, "Atları gene Atmalı Köyü'ndeki dereye götürün, orada su verin," dedi.

Çavuş onun yüzüne şaşkın şaşkın baktı.

"Ama," dedi çekingen bir sesle. "Buraya geri döndüğümüzde atlar yine susuyor, komutanım."

Teğmen Cevdet başını kaldırdı, düşünceli bir şekilde gözlerini ufka dikip, "Tabii ki susayacaklar," dedi. "Buradan Atmalı Köyü'ne dünya kadar yol var."

"Komutanımızla," dedi çavuş kibar bir ses tonuyla, "bu konuyu konuşsanız nasıl olur acaba?"

"Yarın," dedi, "zaten mahkemem var. Belki mahkeme çıkışında onunla bu meseleyi konuşurum."

Çavuşun yüreğine biraz olsun su serpilmişti.

"Lütfen bir an önce konuşun, komutanım. Belki kalbi yumuşamıştır. Vallahi bu sabah duyduğumuzda biz de şaşırdık. Dün akşam Alaaddin Paşa'nın güldüğünü gören askerler olmuş."

Teğmen Cevdet bir an duraksadı, boş gözlerle çavuşun yüzüne baktı.

"Başka birini görmesinler?" dedi şaşkınlıkla. "İki dünya bir araya gelse paşanın güldüğüne inanmam çünkü."

"Vallahi de, billahi de paşa bu sefer gülmüş, komutanım."

Teğmen Cevdet'in şaşkınlığı hâlâ sürüyordu.

"Bayram değil seyran değil," dedi, "paşa niye gülmüş acaba?"

Çavuş, komutanının bu şaşkın halini görünce, "Alaaddin Paşa," dedi gülerek. "Çok yakında terfi alıp tümgeneral oluyormuş, komutanım. Yoksa siz duymadınız mı?"

Teğmen Cevdet başını "hayır" anlamında sallayıp, "Şimdi anlaşıldı," dedi. "Paşanın niye güldüğü..."

***

Mamo o gün oğlu Baran'ı o halde görünce bir köşeye çekilip gizlice ağlamış, sessiz sessiz gözyaşlarını akıttıktan sonra zeytin yeşili gözlerini silip doğruca Dostallı Köyü'ndeki hocanın evinin yolunu tutmuştu.

Mamo kırk dört yaşındaydı, ama yaşından daha büyük gösteriyordu. Saçları ve sakalları iyice ağarmış, bilge bir adamdı. Ayrıca neşeli biriydi, ama her neşede bir kederin var olduğunu da gayet iyi bilenlerdendi.

Halepli fakir bir ailenin oğlu olarak dünyaya gelmiş, ama hayatı Kilis'in Kulyanlı Köyü'nde ırgat olarak sürüyordu.

Karısı Zeyno'yla tam tamına yirmi altı yıldır birlikteydi. Aralarında kopmaz bir sevgi bağı vardı. Ona bütün hayatının sefaletini unutturan da karısı Zeyno'ydu.

On sekizindeyken ona tutulmuştu. Zeyno da o sıralar henüz on altı yaşındaydı. Evliliklerinin önündeki engel ise çok büyüktü. Kan davalı iki aşiretin üyesi olmaları yetmiyormuş gibi, Zeyno aşiret reisinin kızıydı.

Evlenemeyecekleri gün gibi aşikârdı. Onlar da birçok âşığın yaptığı gibi çareyi kaçmakta bulmuşlardı. Bu durum sonradan iki aşiretin de tepkisini çekmiş, kan davalarını bir kenara bırakıp onların peşlerine düşmüşlerdi. Mamo ve Zeyno uzun bir süre kendi ülkelerinde göçebe bir hayat sürmüş, sonunda da çareyi Suriye'den Türkiye'ye kaçmakta bulmuşlardı.

Mamo Dostallı Köyü'ndeki hocanın evinin önüne geldiğinde, tahta kapıyı çalıp beklemeye koyuldu. Kapı kısa bir süre sonra açıldığında, "Buyurun," dedi genç bir kız. "Ne istemiştiniz?"

Mamo başını uzatıp etrafa bakındıktan sonra, "Hoca," dedi, "evde midir güzel kızım?"

"Babam evdedir. İçeri girin."

Mamo genç kızın ardından düşünceli ve morali bozuk bir halde içeri girdi.

"Şurdaki asma çardağının," dedi kız eliyle işaret ederek, "altına gidip oturun. Ben de babama geldiğinizi haber vereyim."

Mamo sessizce yürüdü, asma çardağının altına geldiği sırada adamın biriyle göz göze geldi. Başını hafifçe sallayıp selam verdi. Adam da aynı şekilde ona karşılık verirken, "Buraya geçip oturabilirsin," dedi.

O sırada yanındaki iki kadın konuşmayı bırakmış, merakla Mamo'ya bakıyorlardı. Mamo da kadınları göz ucuyla şöyle bir süzdükten sonra, "Sağ ol," dedi. "Allah razı olsun."

Adam tebessüm etti. Kadınlarsa Mamo'nun orada olduğunu çoktan unutmuş, aralarında tekrar konuşmaya başlamışlardı.

"Böyle bir derdi," dedi içlerinden biri, "Allah düşmanımın başına bile vermesin. İnsan düşündükçe kahrolur. Ah oğlum! Ne derdin vardı da düğün günü kalkıp sınıra gidersin. Aklına durduk yerde gitmek nerden gelmiş?.."

"Başkalarından duyduğuma göre," dedi adam araya girip, "oğlan tuttuğunu koparan yiğit bir delikanlıymış."

"Hiç sorma," dedi kadın. "Ya babası Ferman'ın kıpkırmızı koru avuçladığına ne demelidir? Zavallı adamcağız şimdi kahrından yatağa düşmüş, ölmektedir..."

Oralarda düğün ve ölüm haberleri hiçbir engel tanımaz, civar köylere büyük bir hızla yayılırdı. Çerçiler, çadırcılar ve avcılar hatırı sayılır birer ayaklı gazete gibiydiler.

Mamo'nun sanki o an başından aşağı kaynar sular dökülmüştü. Göğsü sıkışmış, yüreği acıyla dolmuştu. Duyduklarına inanamıyordu. Kederli gözleriyle kadına bakıp, "Bacım," dedi, "yoksa siz Atmalı Köyü'nün beyi Ferman'dan mı bahsedersiniz?"

Kadın "evet" dercesine başını salladı. Bu cevap Mamo'nun yüreğini bir kez daha acıyla doldurdu.

"Beyi," dedi kadın. "Tanır mıydınız?"

Mamo'nun solgun gözleri uzaklara dalıp gitti. Asma çardağını birden derin bir sessizlik kapladı. Mamo bir süre sonra iç çekerek, "Hem de bacım," dedi. "Çok iyi tanırım. Ne de olsa bir zamanlar beyin yanında marabalık yapmışlığım var..."

Kadınlar şaşkın bir şekilde onun söylediklerini dinlerken, biraz önceki kız yanlarına geldi.

"Emmi," diye seslendi, "babam sizi yanına çağırır."

Mamo düşünceli bir şekilde oturduğu yerden kalktı, hiçbir şey söylemeden oradan ayrılırken, kadınlar da susmuş ona bakıyorlardı...

***

Mamo o akşamüstü yüzü asık bir şekilde eve geri döndü. Büyük oğlu Baran'ın bacağındaki yaraya hiçbir çare bulamadıkları için çok üzülüyordu. Üstüne bir de Şiyar'ın ölüm haberini alınca daha da kahrolmuştu.

Bütün gün onu merakla bekleyen karısı kapıyı açtığında, "Hele çabuk söyle," dedi. "Hoca ne der? Oğlanı iyi edecektir?"

Mamo bir an duraksadı, ardından sessizce içeri girdi. Zeyno'nun heyecandan yüreği boğazında atıyordu.

"Karşımda," diye çıkıştı, "niye susarsın? Hoca kötü bir şey mi söyledi? Bacağı iyileşmez mi dedi yoksa?"

Mamo mırıldanarak cevap verdi:

"Öyle dememiştir."

"Ya ne demiştir? İllaki kötü bir şey söylemiştir hoca. Yoksa boynun niye bükülmüş? Sen benden bir şeyler saklarsın."

Mamo karısının nasırlı ellerinden tuttuğunda yüreği bir kez daha sızladı, ona olan sevgisi katbekat arttı. Çünkü Zeyno'nun genç bir kızken narin elleri, güneş görmemiş pürüzsüz bir teni vardı.

"Yaranın üzerine," dedi Mamo şefkat dolu bir sesle, "dua yazacakmış. Bu dua tez zamanda iyi edecekmiş."

Zeyno derin bir nefes alıp, "Ohhh!" dedi. "Allah'a bin şükürler olsun."

Ama Mamo hâlâ çok üzgündü. Bunu fark eden karısı endişeli bir sesle sordu:

"Oğlan iyileşecek dersin de, o zaman bu halin nedir?"

Mamo ceketinin cebinden tütün kesesini çıkardı, ince bir sigara sararken, "Beyi hatırlarsın," dedi kederli bir sesle.

Zeyno meraklı bakışlarını ona dikti.

"Hatırlarım."

"Bugün hocaya gelenlerden duymuşumdur. Beyin durumu hiç hoş değildir."

"Nesi varmış?"

"Oğlu Şiyar ölmüş. Bey de amansız bir hastalığa düşmüş."

Zeyno'nun bir an yüreği sızladı.

"Demek Şiyar ölmüş ha!"

"Hiç sorma," dedi âdeta kahrolarak. "Hem de evleneceği gün ölmüş."

Zeyno'nun ansızın kehribar rengi gözlerinden yanaklarına yaşlar süzülürken, "Birkaç güne kadar," dedi Mamo, "beyin evine varayım. Hem bir başsağlığı dileyeyim, hem de bir hatırını sorayım..."

MAHKEME

Ertesi gün, sabah erken saatlerde Teğmen Cevdet Antep'e gitmiş, mahkeme salonunda yerini almıştı. Kürsüde kır saçlı ve gözlüklü bir hâkim oturuyordu. Kürsünün önünde de siyah saçlı bir kadın, küçük bir masanın üstünde duran eski bir daktiloya kâğıt takmakla meşguldü.

Hâkim gözlüğünün üstünden Teğmen Cevdet'e dikkatle bakıp, "Burası," dedi gür bir sesle, "mahkeme salonu evladım. Buraya tabancayla girilmez."

Teğmen Cevdet hem şaşırmış hem de heyecanlanmıştı. Çabucak tabancasını belinden çıkardı, götürüp hâkimin kürsüsünün üzerine koydu. Hâkim onun bu davranışı karşısında kendini tutamayıp güldü.

"Evladım," dedi, "yoksa ordunun malını bana mı hediye ediyorsun?"

Teğmen Cevdet yine o şaşkınlıkla tabancayı bıraktığı yerden aldı, ne yapacağını bilemez halde etrafına bakarken, "Tamam tamam," dedi yaşlı hâkim babacan bir tavırla. "Bırak böyle kalsın."

Teğmen Cevdet tekrar tabancayı kürsüye koydu, sonra da hâkimin karşısına geçip bekledi.

"Evladım," dedi hâkim. "Dövecek başka birini bulamadın mı? Gidip bir paşanın yeğenini dövmüşsün."

Teğmen Cevdet duyduklarına inanamıyormuşçasına salonda Tabip Asteğmen Baysal'ı bulmaya çalıştı.

"Öyle," dedi hâkim. "Şaşkın şaşkın etrafına bakıp durma. Asteğmen dün şikâyetinden vazgeçti. Sonra da çekip Ankara'ya gitti. Bundan sonra vatani görevini orada yapacak."

Teğmen Cevdet hâlâ hayretler içerisindeydi. O sırada hâkim boynunu hafifçe ileri doğru uzatıp, "Yaz kızım," dedi, "gereği düşünüldü ve davalının beraatine karar verildi..."

***

Atmalı Köyü'nde hayat sürüp gidiyordu... Göçerler esasında hayvancılıkla uğraşmalarına rağmen, yerleşik düzene geçtiklerinden beri toprağı işlemeye başlamışlardı. Bu verimli topraklarda ektikleri her şeyin hasadı bol oluyordu.

Ayrıca her evin bir sebze bahçesi vardı. Bamya, patlıcan, fasulye, biber, mısır, börülce... O yıl bahçeye ne kadar sebze ekilmişse bir kısmı tohumluk için ayrılır, geri kalanlar da güneşte kurutulup kışa yemeklik olarak saklanırdı. Domateslerden de salça yapılırdı...

O gün öğleüstü Fidan ve Mizgin sebze bahçesinde buluşmuşlardı. Fidan eğilip domatesi dalından kopardı, leğenin içine usulca koyarken, "O falcı," dedi. "Bizim cıbır Hüso hariç kime ne dediyse çıkmıştır. Vallahi de Evliya gibidir. Her bir şeyi bilmiştir."

Mizgin onun söylediklerinden hiçbir şey anlamamıştı. "Hangi falcı?" diye sordu. "Kime ne demiş ki?"

Fidan dalından kopardığı başka bir domatesi bu sefer kokladı, sonra kadife elbisesinin üzerine silip iştahla yemeye başladı.

"Senin," dedi, "hakkat haberin yoktur?"

Mizgin kaç günden beri perişan bir haldeydi. Bu yüzden anlatılanları duymamıştı.

"De hadi kız! Hakkat haberim yoktur."

Fidan o sırada domatesin kalan son parçasını da yedi, sonra elinin tersiyle ağzını silip, "O gün," dedi, "falcı kadın bizi yerdeki bir kilimin üzerine oturtmuştu. Masmavi gözlerini Delal'in gözlerine dikip uzun uzun bakmıştı. Sonra da ona, 'Tuttuğun dilek çıkmaz bir yoldur. Sana başka bir yol görünür. Lakin bilemedim! Bu yol iyi midir, yoksa kötü müdür? Sanki bir yanı güllük gülistanlık, öbür yanı diz boyu dikendir,' demişti."

Mizgin afalladı.

"Ya," dedi, "Delal ne söyledi ona?"

"Ne söyleyecek? 'Yeter, sus! Artık fal baktırmayacağım,' dedi. Arkasından da çekip gitti."

Mizgin hâlâ şaşkındı.

"Ellerine istediği kadar kına yaksın şimdi," dedi sitemkâr dolu bir sesle. "Artık başkasının yavuklusu ona yeni bir yol olmuştur. Ama anlamadım, Diyar'ımın nesi kötüdür?.."

Fidan onu hayretler içinde dinliyordu. Birden, "Kız," diye çıkıştı. "Sen aklını mı yitirmişsin? Kızın evleneceği oğlan ölmüş, sen onun hakkında nasıl böyle düşünürsün?"

Mizgin içini çekti.

"Şiyar'ın öldüğü gün," dedi sesi titrerken, "ben de ölmüşüm. Köylü şimdiden mırıldanmaya başlamış. Bu gidişle çok yakında yavuklumu Delal'le baş göz edecekler..."

Bu son sözler Fidan'ın acıdan yüreğini sızlatmıştı. Mizgin kendini daha fazla tutamayıp ağlamaya başlayınca, "Delal'e," dedi Fidan, "gönül koyma istersen. Çünkü o da Şiyar'la birlikte ölmüştür. O kara günden sonra sen de, o da törelerin kurbanı olmuşsunuzdur..."

***

Oralarda hayatın saniyesi saniyesine uymuyordu. Çünkü yaşamları hep bir mücadele ve endişe içinde geçiyordu. Aslında en iyi bildikleri şey endişe etmekti. Ya yağmur zamanında yağmazsa, ya ekinlere böcekler dadanırsa, ya kuzuları kurtlar telef ederse... Hatta doğumlar da endişeyle beklenirdi, ölümler de...

Gerçi çoğu zaman her şey kendiliğinden rast giderdi, ama bir doğum ânında bebeğin anne karnından ters çıkması halinde ellerinden hiçbir şey gelmezdi. Yaşadıkları bu coğrafyada unutulmuş olmanın küskünlüğü en çok da vakitsiz gelen ölümlerde onları yoklardı...

O günlerde Berivan Kadın da mecbur kalıp oğlu Şiyar'ın acısını yüreğine gömmüş, kocası Ferman'ı bir an önce ölüm döşeğinden çıkarıp ayağa kaldırmaya çabalıyordu. Onun bu içler acısı halini gördükçe, "Bey, bu evin direği sensin. Şiyar'dan başka dört çocuğun daha vardır. Şimdi benimle açık açık konuş, susma böyle. Niyetin ölmektir, yoksa yaşamaktır?" diye çıkışıyordu.

Ferman yün döşeğin üzerine uzanmış, duyduğu şiddetli acıdan inim inim inliyordu. Feri sönmüş gözleriyle tavana bakarken, "İçimdeki yara," diye fısıldadı. "Beni günden güne öldürür."

Berivan Kadın hafiften sinirlenmişti.

"Şayet," dedi, "bir an önce ayağa kalkmazsan seni elindeki yara öldürecektir. Elinin halini görmezsin? Çatlamış çöl toprağı gibi yarık yarık olmuştur."

Ferman gene sustu.

"Artık," dedi Berivan Kadın öfkeli bir sesle. "Susma. Çünkü sen sustukça köy halkı arkamızdan konuşur. Bu kızın hali ne olacak? Hiç düşünürsün?"

Ferman başını hafifçe çevirdi, o sırada karısıyla göz göze geldi.

"Diyar," dedi, "onu hak etmemektedir."

Berivan Kadın'ın başından aşağı kaynar sular döküldü sanki.

"Bu ne biçim bir laftır? Oğlun ne yapmış sana?"

"Oğlun," dedi içi titreyerek. "Oğlumu öldürmüştür. Daha ne yapacak?"

Berivan Kadın âdeta beyninden vurulmuşa döndü. Sinirinden yüzü pancar gibi olurken, "Bana bak bey," dedi kızgın bir sesle. "Ağzından dökülen sözleri kulakların duysun. Sen de gayet iyi bilirsin ki kaderden kaçan olmamıştır. Şiyar oğlumun da kaderi böyleymiş ne yazık ki."

"Oğlun," diye söylendi Ferman. "Oğlumun o gece gittiğini bize haber vermiş olsaydı, belki de yaşıyordu hâlâ."

"Diyar'ım gitmemesi için önüne durmuş. Daha ne yapacaktı? Şiyar'ım bir de oğlana yemin ettirmiş, doğrudur?.."

Ferman sustu.

"Aklından," diye konuşmasını sürdürdü karısı ağlamaklı sesiyle, "bu manasız düşünceleri çıkarasın. Oğlun senin düşmanındır? Artık bu hayatta geriye başka bir oğlun mu kalmıştır?"

Odada uzun bir sessizlik oldu. Ferman'ın yüreğini bu sefer daha ağır bir sıkıntı kapladı, birdenbire hıçkırarak ağlamaya başladı. Berivan Kadın ise tepeden tırnağa buz kesti, ona sadece kızgın gözlerle bakmakla yetindi…

***

Teğmen Cevdet beraat ettiği için son derece mutluydu. O gün mahkeme çıkışı bir lokantaya girmiş, güzelce karnını doyurduktan sonra sokak sokak gezip şehrin altını üstüne getirmişti.

"Doğrusu," dedi Alaaddin Paşa saatine göz ucuyla bakarken. "Seni daha erken bir vakitte bekliyordum."

"Kusura bakmayın, komutanım," diye cevap verdi Teğmen Cevdet. "Sabahki mutluluğumdan dolayı zamanın nasıl geçtiğini anlamamışım."

Onun bu sözleri üzerine bir kahkaha attı paşa. Teğmen Cevdet şaşkınlıkla ona bakarken, "Gerçekten paşa gülüyormuş," diye geçirdi içinden.

"Demek," dedi paşa, "beraat ettin."

"Evet, komutanım."

"Şimdi sana bir şey soracağım. Bana dürüstçe cevap ver. Tabip Asteğmen Baysal'ı dövdüğün için pişman mısın?"

Teğmen Cevdet böyle bir soru beklemiyordu, birden afalladı.

"Bu soruma," dedi, "ama dürüst bir cevap istiyorum."

Şaşkınlığından kurtulan Teğmen Cevdet, "Hayır," dedi gür bir sesle. "Pişman değilim."

Alaaddin Paşa'nın rengi attı.

"Gerçekten hâlâ pişman değil misin? Neden peki?"

"Gariban askerlere ayaklarını yıkatıyordu, komutanım. Ayrıca onları çok fena dövüyordu."

Alaaddin Paşa şaşırmıştı.

"Allah Allah!" diye söylendi. "Vay namussuz herif! Bütün bu olup bitenlerden neden benim haberim yok öyleyse?"

Teğmen Cevdet sabah öğrendiği gerçeği söyleyip söylemememekte bir an tereddüt etti, fakat yine çenesini tutamadı.

"Tabip asteğmen gibi benim paşa dayım yok, komutanım. Şayet savunmamı okusaydınız, gerçekleri öğrenirdiniz. Onu kayırdınız. Beni de birliğimle birlikte sürgün ettiniz. Atlar susuzluktan perişan bir halde."

Alaaddin Paşa bu sözler üzerine, "Ama," dedi, "ben seni birliğinle şey için gönderdim... Birbirinize zarar verirsiniz diye korktum. Dün de çağırıp davasını geri çektirdim, görev yerini değiştirip dosdoğru Ankara'ya gönderdim..."

Teğmen Cevdet duydukları karşısında söyleyecek bir şey bulamadı. Ne cevap vereceğini düşünürken, "Bugünden itibaren," diye konuşmasını sürdürdü paşa. "Birliğinin sürgün cezasını kaldırdım. Terhisine de çok az bir zaman kaldığı için seni izinli olarak memleketin İstanbul'a gönderiyorum. Vatani görevin resmi olarak bitmese de, artık fiili olarak bitmiştir. Yeni hayatında senden bir film yönetmeni olarak dikkat çeken çalışmalara imzanı atmanı istiyorum. Kim bilir belki bir gün buralarda geçen bir hikâyenin de filmini çekersin. Yolun açık olsun, başarıların daim olsun..."

ÖLÜM

Zeyno o sabah gene erkenden uyanmış, bir yandan etrafını saran tavukları uzun bir sırıkla kovuyor, bir yandan da elenmiş odun ateşinin külüyle kap kacağı yıkıyordu.

Kırk iki yaşındaydı, bunca zorlu geçen yıllara rağmen hâlâ canla başla çalışıyordu. Ayrıca kısa boylu, buğday tenli, uzun saçları örgülüydü. Başında alnını çevreleyen şerit biçiminde bağlanmış eşarbının üzerinde yazması vardı. Yanlarından da örgüler sarkıyordu.

Gururluydu. Çok cefa çektiği halde bunu pek belli etmemeye çalışırdı. Başı her zaman dik, yürüyüşü mağrurdu. Asla sözünü eğip bükmezdi. Söylemek istediğini açık ve net bir şekilde ifade ederdi. Bundan ötürü çevresinde pek arkadaşı olmasa da, köylü kadınlar üzerinde saygı uyandırabilmişti...

Yıkadığı kap kacağı kaldırıp bir tahtanın üzerine koyarken arkasından bir ses işitti:

"Hayırlı sabahlar."

Zeyno gülümsedi. Sonra başını çevirip kocasına baktı.

"Sana da hayırlı sabahlar," dedi. "Kahvaltı sofrası hazırdır. Bir-iki tike bir şey ye, öyle koyul yola."

Mamo'nun yüzü asıktı.

"Gece," diye söylendi, "kahrımdan hiç uyuyamamışım. Sürekli beyi düşünüp durmuşum."

Zeyno'nun yüzündeki ifade bir anda değişti, kehribar rengi gözleri doldu.

"Hiç söyleme," dedi içini çekerken. "Ben de çok üzülmüşüm. Lakin can veren, can alan Allahü Teâlâ'dır. Ölüm karşısında ne yazık ki elden bir şey gelmez."

Mamo düşünceli bir şekilde sofraya giderken, "Doğru söylersin," diye mırıldandı.

Zeyno'nun o anda aklına Baran geldi.

"Ne yazık ki," dedi üzgün bir şekilde. "Oğlumuzun yaralı bacağı için de elimizden bir şey gelmez. Aha dut pekmezi, aha tereyağı sofradadır. Her gün kaşık kaşık pekmez yediririm, tereyağını eritip kap kap içiririm, ama gene de bacağı iyileşmez. Dostallı Köyü'ndeki hocaya ne zaman götüreceksin oğlanı? Söylediği gibi bacağına bir dua yazsın, belki iyi olur."

Mamo'nun içini daha da kaplayan sıkıntı iştahını kaçırdı. Sofrada duran yufka ekmeğinin arasına biraz lor serpiştirip dürüm yaptı. Sonra siyah lastik ayakkabılarını giyip evden çıktı. Giderken de karısına, "Atmalı'dan döner dönmez oğlanı götüreceğim hocaya," dedi.

***

Öğle olmak üzereydi. Berivan Kadın geçip Delal ve Diyar'ın karşısına otururken, "Beyin," dedi ciddi bir ses tonuyla, "ne halde olduğunu görürsünüz. Dağlara, ovalara sığmayan adam bir döşeğe sığıvermiştir. Bilirim hepimizin yüreği hâlâ Şiyar'ımın acısıyla doludur..."

Berivan Kadın'ın dudaklarının arasından dökülen bu sözler Delal'in yüreğini paramparça etti, ona içi burkularak baktı.

"Lakin," diye sürdürdü konuşmasını Berivan Kadın. "Hayat devam eder. Ettiği için de köylü arkamızdan laf söylemeye başlamıştır."

Delal bu konuşmanın dönüp dolaşıp geleceği yeri çok iyi biliyordu. Gözleri dolu dolu oldu, kendini bir kez daha bahtsız hissetti. Gözyaşlarını daha fazla tutamayıp ağlamaya başladı. O an içinde büyük bir isyan dalgası kabarıyor, kaderine bin türlü lanet okuyordu. Delal'in çaresiz kaldığı o sırada, "Ağlamayasın," dedi Berivan Kadın, "bugünden tezi yok sen de acını yüreğine gömesin artık. Bir oğlum sana eş olamamıştır, ama bir diğeri vardır..."

Delal duyduğu bu sözler karşısında, "Sen söyle Berivan Ana," dedi acınası bir ses tonuyla. "Kardeş bildiğim oğluna nasıl eş olurum?"

Berivan Kadın insanın içine işleyen delici bakışlarını hiç kaçırmadan, "Töre," dedi buz gibi bir sesle, "böyle emretmiştir. Oğlumun ölümünü kabullenen, diğer oğlumu da kendine eş olarak kabullenir."

O esnada Diyar'ın da beti benzi atmış, eli ayağı boşalmıştı. Bir an sevdalısı olduğu kız gözlerinin önünden geçti, yüreği burkuldu. Ama bu duruma da açık açık bir tepki veremedi, sessizce kabullendi olup bitenleri...

Elbette hiçbir yönetim şekli mükemmel değildi, ama her yönetim şekli öyle ya da böyle kendini korumak zorundaydı. Töreler de kimi zaman insanları birleştiriyor, kimi zaman da insanlara çok ağır bedeller ödetiyordu. Bu törenin en son kurbanı da ne yazık ki Delal ile Diyar'dı.

Delal ağırlaşmış başını kaldırdı, ıslak gözleriyle ona baktı. Diyar'ın gözlerinden okunan teslimiyeti gördü, daha da hiddetlendi. Ela gözlerinden âdeta ateş saçarak hışımla ayağa kalktı, sonra da koşar adımlarla odadan çıktı...

***

Delal perişandı. Kederli yüzünde solgun ışıklar dalgalanıyordu. Ahırda, Cengâver'in yanında o halde ne kadar kaldığını hatırlamıyordu. Yüreğindeki bir türlü geçmek bilmeyen acı, elini ayağını felç etmişti sanki.

O sırada ansızın ahırın tahta kapısı açıldı, Diyar içeri girdi. Onun gölgede kalan kederli yüzünü birdenbire karşısında görünce şaşırdı Delal. Gözyaşlarını elinin tersiyle silip çabucak ayağa kalktı.

"Yalvarırım sana," dedi boğuk bir sesle. "Bir şey yap. Bu evlilik ikimize de yaramaz."

Diyar cevap vermedi, bir suçlu gibi başını önüne eğdi. Delal onun bu sessizliği karşısında öfkeden deliye döndü ve hırsla suratına bir tokat indirdi.

Diyar yine hiçbir karşılık vermedi. Bunun üzerine Delal, "Susma böyle," dedi, "bir şey söyle. Hem senin sevdalının hali ne olacak? Kurban olayım, bu derde bir çare bulasın..."

Diyar başını kaldırmış, tam bir cevap vereceği sırada, "Ben," diye konuşmasını sürdürdü Delal. "Şiyar'ın emaneti değil miyim? Abinin emanetini kendine nasıl eş yapıp koynuna alacaksın?"

Diyar bu son cümleyle altüst oldu.

"Sanki," dedi acı dolu bir sesle. "Ben bu durumdan memnunum. Abimin emanetine nasıl el süreceğim? Ama senin unuttuğun bir şey vardır. Töreyi ben yazmadım ki, ben bozayım. Bunu değiştirmeye ne senin ne de benim gücüm yeter."

Bu söz Delal'in yüzüne bir tokat gibi indi. Bir kez daha yıkılırken, "Allahım nasıl bir çıkmazdayım?" dedi kendi kendine.

Diyar ağzından çıkan bu sözlerin onu daha da yıktığını, umutlarını tükettiğini görebiliyordu.

"Yani dersin ki," dedi Delal sitemkâr dolu bir sesle. "Yapacak bir şey yoktur. Sen bu durum karşısında aciz kalmışsın, öyle mi?"

Diyar'ın gözleri birden parladı, sanki ağzından ateş saçtı.

"Ben ne yapayım, hele bir söyle? Öleyim mi Delal? Bu evliliğe ancak ikimizden birinin ölümü mani olabilir."

Delal âdeta buz kesti. O anda ne söyleyeceğini bilemedi. Ama çok geçmedi, öfke tekrar tüm benliğini sarıverdi.

"Peki," dedi, "o zaman yıkıl karşımdan!"

Bunu söyledikten sonra hızlıca yürüyüp Cengâver'in yanına gitti, eğilip kulağına, "Beni Şiyar'a götür," diye fısıldadı.

***

Mamo epeyce yol yürüdükten sonra bir ağacın gölgesine sığınmış dinleniyor, bir yandan da siyah şalvarının üzerine koyduğu tütünü sarıyordu.

Mamo ve köy halkı genelde Kilis'e gitmek dışında otobüse pek binmezdi. Köyler arasındaki patikalardan, kestirme yollardan yürüyerek gideceği yerlere varırlardı. Elbette bu durum sadece yaz aylarına mahsustu.

Mamo tütününü sarıp içtikten sonra, "İkindiye kalmadan beyin evine ulaşmak gerek," diye düşündü. Hemen sonrasında toparlanıp tekrar yola koyuldu. O sırada oradan geçen biri, "Selamünaleyküm," diye seslendi.

"Ve aleykümselam."

"Dur hele kardaş! Sigaramı yakmak için kibritin vardır?"

Adamın bıyıklarının ucu sigara dumanından sapsarı olmuştu. Mamo ona bakıp dostça gülümserken, "Vardır kardaş," diye cevap verdi, "al, yak sigaranı."

Adam kibriti alıp sigarasını yaktı, derin bir nefes çektikten sonra yavaşça dumanı havaya üfledi.

"Sen," dedi Mamo. "Nerden gelip nereye gidersin?"

Adam sigarasından bir fırt daha çektikten sonra, "Musabeyli'den gelip Atmalı Köyü'ne giderim," diye cevap verdi.

Mamo şaşırdı.

"Ben de Kulyanlı'dan gelip Atmalı'ya giderim."

"Hayrola," dedi adam, "bizim köyde ne işin vardır?"

"Ferman Bey'in evine giderim. Hem bir başsağlığı dileyeceğim, hem de bir hatırını soracağımdır."

Bu sözler karşısında adamın yüzü kederlendi.

"Hiç sorma kardaş," dedi dudağını ısırıp başını sallarken. "Bey ulu bir çınar gibi devrilmiştir."

Mamo'nun şaşkınlığı büsbütün artmıştı.

"Demek bey hiç iyi değildir ha?"

"Değildir kardaş, değildir!.. Bu öyle bildiğin dertlerden değildir. Kimin oğlu kendi düğün gününde askerden kurşun yiyip ölmüştür?"

Mamo ağzı bir karış açık karşısındaki adama bakarken, "Kardaş," dedi adam, "kibritini tekrardan verir misin? Yolumuz epey uzundur, bir sigara daha yakayım. Yolda her şeyi bir bir anlatırım sana..."

***

Cengâver, Şiyar'ın ölümünden sonra ilk kez sırtına birini alıyordu. Delal'in, "Beni Şiyar'a götür," sözleri sanki onda bir kamçı etkisi yaratmış, birden dörtnala koşmaya, önüne çıkan engelleri âdeta uçarak aşmaya başlamıştı. O anda yüreğinin acısı, Delal'in yüreğinin acısıyla sanki aynıydı...

Delal bir an başını yukarı kaldırdığında, gri bulutların arasından Şiyar'ın ona göz kırptığını görür gibi oldu. O sırada yazması başından düştü, uzun ve kumral saçları rüzgârda uçuşmaya başladı.

Şiyar'ın mezarının yanından hızla geçip giderlerken, "Koş Cengâver, koş... Beni Şiyar'a götür," diye acıyla haykırdı Delal.

Cengâver genç kızın yüreğine çöken tarifsiz acının ağırlığı altında ezildi sanki. Durmaksızın koşmaya devam etti. Delal ve Cengâver artık tek vücut olmuş, bir kasırga gibi esip geçiyorlardı...

Delal bir kez daha başını yukarı kaldırıp gri bulutlara baktığında Şiyar'ı tekrar görür gibi oldu. Şiyar'ın, ağabeyi Aso'yla birlikte evlerine geldiği o ilk günü hatırladı, yüreği bir yaprak gibi titredi.

Şiyar onu sürekli göz ucuyla süzmüş, onun bu bakışları karşısında Delal'in yüreği pır pır etmiş, içi bir tuhaf olmuştu. O gün onu daha fazla görebilmek için oğlakları defalarca ağıldan çıkarıp bahçeye salmış, sonra tekrar tekrar yakalayıp ağıla geri sokmuştu. İşte o gün başlamıştı Şiyar'la olan aşkları...

Delal ve Cengâver'in kasırga gibi esip geçmeleri ne yazık ki çok uzun sürmedi. Cengâver son nefesiyle koşup Şiyar'ın öldüğü kayalıklara geldiğinde, birden ayağı taşa takılıp tökezledi, iki can ayrı ayrı yerlere savrulup birbirlerinden sonsuza dek ayrıldı.

Cengâver düştüğü yerde acı içinde kişnerken, Delal de az ötede başını çarptığı kayanın yanında kıpırtısız bir şekilde yatıyordu...

***

Mamo ile Atmalı Köyü'ne doğru birlikte yolculuk yaptığı adam uzun yürüyüşün ardından epeyce yorgun düşmüşler, büyük bir kayalığa sırtlarını verip azıcık soluklanıyorlardı.

"Sen de," dedi Mamo şaşkınlık içinde, "bir ses duymuşsun?"

Adam kulak kabarttı. Sigarasını dudağının bir o tarafına bir bu tarafına attıktan sonra, "He valla!" dedi çabucak ayağa kalkarken. "Ben de bir ses işitmişim."

Mamo da ayaklanmıştı.

"Hamit Kardaş," dedi panikleyerek, "kurban olayım tez yürü. Yanı başımızda bir hal vardır."

Bunun üzerine Hamit ve Mamo hiç zaman kaybetmeden hızla kayalığın diğer tarafına geçtiler. O an yerde acı içinde kıvranan Cengâver'i ve az ötede kıpırtısız bir halde yatan Delal'i gördüler.

"Aman Allahım!" dedi Hamit korku ve hayret dolu gözlerle bakarken. "Bu Şiyar'ın atıdır. Kız da beyin talihsiz gelinidir."

Mamo duydukları karşısında şaşırmıştı, ama kendini çabucak toparladı. Koşarak Delal'in yanına gitti. Yeleğinin cebinden arkasında horoz resmi olan yuvarlak aynasını çıkarıp kızın burnuna tuttu. Aynanın camı hafiften buğulandı. Demek kız ölmemişti, yaşıyordu hâlâ.

Mamo biraz olsun rahatlamıştı. Kendisine gelsin diye yüzüne hafifçe vurdu. Delal gözlerini açacak gibi oldu. Fakat yapamadı, tekrar bayıldı.

Mamo, Delal'i o halde bırakıp bu sefer atın yanına gitti. Cengâver'in ayağı kırılmış, gerçekten çok acı çekiyordu. Mamo çöktüğü yerden doğrulup, "Ata yazık olmuştur," dedi yüzündeki çizgiler o an duyduğu üzüntünün acısıyla daha da derinleşirken.

Hamit ona şaşkın gözlerle baktı.

"Ne demek istersin kardaş?"

Mamo onun boynuna çapraz astığı tüfeğe bakarken, "Ya," dedi kararlı bir ses tonuyla, "hayvanı sen vur, ya da tüfeğini ver ben vurayım."

Hamit aslında bir tavuğu bile kesemezdi. Boynuna astığı tüfeği hemencecik çıkardı, titreyen elleriyle ona uzattı.

"Al," dedi bir çırpıda, "sen vur kardaş. Benim tüfek taşıdığıma bakma sen. Hayvan da olsa bir can alamam ben."

Mamo tüfeği aldı, bir an bile tereddüt etmeden Cengâver'in başına iki el ateş etti. Cengâver yediği kurşunlarla hemen oracıkta can verirken, perçemindeki mavi boncukların arasından kocaman kara gözleri görünüyordu...

BAŞKA BİR YOL

Akşam çoktan inmişti. Delal yatağında gözünü açtığında yüzü acıyla buruştu, "Ölmemişim! Daha kara yazgım bitmemiştir!" dedi içten içe hayıflanarak ve birden ağlamaya başladı.

O anda içini kaplayan öfke ömründe hiç bilmediği türdendi. Gözyaşları sel olup akıyor, sanki etini kesmişler gibi her bir yeri ağrıyordu. Ayrıca yüreğinde bir zehir acılığı hissediyordu.

Yattığı yerden ağır ağır doğruldu, yeşil bir tülbentle sarılı başına elini koyduğu esnada kapı açıldı. Annesi Sultan'ı karşısında görünce, "Hâlâ ölmemişim," dedi üzüntülü bir sesle ve tekrar hıçkırarak ağlamaya başladı.

Onun yürek dağlayan bu sözü annesinin acısını daha da arttırdı.

"Yetmez mi sana?" diye haykırdı Sultan. "Bugün yüreğimizi ağzımıza getirmişsin. Ya ölseydin, ben ne yapardım?"

Delal'in bir an başı döner gibi oldu. Bu yüzden yatağa tekrar uzanırken, "Ama ölmemişim," dedi, "ya ben ne yapacağım şimdi?"

Bu sözler annesini bir anda öfkelendirdi.

"Diyar'ın nesi kötüdür? O da pırlanta gibi çocuktur. Sonra, bütün bu mal mülk ona kalacaktır. Sen de ileride Berivan Kadın gibi bey karısı olacaksın."

Delal hiç oralı olmadı. Sadece buz gibi bir sesle, "Benim," dedi. "Beyim ölmüştür."

"Bana bak," dedi Sultan, onu korkutmak istercesine parmağını yüzüne doğru sallarken. "Senin beyin ölmemiştir. Şu anda avluda oturmuş. Hoca Efendi yarın imam nikâhınızı kıyacak. Sen de yarından itibaren Diyar'ın nikâhlı karısı olacaksın. Bu mesele de böylece kapanıp gidecektir."

Delal o anda kendini çaresiz ve zavallı hissetti. Yüreğindeki acı öyle fazlaydı ki, umutsuzluk içinde başını yastığına gömerken gözyaşları yanaklarından aşağı hızla süzülüyordu...

***

Mamo bütün bu olup bitenlerden dolayı o gün evine geri dönememiş, mecburen Atmalı Köyü'nde misafir kalmıştı. Üstelik çok da yorgundu.

"Attan düşüp bayılmıştır," dedi cılız bir sesle. "Korkulacak bir şey yoktur."

Berivan Kadın başını aşağı yukarı sallarken, "Allah," dedi, "kederli yüzümüze bakıp acımış bize. Bir kederi daha salmamış içimize. Bugün attan düşmesi talihsiz bir kaza olmuştur..."

Berivan Kadın ve bütün herkes Delal'in attan düşmesini talihsiz bir kaza olarak görse de, Mamo, Delal'in atı ölüme sürdüğünü düşünüyordu.

"Lakin," diye konuşmasını sürdürdü Berivan Kadın. "Üzüntüm çoktur Mamo Kardaş. Cengâver, Şiyar'ımdan yadigârdı bana."

Mamo tütün kesesini çıkardı, bir sigara sardı. Sigaradan derin bir nefes çekip dumanı dışarı üfledi.

"Hiç söyleme bacım," dedi hayıflanarak. "Bütün bu olup bitenler yüzünden hepimizin yüreği yanar. Ama bilesin ki Allah bizi de sınar. Allah'ın takdiri böyle işte. Ölüm karşısında bütün kulları çaresizdir. Her şeye meydan okuyan âdemoğlu, kendi ölümünün karşısında bir köşeye çekilip sinmiştir."

Berivan Kadın'ın gözleri doldu.

"Öyle de Mamo Kardaş," dedi boğuk bir sesle, "Allah yine de bizlere sıralı ölüm versin. Beyin durumunu kendi gözlerinle görmüşsündür. Bey o halde miydi? Dağlara, ovalara sığmayan bey, bir döşeğe sığdı şimdi. Bir türlü iyileşmek istemez, ölmek ister."

Mamo düşünceli görünüyordu.

"Beyin," dedi. "Ciddi bir buhran geçirdiği ortada. Bey de umut etmeli, yoksa..."

Birdenbire boğazı düğümlendi, daha fazla konuşamadı. Berivan Kadın'ın da yüzünden belli belirsiz bir yağmur bulutu geçti sanki. İçindeki ürpertiyi bastırıp,

"Mamo Kardaş," dedi, "ne yazık ki gerçekleri söylersin. Ben de ona benzer lafları etmişim. Lakin beni de dinlememiş. Hoca Efendi yarın Delal ile Diyar'ın imam nikâhını kıyacak. Bakalım ondan sonra beyin hali ne olacak?"

Mamo umudunu kaybetmek istemiyordu.

"İnşallah!" dedi bu sefer neşeli bir sesle. "Bey iyi olacak, ayağa kalkacak."

Berivan Kadın'ın kederli yüzü hafifçe aydınlandı.

"İnşallah Mamo Kardaş, inşallah!.. Kendi derdimize o kadar daldık ki, sormayı unuttum. Ya senin oğlanlar nasıldır?"

Mamo'nun birden aklına Baran geldi, durgunlaştı.

"Hepsi ellerinden öperler," dedi, "küçükler canavar gibidir. Lakin büyüğü iyi değildir."

Berivan Kadın afalladı.

"Hayrola! Büyüğünün nesi vardır?"

"Askerdeyken bacağından yaralanmıştır..."

Berivan Kadın hemen sözünü kesti.

"Kurşun mu değmiş?"

Mamo acı acı gülümsedi.

"Yok," dedi, "öyle olmamış bacım. Bacağına bir yara musallat olmuştur. Askerdeyken tabip bakmıştır, burda gitmediğimiz hoca kalmamıştır. Hâlâ da kurtulamamıştır şu meretten. Ama Baran'ım elbet iyileşecek, ayağa kalkacaktır."

Berivan Kadın duyduklarına çok üzülmüştü. Kısa bir süre sessizce durdu, sonra ayağa kalkıp, "İnşallah," dedi. "İkisi de çabucak iyileşip ayağa kalkacaktır. Sen de sakın ola ki bey gibi umudunu kaybetmeyesin Mamo Kardaş..."

***

Delal bütün gün hiçbir şey yememiş, bir hayalet gibi odasında dolaşıp ağlıyordu...

Tam o sırada kapısı yavaşça açıldı. Mamo içeriye başını uzatıp, "Nasıl oldun, daha iyicesin kızım?" diye sordu meraklı bir sesle.

Delal onun keskin sesini hayal meyal hatırladı, bir cevap vermeyip sustu. Ne "evet" dedi, ne de "hayır." Hiçbir şey söylemedi. Ama aslında her ikisinin de birbirine söyleyeceği çok şey vardı...

Mamo karşısında ürkek bir ceylan gibi duran Delal'i baştan aşağı dikkatlice süzerken, bir yandan da neler düşündüğünü anlamaya çalışıyordu.

Bugün duyduklarından yiğitlikte erkeklere taş çıkardığını, at koşturmada, tüfek ve fişek kuşanmada birçok erkeği geride bıraktığını öğrenmişti. Mamo aynı soruyu bir kez daha sordu:

"Nasıl oldun, daha iyicesin kızım?"

Delal'in başı öne eğikti. Yerde belli belirsiz bir noktaya bakarken, "Sence nasıl olayım?" dedi ağlamaklı bir sesle. "Bırakaydın da öleydim."

Mamo acı acı gülümsedi.

"Lakin," dedi, "ölecek kadar yaralı değildin. Ölüm nasibinde yokmuş. Duyduğuma göre daha on yedi yaşındaymışsın kızım. Kendine bu kötülüğü niye etmişsin?"

Birden uzun bir sessizlik oldu. Delal'in yüreğini büyük bir sıkıntı kapladı, gene ağlamaya başladı. Bir süre ağladıktan sonra sanki içini dökmek istercesine cevap verdi:

"Diyar'la evlenmek de ölüm gibidir. Bu durumda Azrail'den başka bana kim çare olacaktı?"

Mamo bir kez daha acı acı gülümsedi.

"Sen," dedi, "kendine çare olmuşsun ya!.."

Delal bu sözlere pek bir anlam veremedi. Islak gözleriyle ona şaşkın şaşkın bakarken, "Töreler gereği," diye konuşmasını sürdürdü Mamo. "Eğer ki bir kadın çevresindekilere kendini ispat etmişse, başkalarının yapamadığını yapmışsa, kendi yoluna gidebilir."

Bu sözler Delal'in düşüncelerini allak bullak etmişti. Sanki ömrünce bilincine varmadığı ama için için özlediği şeye kavuşmuş gibi bir hisse kapıldı. O anda garip bir duygu yüreğinde kabarırken, "İyi de," dedi, "ben ne yapmışım ki töreler bana kendi yoluma gitmeyi buyurmuştur?"

Mamo bu sefer hüzünle gülümsedi.

"Daha ne yapacaksın güzel kızım? O gün nişanlının cansız bedenini bulup getirmişsin."

Onun bu sözleri Delal'in içini dağladı, yüreğini acıttı.

"Ölüsünü," dedi sesi titrerken. "Ben bulmasam da onlar bulurdu zaten."

"Ama sen buldun, onlar bulmadı."

Delal bu sefer ona hiçbir karşılık vermedi, sustu. Mamo da daha fazla üstelemek istemedi. Hemen konuyu değiştirip, "Lakin bilesin ki," dedi kendinden emin bir şekilde. "Diyar'la evlenmek mecburiyetinde değilsin."

Delal duyduğu bu sözler karşısında afalladı.

"Şey... Şey," dedi kekeleyerek. "Ama bu nasıl olacak? O zaman kiminle evleneceğim?"

Mamo son derece yumuşak bir sesle, "İstersen benimle gel," dedi, "oğlumla evlenirsin."

Delal sanki kendini zamanın başka bir ânına savrulmuş gibi hissetti. Solmuş yüzü daha da kederleniverdi. Bir süre sonra, "Bu da," dedi. "Başka bir ölümdür."

Mamo gene yumuşak bir sesle konuştu:

"Bazen alıp başını gitmek ister insan. Uzaklara, çok uzaklara... Görürüm ki sen de alıp başını gitmek istersin buralardan. O vakit ben de seni yanımda götüreyim derim..."

Delal iliklerine kadar sarsıldı. Sonra ani bir öfke hissetti içinde.

"Doğrudur," diye bağırdı. "Uzaklara, hem de çok uzaklara gitmek isterim... Fakat Şiyar'ımın olmadığı bir yere de gitmek istemem."

Mamo sakinliğini hiç elden bırakmadı.

"İstersen acele hüküm verme," dedi. "Yarın sabaha kadar vaktimiz vardır. Bilesin ki benim oğlum da senin gibi yaralıdır. Bu kötü günlerinizde birbirinize yoldaş olursunuz kızım. Baran'ım elbette iyileşecek, bir gün ayağa kalkacaktır. O zaman da senin yaralarını o iyi edecektir..."

OLACAK İŞ DEĞİL

Ertesi sabah güneşin renkli camlara vuran parlak ışıklarıyla odaya dolan maviliğe rağmen kapkara bir sıkıntıyla uyandı Delal. Yataktan bir süre çıkmadı, ağladı. Daha ilk günden beri bu odanın içinde Şiyar'sız tek başına uyanmak canını acıtmıştı. Bugünden sonra da bu odada kendisini neyin beklediğini çok iyi biliyordu…

Yataktan kalkmak için doğruldu, ama sonra vazgeçti. Canı kalkmak istemiyordu. Ayrıca her tarafı ağrıyordu. Başı, bacakları, kolları…

Delal dün gece bir gerçeğin daha farkına varmıştı. Bu odada uyandığı her gün, neye, niçin uyandığını bilmiyordu. Islak gözleriyle içeriyi süzdü. Oda neredeyse boştu. Bir yatak, bir kilim ve kahverengi sandığın altına serilmiş kırmızı yollu bir çul… Odanın bu boşluğu karşısında, o da kendisini bomboş hissetti.

Bu düşüncelerle yatakta çaresiz bir halde kıvranıp dururken, ansızın kapısı açıldı. İçeri Aso girdi.

"Hayırlı sabahlar," dedi. "Nasıl oldun bacım?"

Delal moralsizdi.

"Nasıl olayım?" diye cevap verdi. "Gördüğün gibiyim."

Aso'nun canı sıkıldı. Bir an ona hem acıdı, hem de üzüldü. İçi ılınarak, "Bacım," dedi, "sana ne söylesem bilmem ki. İnan bana, ben de çok üzgünüm."

"Çok zor günlerden geçerim," dedi Delal ağlarken. "Çok zor..."

Daha fazla bir şey söyleyemedi, sustu. Aso onun solgun yüzüne baktı. Sonra yanına gidip elini tuttu, boynuna sımsıkı sarılırken, "Görürüm bacım, görürüm," dedi boğuk bir sesle. "Âdeta iğne ipliğe dönmüşsün."

Delal de ağabeyinin boynuna sımsıkı sarılmıştı. Onun saçının her telini seviyor; ağzını, burnunu, gözlerini ve kokusunu büyük bir hasretle özleyeceğini biliyordu.

"Abi," dedi titrek bir sesle. "Kendine ve kız kardeşlerime çok iyi bakasın, tamam mı?"

Aso onun bu sözleri karşısında şaşırmıştı, sendeleyerek ayağa kalktı. O sırada pencerenin üzerindeki renkli camlardan bir ışık huzmesi süzüldü içeriye. Aso ışıktan kamaşan gözlerini usulca çevirip ona bakarken, "Hayırlı sabahlar," diye seslendi arkasından Mamo.

Aso hâlâ şaşkınlık içerisindeydi. Başını çevirdiğinde Mamo onun bu halini gördü.

"Bizi," dedi, "biraz yalnız bırakırsın oğlum?"

Bunu beklemeyen Aso daha da şaşırdı.

"O nedenmiş?" diye sordu meraklı bir sesle.

Delal, ağabeyine baktı. Yüzü sapsarı olmuştu. Hemen yataktan doğruldu, ayağa kalkarken, "Odadan çıkmasına gerek yoktur," dedi kendinden emin bir şekilde. "O da aldığım kararı bilmelidir."

Aso o anda kız kardeşini hayretler içerisinde dinlerken, Mamo da "tamam" dercesine başını salladı.

Delal bu sefer Mamo'ya kararlı gözlerle bakıp, "Seninle gelirim," dedi, "oğluna da yoldaş olurum. Hatta evinde ırgat olurum. Her bir şeyiniz olurum. Lakin ben Şiyar'ı severken kimselere yâr olmam. Bunu da böyle bilesin..."

***

O sabah beyin evinde büyük bir kıyamet koptu. Delal'in babası Kendal, Ferman'ın yatağının karşısında yarı kızgın, yarı şaşkın bir yüzle oturmuş, bıyıklarını kemiriyordu. Hemen onun yanında da Mamo duruyordu. İçeride üçünden başka kimse yoktu.

O anda zaman durmuştu sanki. Odanın içinde bir ölüm sessizliği hüküm sürüyordu. Kimsenin ağzını bıçak açmıyordu. Sessizliği ilk bozan Mamo oldu.

"Beyim," dedi. "Rızan var mıdır?"

Ferman'ın duydukları karşısında yüzü allak bullak olmuştu. Usulca gözlerini Kendal'a çevirdi. Onun da yüzü kıpkırmızıydı.

"Olacak iş değildir," dedi Kendal öfkeli bir sesle.

Mamo ona kararlı gözlerle baktıktan sonra, "Bilirsin Kendal," dedi, "ben mayınların öte tarafından geldim.

Lakin töreleri bilecek kadar yaşlandım burda. İsteğim töreye uygundur."

Kendal bir an ne söyleyeceğini, ne cevap vereceğini bilemediği için sustu. Ferman acı dolu gözlerle ona baktı.

"Peki," dedi. "Delal kız ne der bu şaşılacak işe?"

Kendal mahcubiyet içinde onun karşısında kıvranıp dururken, Mamo hemen cevap verdi.

"Delal kız her iki yolu da iyice düşünmüştür beyim. Ya burda kalıp Diyar'la evlenecek ya da gözden ırak bir köye gelin gidecektir. Delal kız benimle gelmeyi seçmiştir."

Kendal âdeta kahroldu.

"Olacak iş değildir," dedi haykırırcasına. "Bu karar bizim için ölümden beterdir."

Mamo bir an içini saran ürpertiyi bastırdı, soğukkanlı görünmeye çalıştı.

"O zaman," dedi kararlı bir ses tonuyla. "Köyün ileri gelenleri çağrılsın, bir de onlara danışılsın..."

***

Delal'in kararlı bakışları sanki annesi Sultan'a işkence ediyor, kadınlık gururunu ayaklar altına alıp çiğniyordu. Bu bakışlar onu öyle öfkelendiriyordu ki, o an ayağa kalkıp kızını tekmelemek istiyordu. Berivan Kadın'ın ise eli ağzında, ona hayret dolu gözlerle bakıyordu. Bu duruma bir anlam vermekte zorlanıyor gibiydi.

Bir süre düşünceli bir şekilde başını kaşıdıktan sonra, "Kızım," dedi, "Mamo bizim yanımızda marabalık yaparak aç karnını doyurmuştur. Ambarı dolu beyin evini bırakıp marabaların barakasına ne diye gidersin?"

Delal sustu, ama yüzünde derin kederin izleri vardı.

"Sustuğuna göre," diye çıkıştı Berivan Kadın, "bu hayata katlanacağım dersin, öyle mi?"

Delal gene bir cevap vermedi, sadece başını önüne eğdi. Annesi Sultan öfkeden deliye döndü.

"Hadi! Cevap versene," diye bağırdı.

Delal hâlâ susuyordu. Bunun üzerine Berivan Kadın yüzünü buruşturup, "Bak kızım," dedi üzüntülü bir sesle. "Bu köyden çıkıp gidersen, lakin bir daha geri dönemeyeceksin. Eğer pişman olur da bir gün geri dönmek istersen buralarda hoş karşılanmayacaksın. O zaman da töre ne emretmişse onun gereği yapılır."

Sultan duyduğu bu sözlerden dolayı o kadar çok sarsılmıştı ki, birden içi çekilir gibi oldu.

"Kınalı kuzum," dedi sesi titrerken. "Gel etme, kal, gitme. Dün düşüp başını taşa vurmuşsun. Bu yüzden sıhhatli düşünmemişsin."

Delal artık hiç kimseyle konuşmak istemiyordu. Bu tür konuşmalardan da sıkıldığını düşünüyordu. Bu yüzden, "Şiyar'ın ölümü," dedi, "bana Allah'ın bir cezasıdır. Mademki dün ölmemişim, alınyazım böyle yazılmış, o vakit ben de cezamı çekmeye giderim..."

Annesi Sultan âdeta beyninden vurulmuşa döndü, bütün bedeni zangır zangır titremeye başladı.

"Ama bu seçiminin," dedi ağlarken, "çok büyük bir bedeli vardır. Baba ocağını sonsuza değin terk edeceksin, bir daha da bizleri görmeyeceksin..."

***

Köyün ileri gelenleri Ferman'ın yattığı odada toplanmışlardı. Mamo bütün herkesin kendisine tuhaf tuhaf baktığını fark ediyordu. Bir ara başını çevirdi, az ileride yere bağdaş kurup oturmuş Hoca Efendi'ye bakıp konuşmaya başladı:

"Onlara ettiğim lafımı şimdi de hepinize söylerim. Belki birçoğunuz iyi bilir. Ben mayınların öte tarafından geldim. Lakin töreleri bilecek kadar yaşlandım burda. İsteğim töreye uygundur."

Herkes aynı anda başını çevirdi, meraklı gözlerle Hoca Efendi'ye baktılar. Hoca Efendi elinde tuttuğu siyah tespihi parmaklarının arasında yavaşça döndürüyor, bir taraftan da düşünceli bir şekilde ak düşmüş sakalını sıvazlıyordu.

Bir süre düşündükten sonra, "Doğru söylersin," dedi, "isteğin törelere uygundur. Lakin kızımız bu işe ne der?"

Mamo tam bir şeyler söyleyecekti ki, "Töreler," dedi içlerinden biri. "Bu sualin cevabını kızın kendi ağzından duymamızı emreder."

"O vakit," dedi Hoca Efendi. "Çağırın gelsin kızı."

İçlerinden biri hiç zaman kaybetmeden oturduğu yerden kalktı, küçük odanın kapısını açıp seslendi:

"Delal kıza müsaade edin gelsin buraya."

Dışarıda merakla bekleyen kalabalığın o an heyecandan yüreği ağzına geldi. Delal herkesin karşısında çekinerek duruyordu. Merakla bakan gözler eşliğinde pejmürde ve bitkin bir halde kapıdan içeri girdi.

"Gel kızım," dedi Hoca Efendi. "Şimdi sana bir sualim olacak. Lakin derin derin düşünüp bir cevap veresin."

Delal ağırlaşmış başını kaldırıp etrafına bakındığı sırada babası Kendal'la göz göze geldi. Birdenbire yüreğini tuhaf bir duygu kapladı, ela gözlerinden sel gibi yaşlar boşanırken, "Töreler gereği," dedi Hoca Efendi. "Ölen nişanlının kardeşi Diyar'la değil de, Mamo'nun oğlu Baran'la evlenmek istermişsin, doğru mu anlamışım?"

Delal perişan bir durumda olduğunu, sığınacak başka bir yer bulamadığını, bu yüzden içi içini yediğini biliyordu. "Ona ne söylesem acaba?" diye geçirdi aklından, ama nedense söyleyecek bir şey bulamadı. Sadece başını "evet" anlamında salladı.

Odadakiler bu sefer bakışlarını Hoca Efendi'ye çevirdiler.

"Kızım," dedi Hoca Efendi, "sualim karşısında başını öyle sallama, doğruca söyle."

Delal'in yüzü bir ölü gibi bembeyazdı. Sanki yüreği yaşadığı ânın içinde kaybolmuş, hissizleşmişti.

"Doğrudur," dedi umursamaz bir ses tonuyla. "Onunla gitmek isterim."

Bütün herkes kısa bir süre şaşkınlık yaşadı. Hoca Efendi kendini hemencecik toplayıp, "Lakin," dedi, "şimdi gidersen bir daha bu köye adım atamazsın. Eğer adım atmaya kalkarsan töreler gereği öldürüleceksin."

Delal'in bu sefer yüzü kederlendi. Gözlerinin önünde birden Şiyar'ın hayali belirirken, "Bütün olacakları," dedi zor duyulur bir sesle. "Çok iyi bilirim. Ama siz de şunu bilin ki, burda kalıp Diyar'la evlenmek de başka bir ölümdür..."

BİLİNMEYEN BİR GELECEĞE DOĞRU

Öğleüstüydü. Bütün köy ayağa kalkmış, çalkalanıyordu. Herkes birbirine, "Haberi duydunuz mu?" diye sormuş, en sonunda da heyecanlarına yenik düşüp köy meydanında toplanmışlardı.

Köylü kadınlardan biri yanındakini koluyla dürtüp, "Allah'ına söyle, başka bir şey duymamış mısın?" diye sordu meraklı bir şekilde.

"Yoo!" dedi bir diğeri. "Hiçbir şeycik duymamışım."

Bir başkası araya girdi. Ellerini çırpınırcasına göğsüne vurarak, "Ah!" diye söylendi kurumuş dudaklarının arasından. "Yandı kızcağız!.."

Delal o öğle saatlerinde artık baba ocağına geri dönmüştü. Yukarıdaki odasının penceresinden ince ve yorgun bedeni belli belirsiz seçiliyordu. Babası Kendal onu karşısına alıp son defa yüz yüze konuştuğu sırada sesinde öfke, sevgi ve acı vardı.

"Benim nazlı kızım," dedi, "gel etme! Beni bir de sen öldürme desem nafile. Bilesin ki bu seni son görüşüm, sana son sözlerimdir. Sen bizden vazgeçip kendi yolunu seçmişsin. Artık bilirsin, bu yola gidip dönmek yoktur. Gittiğin yere bizim şerefimizi ve namusumuzu da götüresin. Hal ne olursa olsun, başını dik tutasın. Güçlükler karşısında çabuk ağlamayasın, çok laf etmeyesin. Ağzını açtığında sözünün üstüne tek bir söz dahi getirmeyesin.

Benim nazlı kızım!.. Birazdan şu avludan çıkıp gittiğinde artık bilesin ki benim kızım değilsin. Beni çiğneyip geçen, dik başımı yere eğen düşmanımsın. Allah bizi bir daha karşı karşıya getirmesin..."

Daha körpecikti Delal. Fakat oralarda erken büyürdü çocuklar. Kısa sürerdi çaputtan bebeklerle oynamaları. Hayatın acımasız yüzüyle ne yazık ki çok erken bir yaşta tanışırlardı. Henüz yedisine basmadan oğlakları, kuzuları köy yakınlarındaki meraya otlatmaya götürürlerdi. Oraya giderken de sırtlarına bağladıkları çıkınlardaki yufka ekmeğin arasına sürülmüş tereyağıydı umutları...

Belki Delal başka akranları gibi oğlak gütmeye gitmemişti. Ama nihayetinde bu toprakların kızıydı. Şimdi o da ömür boyu taşıyacaktı bu ağır yükü. Hem de omuzlarından bir an olsun indirmeden...

Delal canından çok sevdiği babasından duyduğu bu sözlerden sonra boynuna sarılıp hüngür hüngür ağlamak istese de yapamadı. Dik durmaya çalışarak odadan çabucak dışarı çıktı...

***

Vakit ilerliyordu. Çok geçmeden demir kapı ağır ağır açıldı. Zayıf yüzlü, göz kenarlarından şakağına doğru inen derin çizgilere sahip yaşlı bir kadın kapının önünde belirdi. Koyu renkli gözlerinde hüzünlü bir ifade vardı.

Kadının arkasında, ağabeyinin koluna girmiş Delal vardı. Sanki ayazda kalmış bir serçe gibi titriyor, adımları geri geri gidiyordu. Hani bıraksan tekrar evine geri dönüp yorganın altına saklanacak gibi duruyordu. Orada bütün herkesin gitmesini bekleyecek, ses seda tamamen kesilince de saklandığı yerden çıkıp kardeşleriyle gene eskisi gibi şakalaşacaktı.

Kısa bir süre sonra evlerinin önündeki köy meydanına geldiler. Ön sırada köyün en yaşlı kadını, ağabeyi Aso'nun koluna girmiş Delal ve küçük kız kardeşleri Leyla ile Halise duruyordu. Köyün bütün yaşlılarından oluşan heyetin hemen arkasında da diğer köylüler vardı.

Delal meydana doğru gelirken başını hafifçe öne eğmiş, hiç kimseyle göz göze gelmek istememişti. Yalnızca kınalı elinde sakladığı al mendili sımsıkı tutmayı daha çok arzular gibiydi.

Derken biri arkalarından seslendi:

"Durun hele! Azıcık beni bekleyin. Gelin kızın başına bunu takmayı unutmuşuzdur."

Meydanda toplanan köylüler aynı anda başlarını çevirdi, sesin geldiği tarafa yaralı bir hayvanın bakışları gibi dik dik baktılar. Mizgin onların bu deli bakışlarından bir an öylesine ürktü ki, gayri ihtiyari bir adım geri çekildi. Fakat sonra çabucak cesaretini toparlayıp Delal'in yanına geldi. Ön sıralardaki yaşlılardan oluşan heyetin onaylamayan bakışları altında ona sımsıkı sarıldı, elinde tuttuğu kırmızı ipek duvağı onun başına örttü. Arkasından da tiz bir zılgıt çekip sessizliği yırttı âdeta.

Köy meydanında toplanmış diğer kadınlar ufak bir tereddüt yaşasalar da, peşi sıra ahenkli zılgıtlarıyla eşlik ettiler onun sesinin tükendiği yerde...

Delal'i zılgıt seslerinin eşliğinde atına bindirdi Aso. Onu başka bir köyden gelen Mamo'ya teslim ettikten sonra birkaç adım geriye doğru çekildi, küçük kız kardeşleri Leyla ile Halise'nin yanında durdu.

Delal atın üzerinde öylece bekliyordu. Uzunca bir süre hiç kıpırdamadı. Sanki o anda kardeşlerinin yüzünü hafızasına kazıyıp yanında götürmek istercesine onlara dikkatle bakıyordu.

Mamo o sırada köyün en yaşlı kadınıyla göz göze geldi. Yaşlı kadın onları daha fazla bekletmedi. Nihayet başını sallayarak onay verdiğini belli etti, bir adım geri çekildi.

Mamo bu sefer gururlu bir şekilde başını kaldırdı. İlk önce gelini Delal'e hayran hayran baktı, sonra da elinde tuttuğu yulara... Birkaç adım atıp yanına yaklaştı, nasırlı iri elini havaya kaldırıp yuları Delal'in eline verdi ansızın.

Bu davranışı Delal'i şaşırttı. Çünkü geleneklere göre gelin atının yularını ya damadın kardeşi ya da babası tutardı. Ancak kahramanlık gösteren birisine kendi atının yularını tutma hakkı verilirdi.

Delal de nişanlısı Şiyar'ın peşinden korkusuzca gitmiş, onun cansız bedenini bulup geri getirmişti. Daha da ötesi, tek damla gözyaşı dökmemişti. Mamo da herkes gibi onun bu cesaretini kahramanlık olarak görmüş, ona kendi gelin atının yularını tutma onurunu bahşetmişti. Delal daha önceleri hiç görmediği damadın babasının elinden bu onuru almıştı...

O an sanki gözlerindeki donuk bakışlar silindi, etrafını saran ağlamaklı gözlere şöyle bir baktıktan sonra ağırlaşmış başını yukarı kaldırdı. Atının yularını sıkı sıkı tuttu, o esnada ince bedeni bir kavak gibi dimdikti. Ela gözleri bu sefer çakmak çakmak yanmaya başladı. Bu bakışlarda acısını gizleyen bir gurur okunuyordu.

Delal o gün bilinmeyen bir geleceğe doğru zılgıtlar eşliğinde yola çıkarken, yanına sadece kardeşlerinin yüzünü, nişanlısı Şiyar'ın ve ailesinin matemini, hiç tanımadığı bir adamın elinden aldığı onurunu götürüyordu. Tabii bir de sımsıkı tuttuğu al mendil ile atın terkisine konmuş bohçasının içindeki gök mavisi elbiselik kumaşını...

O gün bu kumaşı yanında götürmesi boşuna değildi. Şiyar'ın ölümünden kendine çıkardığı payın bedelini onu hep hatırlayarak ödemek istiyordu.

YOLCULUK

Yola çıkalı epey olmuştu. Atmalı Köyü'nün patika yolunu aşıp biraz daha geniş bir yol çatına geldikleri sırada, Mamo atının yularını hafifçe kendine çekti. At bir-iki adım attıktan sonra durdu.

Mamo atından inip onlarla birlikte yolculuk yapan ufak tefek adama, "Burdan sonrasını," dedi, "makineyle gideceğiz."

O âna kadar hiç konuşmamışlardı. Delal de atından indi, terkideki bohçasını eline alırken, "Daha çok yolumuz vardır?" diye sordu cılız bir sesle.

Mamo cebinden tütün kesesini çıkardı, bir sigara sarmaya koyuldu.

"Epeyce yolumuz vardır," dedi. "Hele bir Kilis'e varalım, ordan sonrası kolaydır."

O esnada ufak tefek adam atların yularını birbirine sımsıkı bağlayıp, "Öyleyse," dedi "ben atları alıp köye geri dönerim."

Mamo yanan sigarasından derin bir nefes çekti, dumanı dışarı üfledi.

"Atlar lazım değildir artık. Hadi git, uğurlar ola."

Adam yanında atlarla birlikte hızla oradan uzaklaşırken, Delal'in yüreğine bir kez daha acı saplandı. Artık sevdiği her şeye veda etmişti. Oysa atı geçmişte yaşanmışlıkların bir tanığıydı. Ayrıca onda sevdiği her şeyin kokusu ve izi vardı. O gün bilmediği bir geleceğe doğru yola çıkarken atının da ona can yoldaşı olacağını sanmıştı hâlbuki. Ama öyle olmamıştı...

Delal bu yolculuğa çıktığından beri kendi içinde sürekli gelgitler yaşıyordu. Şimdi de ilk defa bir şeyin farkına varmıştı. Sevdiği her şeye veda edemediği gibi atına da sarılıp veda edememişti. Nedense birden içinde tuhaf bir rahatlama hissetmişti. Kaç zamandır acıyla kavrulan yüreğine hafif bir serinlik gelirken, "Uğruna canımı verecek kadar sevdiğim ne varsa elimden kayıp gitmiştir. Artık kaybedeceğim bir şeycik kalmamıştır," diye geçirdi aklından.

Böyle düşüncelere dalıp gittiği bir sırada, "Güzel kızım," diye seslendi Mamo. "Her ne kadar seni oğluma gelin alsam da, sen benim kızım olacaksın. Bu nefesim var oldukça da hep senin yanındayımdır. Bunu da böyle bilesin."

Delal duyduğu bu sözler karşısında şaşırdı. O şaşkınlıkla da, "Yoksa," dedi, "senin kızın yok mudur?"

Mamo ona içtenlikle bakıp gülümsedi.

"Sen varsın ya! Daha ne olsun güzel kızım!"

Delal hafifçe tebessüm ederken, "Aha!" diye söylendi Mamo. "Makine de gelir işte."

Tam o sırada mavi üzerinde kalın beyaz çizgilerin olduğu otobüsün gürültüsü kulaklarında yankılandı. Ardında siyah boğucu bir duman bırakarak yaklaşıyordu.

Mamo çabucak yol kenarına geçti, elini havaya kaldırıp salladı. Kısa bir süre sonra külüstür, uzun burunlu otobüs önlerinde durdu. Kapı gıcırdayarak açıldı. İnce yapılı, çelimsiz, genç bir adam aşağı indi. Elindeki tahta takozu tekerleğin arkasına koydu.

Delal hayatında ilk kez gördüğü otobüs karşısında hem şaşkın hem de üzgündü. Ansızın bir gece evlerinin avlusuna serilmiş yatağında uyumadan önce gökyüzündeki yıldızlara bakıp ağabeyi Aso'yla birlikte otobüse bineceğini günü hayal ettiğini hatırladı. O gün en güzel elbiselerini giyip şehre gidecekler, orada renkli boncuklar ve kadife kumaşlar alacaklardı. Tabii bir de ince jelatinlere sarılı rengârenk şekerler...

Oysa şimdi önünde duran otobüse farklı bir sebeple biniyordu. Bu yüzden heyecan duymak bir yana, otobüsün içinin nasıl olduğunu dahi merak etmiyordu. Çünkü artık yanında hiç tanımadığı bir adam, önünde bilmediği upuzun bir yol vardı...

***

Kilis'e yolculuk epeyce zor geçmişti. Külüstür otobüsün içinde ne ararsanız vardı. Ayaklarından bağlanmış tavuklar, cılız bir keçi, çuval çuval unlar, çaylar, şekerler...

Bütün bunların yanı sıra hiç durmadan sarılıp içilen tütün kokusuna bir de mazotun keskin kokusu eklenince Delal'i otobüs tutmuş, sürekli istifra etmişti. Diğer zamanlarda da kusmaktan bitkin düştüğü için, kendinden geçmiş bir halde uyumuştu.

Mamo hafifçe omzuna vurup, "Delal yavrum," dedi şefkat dolu bir sesle. "Geldik sayılır. Hadi toparlanalım biraz."

Delal gözlerini açtığında, iki büklüm bir halde kıvrılıp başını onun dizlerine koyduğunu fark etti. Birdenbire solgun yüzü utançtan kıpkırmızı oldu, başını önüne eğdi.

"Peki," dedi.

Mamo yine şefkat dolu gözlerle ona bakarken otobüs acı bir frenle durdu.

"Hele şükür," diye söylendi Mamo. "Bu kâbus gibi yolculuk bitmiştir."

Delal ayaklarının üzerinde doğrulmaya çalıştı, fakat ayakları öyle kötü uyuşmuştu ki, tekrar koltuğuna oturmak zorunda kaldı.

"Birden," dedi Mamo, "ayağa kalkma istersen. Uzun süre aynı oturmaktan ayağın uyuşmuştur. Önce hafifçe yere basasın ayaklarını."

"Bir şeyciğim yoktur," dedi Delal utangaç bir sesle. "Uyuşukluğu çabucak geçmiştir."

Mamo bu sefer hiçbir şey söylemedi, sadece içtenlikle gülümseyip otobüsten aşağı indi. Delal de arkasından takip etti.

Delal külüstür otobüsten biraz uzaklaşıp meraklı gözlerle etrafına bakarken, kara çarşafa bürünmüş birkaç kadınla göz göze geldi. Böyle bir giyiniş daha önce hiç görmediği için tedirgin bir şekilde Mamo'ya sokulup hafifçe dürttü.

Mamo başını çevirip ona baktı.

"Şu kadınlar," dedi Delal kısık bir sesle. "Ne suç işlemişlerdir? Herkesten niye saklanmışlardır?"

Mamo cevap vermedi. Nasıl olsa uzun uzun anlatmaya çok vakitleri olacaktı. Bunun yerine tebessüm edip, "Korkma yavrum," dedi, "sana bir zarar gelmez."

Delal daha önce yaşadığı köyde hiç kara çarşafa bürünmüş bir kadın görmemişti. Aslında bütün şaşkınlığı da bundan ötürüydü. Köyündeki kadınlar genellikle uzun entarilerinin altına şalvar giyer, başlarına yazmalarını örter, ayaklarına da lastik ayakkabılarını geçirirlerdi.

Bir süre sonra Mamo ve Delal bu kez de kırık dökük, üstü açık bir kamyonete binip yola devam ettiler.

Yol boyunca gene hiç durmadan sarılıp içilen tütünün ve mazotun keskin kokusu Delal'i perişan etmiş, yine kendinden geçip iki büklüm bir halde başını Mamo'nun dizlerine koyması uzun sürmemişti...

Uzun ve oldukça zor bir yolculuktan sonra Musabeyli Köyü'ne varabilmişlerdi. Mamo, Delal'in solgun yüzüne bakıp şefkatle gülümserken, "Şu karşı tepede gördüğün köy," dedi. "Bizim köyümüzdür. Lakin burdan öteye makine işlemez. Oraya yayan gideceğizdir."

Delal'in artık ne otobüse ne de kamyonete binecek hali kalmıştı. Yorgunluktan sanki bütün hafızası silinmiş gibiydi. Aklında ne kardeşleri, ne geride bıraktığı köyü, ne de gelecek kaygısı vardı. Sadece yorgun gözlerini kapatıp uyumak istiyordu. Hani bıraksalar oracıkta, bir ağacın altında kıvrılıp uyuyabilirdi sonsuza dek...

KULYANLI KÖYÜ

Yüksek bir tepe üzerine kurulmuş Kulyanlı Köyü zamanında çeşitli yerlerden gelen göçerlerin oluşturduğu, yirmi-yirmi beş haneli toplama bir köydü.

Köyün yüzü doğuya dönüktü. En yakınındaki Musabeyli Köyü'yle de iletişim bu yönden sağlanıyordu. İki köyün arasında yaklaşık üç kilometrelik bir mesafe vardı. Ama bu kısa mesafeyi almak hem güçtü, hem de oldukça tehlikeli...

Yol yırtıcı hayvanlar ve zehirli yılanlarla doluydu. Hele bir de sert geçen kara kışın bahar aylarına kadar yerden kalkmayan karları eklenince, yol hiç kimseye geçit vermiyordu. Hatta geçen kıştan beri hâlâ Şaban'ın kara yası tutuluyordu.

Geçen aralık ayıydı. Kış olanca şiddetiyle hüküm sürüyordu. Dağlarda aç kalmış kurtlar sürüler halinde yola kadar iniyor, köylüler de güneş batmadan önce hemen evlerine çekiliyorlardı. Akşamları da mecbur kalmadıkça dışarı çıkmıyor, hatta hayvanlarını kontrol etmek için ahıra bile gitmiyorlardı.

O kış boyunca çerciler de gelmezdi köye. O aylarda onların da ayakları kesilince burada yaşayan köy halkı mecburen Musabeyli Köyü'ne kendi imkânlarıyla gitmeye çalışır; çay, şeker, un, tuz, gazyağı, idare fitili gibi ihtiyaçlarını oradan gidermek durumunda kalırlardı.

O gün de köyün bıçkın delikanlısı Şaban, konu komşunun ısmarladığı şeyleri bir kâğıda yazdıktan sonra tüfeğini omzuna asıp atıyla birlikte yola koyulmuştu. Henüz köyden çıkmak üzereydi ki, karşıdan gelen Sülo Dayı'yla karşılaşmıştı. "Dur hele yiğidim!" demişti Sülo Dayı. "Nereye gidersin böyle?" Şaban da, "Evde hiç gazyağı kalmamıştır. Musabeyli'den almaya giderim," diye cevap vermişti. Sülo Dayı bunun üzerine, "Gel bugün gitme yiğidim. Ben şimdi ordan gelirim. Az önce yola inen kurtlardan canımı zor kurtarmışım. Bizde azcık gazyağı vardır. Bugünlük onunla idare edersiniz. Bilirim yiğitliğine laf getirmezsin. Lakin canla yiğitlik sınanmaz oğul. Gel etme," demişti. Fakat Şaban ısrarlı bir şekilde, "Yol veresin dayı. Tez vakitte gidip geleyim. Köylünün de istekleri vardır. Sonra onlara ne derim? Hem sen meraklanmayasın, tüfeğim doludur. Kurtlar varamaz yanıma," demişti ve ardından elinde tuttuğu yuları sıkıca kavrayıp atını Musabeyli Köyü'ne doğru sürmüştü.

Sülo Dayı evine geldiğinde hiç kimseyle konuşmamış, gözleri karla kaplı cizlavetinde, derin düşüncelere dalıp gitmişti. En nihayetinde evden çıkıp durumu köylülere haber salmış, sonra da hep birlikte atlarına binip Şaban'ı aramaya çıkmışlardı. Çok geçmemiş, beyaza bürünmüş ağaçların arasında, sanki ak bir çarşafın üzerinde leke gibi duran bir karartı görmüşlerdi. Aceleyle oraya doğru atlarını sürerlerken, bir yanda da aç kurt sürülerine ateş etmişlerdi. Sülo Dayı yerde can çekişen Şaban'ın yanına varınca, "Ben sana demedim mi oğul, gel etme diye," demişti sitemkâr dolu bir sesle...

Kuşkusuz bu kısa ama çetin yol her zaman kederle anılmıyordu. Yaz aylarında bu yolu aşıp köye gelen çerçilerin bohçalarıyla girdikleri evlerde, avlularda sergiledikleri eşyalar büyük bir heyecan yaratıyordu.

Hele bir de uzağa gidenleri tekrar geri getirmez miydi bu yol... Zaman sanki en mutlu anda sonsuza dek duruverirdi. Bekleyenin de, gelenin de son nefesine kadar belleğinde kalırdı o tatlı an...

Ayrıca askerden izne gelenler pek bir havalı olurdu. Özellikle de dost muhabbetlerinde şehir hayatı anlatılır, daha önce hiç görmedikleri kocaman şehrin yaşamını ağızları bir karış açık dinlerlerdi...

Bazen de köyün güney tarafına düşen kayalıkların üzerine oturmuş, uzun uzun yola bakan birilerine rastlanırdı. Sanki bu yolun diğer ucundan tarifsiz bir beklentileri vardı. Ama çoğunlukla neyi beklediklerini bilmeden tepede güneş batana kadar kalırlardı...

***

Delal gene bir aralık durdu, başını kaldırıp karşı tepedeki köye baktı. Her bakışında dehşetli bir can sıkıntısıyla yolun daha yarısına bile gelmemiş olduklarını görüyordu.

Hâlbuki karşıdan bakıldığında mesafe çok yakınmış gibi görünüyor, ama yol bir türlü bitmek bilmiyordu. Sanki attığı her adımda geri gidiyordu. Artık çok yorgun düşmüştü. İncecik bacakları onu taşıyamaz olmuştu. Bir an yere kapaklanacak gibi olduğunda son bir gayretle uzanıp Mamo'nun ceketinin ucundan tuttu.

Mamo birden durdu. Başını çevirip endişeli gözlerle ona baktığında, Delal'in bütün bedeni ince bir dal gibi titremeye başladı ve daha bir şey diyemeden dizlerinin bağı çözülüp olduğu yere yığılıp kaldı.

Mamo hemen kollarından tutup ayağa kaldırdı. Ve hiç zaman kaybetmeden patikanın kenarındaki bir ağacın altına götürüp yatırdı.

Delal güçlükle dizlerini karnına çekip hızla uykuya daldı...

Mamo bir süre onu seyretti. Derin düşüncelere dalmış gibiydi. Sonra bakışlarını tepeye, köyüne doğru çevirdi. Ardından tütün kesesini çıkarıp titreyen elleriyle bir sigara sarmaya başladı.

Allah'ın belası düşünce nereden gelip musallat olmuştu şimdi. Yanan sigarasından derin bir nefes çekip dumanı dışarı üflerken, "Evdekiler yarı aç yarı tok yaşar. Daha o zavallıların karınlarını doyuramamışım. Şimdi de bu zavallının günahına girmişim. Üstelik oğlanın da bacağı bir türlü iyileşmek bilmez. Zaten bugüne kadar da hiç kimse kızını vermemiş. Gerçi oğlanı da bu halde hiçbir kız istememiş. Öyle ya! Oğlanı niye istesinler ki? Evde hem yiyecek ekmek yoktur, hem de oğlumun bir bacağı sakattır. Öteki kızların canı vardı da, bu zavallının canı yoktur? Mecbur kalmasaydı gönlüyle ardıma düşüp gelir miydi hiç? Eyvah! Eyvah ki eyvah! Ben ne yaptım Allahım? Bir günah ettim ki, gayri sen beni affedesin. Yüzümü kara çıkarmayasın. Sana sığındım ulu Rabbim," diye kendi kendine hayıflanıp durdu...

***

Zeyno o gün dağdan yakacak odun toplamış, eve döndüğünde canı sıkkın bir halde dışarıdaki balkona yer sofrasını kurmuştu.

Köhne, güç ayakta duran kerpiç evin mutfağından dışarı çıktığı sırada sofranın başında dolaşan tavukları gördü. Hemen eğilip ayağındaki eski püskü terliğini çıkardı, tavuklara doğru fırlattı. Ansızın tavuklardan birinin sesi yankılandı:

"Gaaak!"

Tavuklar çil yavrusu gibi dağılırken, Zeyno bu sefer de yerdeki çalı süpürgesini eline alıp sofranın hemen yanı başında koşturup oynayan Halil ve Resul'a fırlattı. Süpürge Halil'e isabet etmişti.

İki kardeş aniden durdu, başlarını çevirip analarına baktılar.

"Babasının sakalına tükürdüklerim," diye sövdü Zeyno, "ömrümü yediniz. Ben ikinize şu tavukları sofradan kovun demedim mi?"

Zeyno bu sert görünüşünün altında aslında ne kadar kırılgan olduğunu biliyordu. Ama bir kere başını eğdi mi bir daha kaldırmasının çok zor olduğunu da biliyordu. Bu yüzden bugüne kadar başını asla eğmemiş, karşısındakinin gözlerinin içine bakarak konuşmuştu hep. Ayrıca her şeye meydan okuyan bir havası vardı. Sırtındaki yakacak odunları tahıl karşılığında takasa getirip köylünün kapısına öyle bir indirirdi ki, sanki Acem ipeği getirmiş sanırdınız...

Halil ve Resul'dan hiç ses çıkmadı. Başlarını yere eğmişler, kıpırdamıyorlardı. Zeyno'nun kızgınlığı geldiği gibi ansızın geçivermişti. Başındaki eşarbı düzeltti, balkonun ucuna kadar gelip yola baktı.

O sırada Baran bir köşede oturmuş, annesinin endişeli yüzünü seyrediyor, kafasının içinden neler geçtiğini anlamaya çalışıyordu.

"Ne o?" diye seslendi. "Yoksa senin canın mı sıkkındır ana?"

Zeyno oflayıp pufladı.

"Baban," dedi, "hiç böyle yapmazdı eskiden. Başına bir hal gelmesin."

Baran'ın o an çektiği acı yüzünden okunuyordu. Yine de yaralı bacağının acısını bastırıp, "Senin," diye mırıldandı. "Canın buna mı sıkkındır?"

Zeyno Halep'ten kaçarken kader birliği yaptığı kocasını bir an düşündükten sonra, "He ya!" dedi. "Dün geceden beri onu düşünürüm. Aynı gün gidip dönecekti. Nerde acep şimdi?.."

***

Delal ansızın uyandığında gün kavuşmuş, karanlık çökmüştü. Yorgunluğunu bir nebze olsun üzerinden atmış, bacaklarındaki sızı az da olsa dinmişti.

O an zihni yavaşça berraklaşırken aklından binbir düşünce geçti. Birden gözlerini kocaman açıp korkuyla kendi kendine söylenmeye başladı:

"Nereye, kime giderim böyle? Burası da neresidir? Bu dağın başında kimsecikleri tanımam etmem ben. Burda ne işim vardır? Köyüm çok uzaklarda kalmıştır. Artık Şiyar'ımın mezarına da gidemem, otlarını yolamam. Sonra, dertli anamın gözyaşlarını kim siler? Ya kız kardeşlerim? Peki, ya Aso? O bensiz ne yapar?.."

Derken bu korkunun yerini birden çaresizlik aldı. Bu öncekinden de daha kötü bir histi. Başını çabucacık çevirip arkasında bıraktığı yola bakarken, "Yol bilmem iz bilmem. Lakin istesem de geri dönemem. Babam, 'Artık bilirsin, bu yola gidip dönmek yoktur,' demişti," diye hayıflanmaya devam etti.

Mamo o sırada namazını kılıp bitirmiş, oturduğu yerde ona şaşkın şaşkın bakarak, "Hayrola? Neye bakarsın böyle?" diye sormuştu.

"Bir şeycik yoktur," dedi Delal.

Mamo başka bir şey sormadı, yavaşça ayağa kalktı. Önünde uzanan evin yoluna baktıktan sonra, "Biraz kendine geldiysen," dedi, "artık yola koyulalım mı? Zeyno da merak içinde kalmıştır şimdi."

Delal utancından başını önüne eğdi.

"Peki," dedi.

Mamo, "Ya bismillah!" deyip tekrar yola koyulurken, Delal de tüm yorgunluğuna karşın peşi sıra yürümeye başladı...

***

Aynı günün akşamı nihayet yorgun argın bir halde eve döndü Mamo. Taş basamakları ağır ağır çıktığı bir sırada kaşlarını çatmış, kapının eşiğinde merak içinde bekleyen karısı Zeyno'yla göz göze geldi.

"Bir tas su veresin," diye seslendi Mamo. "Boğazım kurumuştur."

Zeyno tam bir şeyler söylemek için ağzını açmıştı ki, gözleri kocasının arkasında duran Delal'e takıldı.

Mamo gülümseyip, "Duymadın mı beni?" dedi. "Hele ilk önce bir tas su veresin."

Zeyno o an âdeta küçük dilini yutmuş, öylece kalmıştı.

Kendini toparladığında koşar adımlarla mutfağa gitti. Kısa bir süre sonra elinde su dolu bakır bir tasla geri döndü.

Mamo tası alıp başına dikerken, zeytin yeşili gözleri ayın o olağanüstü ışığı altında parıl parıl parlıyordu. Elinin tersiyle dudaklarını silip, "Bundan böyle," dedi, "kızım yok demeyesin Zeyno."

Karısı afalladı. Kocasının bu sözlerinden o kadar çok etkilendi ki, boğazına bir yumru takıldı sanki. Delal'in görkemli güzelliğini ve yüzündeki masum ifadeyi bir defa daha hayranlıkla seyretti. Âdeta büyülenmiş gibiydi. Zira bugüne kadar onun güzelliğine sahip birini ne görmüş, ne de işitmişti...

Birden içinde oğluna karşı bir acıma duygusu yükseldi. "Olamaz Allahım! Bu kızın güzelliği oğlumun acısı olamaz. Beni bu sefer de böyle mi cezalandırırsın?" diye düşündü.

Mamo o anda karısına dalgın ve düşünceli gözlerle bakıyor, bir yandan da aklından geçenleri anlamaya çalışıyordu.

Zeyno şaşkınlığını üzerinden atıp kendine geldiğinde, "Buyur kızım," dedi, "evimize hoş gelmişsin. Şöyle geçip sedire otur, yorgunsundur."

Delal de o âna kadar şaşkınlık içerisindeydi. Kime ne söyleyeceğini, ne cevap vereceğini bilemediği için başını önüne eğmiş, susmuştu.

Zeyno'nun sözleri üzerine başını usulca kaldırıp ona baktı. Alnındaki güneş dövmesi ve biçimli dudağının hemen altından başlayıp çenesine doğru inen diğer dövmesiyle çok güzel bir kadın olduğunu gördü. Yine hiçbir şey demeden sessizce yanından geçip yorgun bedenini sedirin üzerine bıraktı.

Mamo da hemen sonrasında sedirin üzerine oturup, "Biz," dedi, "çok açız. Evde ne yemek vardır? Bir-iki tike yesek."

Zeyno aklında bir sürü düşünceyle arkasını dönüp mutfağa doğru giderken, "Hemencecik getireyim," dedi. "Akşama domatesli bulgur aşı yapmıştım..."

***

Çok geçmeden hep birlikte yer sofrasına oturmuşlardı. Mamo domatesli bulgur aşından bir kaşık yedikten sonra, "Ellerin dert görmesin," dedi. "Lezzetlidir."

Karısı Zeyno onun söylediklerini dinlemiyor, sadece dosdoğru karşısındaki Delal'e bakıyordu.

Delal önündeki yemeği utana sıkıla yerken, Zeyno da onu baştan aşağı süzüyordu. Delal'in güzelliği bir yandan onu gururlandırmış, bir yandan da ürkütmüştü. Birden içini çekip, "Böylesine güzel bir kızı bu köhne ve yoksul evde tutmak hiç de kolay olmayacaktır," diye düşündü.

Tam o sırada bütün bu olup bitenlerden habersiz eve dönen Baran'ın gür sesiyle dalıp gittiği düşüncelerden sıyrıldı. Yüzüne buruk bir tebessüm gelip yerleşti.

"Bu da kimdir?"

Delal de o an neye uğradığını şaşırdı. Elinde tuttuğu tahta kaşığı kabın kenarına koyup geriye doğru çekildi. Başını önüne eğdiği sırada göz ucuyla Baran'ın titreyen bacağına baktı. Ayakta zor duruyor, acı çektiği her halinden belli oluyordu.

Zeyno oğlunun bu sorusuna ne cevap vereceğini bilemedi, bir an durdu. Sonra kafasını çevirip kocası

Mamo'ya baktı. O sırada, "Ana," diye haykırdı Baran, "çabuk içeri gelesin."

Baran ayağını sürüye süreye içeri girerken, Zeyno da arkasından seğirtti. Mamo da hemen yerinden kalkıp çabuk adımlarla peşlerinden gitti. Delal sofrada tek başına kalmıştı.

Baran gördükleri karşısında altüst olmuş, sinirleri iyice gerilmişti.

"Ana," diye bağırdı, "bu kızın evimizde ne işi vardır?"

Zeyno onun karşısında büzüldükçe büzüldü. Sonra da, "Oğlum," dedi alttan alır bir sesle. "Baban her şeyi daha iyi bilir. Vallahi ben de kızı şimdi görmüşüm."

O esnada Mamo yanlarına geldi. O akşam ağzını açamayacak kadar yorgun olmasına rağmen başından geçenleri en ince ayrıntısına kadar anlattı. Bunu yaparken de peş peşe sigara sarıp içti.

"İşte böyle," dedi kederli bir sesle. "Delal artık senin karın, bizim de gelin kızımızdır. Hayırlısıyla imam da yarın nikâhınızı kıyacaktır."

Zeyno ve Baran duydukları karşısında bir süre sessiz kaldılar. Baran şaşkınlığını üzerinden atıp kendine geldiğinde oturduğu yerden kalkıp duvara tutuna tutuna odasına doğru yürüdü. Sonra da öfkeli bir şekilde kapıyı çarparak kapattı.

Zeyno düşünceliydi. Oğluna çok üzülüyor, acısının son bulmasını istiyordu. Yüreğini öyle bir keder kaplamıştı ki, "Sence," dedi kısık bir sesle. "Ölümü sınamış bir kız bizim yarı kötürüm oğlumuza avrat olur mu?"

"Sen hiç merak etmeyesin," dedi Mamo kendinden emin bir ses tonuyla, "zamanla o da olur. Zira ölüme gidip de dönen biri yaşar artık."

Kocası böyle dese de Zeyno'nun içine yine de bir kurt düşmüştü.

"Böylesine güzel bir kız," dedi. "Köyünden kaçmak için gelmiştir. Yakında burdan da kaçıp gidecektir. Yoksa bacağı yaralı bir kocayı netsin? Fakirlik de cabası Mamo."

Kocası acı acı gülümseyip, "Ben senin gibi ona da inanırım Zeyno," dedi, "sen de bir ağa kızıyken benim gibi fakir biriyle kaçıp ırgatlık yapmışsındır. Onca senedir kahrımı çekmişsindir. Bütün bunlar yalandır?"

Zeyno'nun gözleri doldu.

"Ama," dedi titrek bir sesle. "Biz başkaydık."

Mamo onun alnından öptü, hiçbir şey söylemeden odadan dışarı çıkıp Delal'in yanına gitti. Kederli yüzünde hâlâ kendine özgü o asil ve şefkatli gülümsemesi vardı. Delal'e bakıp, "Aşını yememişsin kızım," dedi.

Delal'in de bu olup bitenlere bir türlü inanası gelmiyordu. Sessizce orada öylece duruyor, acı çekiyordu.

Mamo tekrardan sedirin üzerine otururken, "El evi, baba evine benzemez kızım," dedi. "Lakin burayı evin, beni de baban bilesin. Bu ev halkı sana, sen de bize el olmayasın..."

***

O akşam vakit epey ilerlemişti. Delal saatlerdir süren yolculuktan sonra yorgun düşmüş, bedenini ağır ağır ele geçirmeye çalışan uykuya direnmeye çalışmıştı.

Zeyno'nun onun için hazırladığı küçük odanın kapısını açıp içeri girdiğinde, odanın pejmürde hali karşısında damarlarındaki kanın çekildiğini hissetti. Sanki birden ruhunda bir ağırlık oluşmuştu.

Canı sıkkın bir halde yürüdü, yere serilen döşeğin yanına gelince durdu. Yüreğini kaplayan büyük bir sıkıntıyla elbisesini çıkarırken, ansızın açılan kapının gıcırtısıyla irkildi.

Evin en küçük oğlu Halil uykusundan uyanmış, kapı aralığında durup meraklı gözlerle ona bakıyordu.

Karşısında bir çocuk görmeyi beklemeyen Delal şaşırmıştı. Halil merakla yanına gelirken, "Sen," dedi çocuksu sesiyle. "Bizim gelinimizsin?"

Delal hüzünlü bir şekilde başını sallayıp, "Evet," dedi.

"Öyleyse adın nedir?" diye sordu bu sefer.

Delal içini çekip bu soruya da, "Benim adım Delal'dir," diye cevap verdi.

Halil biraz daha yanına sokuldu.

"Senin kimsen yoktur?"

Delal bir an duraksadı. Boş gözlerle yüzüne baktıktan sonra, "Vardır," dedi, "neden sormuşsun?"

Halil çocuk aklıyla olup bitenlere bir anlam vermeye çalışıyor, diğer taraftan da köydeki genç kızların ağabeyinin arkasından söylediklerini düşünüyordu.

"Köyün kızları," dedi safça. "Abime topal derler. Kimse onu istememiş. Ondan sormuşum."

Delal'in sanki o anda yüreğinin üzerine binlerce tonluk bir ağırlık bindi, rahat bir soluk alamadı. Ansızın gözlerinden yanaklarına yaşlar süzülürken, "Kimsem vardır," dedi buğulu bir sesle, "lakin bundan böyle evim burasıdır."

Halil acınası gözlerle ona baktı. Sonra arkasını dönüp kapıya doğru yürüdü, dışarı çıkıp kapıyı kapattı.

Delal çaresiz bir şekilde yere bıraktı kendini, sonra da kederli yüzünü gök mavisi elbiselik kumaşa gömüp hıçkıra hıçkıra ağlamaya başladı...

İMAM NİKÂHI

Ertesi gün, tanyeri henüz ağarırken Zeyno ayağa dikildi, evin en büyük odasına sıva yapmaya koyuldu.

Zeyno sanki Delal'e takı, yorgan ve çul alamamanın acısını gelin odasına sıva yaparak hafifletmeye çalışıyordu. Killi toprakla samanı suyla iyice kardıktan sonra harcı çıplak elleriyle odanın duvarlarına sürüyordu. Aslında bu iş için beyaz kil daha makbuldü, ama onu dahi alacak paraları yoktu.

Mamo da o sırada sabah namazını kılmış, elinde bir bardak çayla yanına gelmişti. Karısı Zeyno'nun yüzüne içtenlikle gülümseyerek, "Hayırlı sabahlar," dedi. "Kolay gele."

Zeyno elinin tersiyle alnında biriken teri sildi, kocasının elinde tuttuğu bardaktan bir yudum çay içti.

"Sana da hayırlı sabahlar," diye karşılık verdi.

Mamo başını çevirip yeni sıva yapılmış duvara baktı. Kaç zamandan beri feri sönmüş gözleri bir anda ışıldadı.

"Demek oğlumuz büyümüş de evlenir ha!" dedi sesi titreyerek.

Zeyno birden durgunlaştı, başını onun göğsüne yasladı. Sonra da kederli bir sesle, "Keşke," dedi, "imkânımız olsaydı da daha fazlasını yapabilseydik. Elimizden bu kadarı gelebilmiştir ancak."

Mamo'nun da birden neşesi kaçtı, ama bunu ona belli etmemeye çalıştı.

"Allah büyüktür, güzel canını sıkmayasın. O, hakkımızda şimdilik neyi yazdıysa doğru olan odur. Elbet bir gün kader bize de güler."

Zeyno sıcak çaydan bir yudum daha aldıktan sonra, "Sen," dedi, "oğlanı tez vakitte şu Dostallı Köyü'ndeki hocaya götüresin. Bacağındaki yaraya bir dua yazsın. Belki iyi eder."

Mamo başını "tamam" anlamında salladı.

"Şimdi," dedi Zeyno, "daha çok korkarım."

Mamo bu söz karşısında afalladı.

"O nedenmiş?" diye sordu.

Zeyno derin derin içini çekti.

"Sen kızın güzelliğini görmezsin Mamo? Bizim oğlan yarı kötürüm bacağıyla o kızı bu evde nasıl tutar?"

Mamo'nun gene morali bozuldu, durgunlaştı. Bu sefer, "Görürüm ki," diye çıkıştı, "sen de umudunu kaybetmişsin."

Zeyno hafiften sinirlendi.

"Doğrudur, belki kaybetmişim. Lakin ben de görürüm ki dağ gibi oğlanın bacağı günden güne kötüye gider. Artık oğlan da kendini salmıştır. Berrak gözlerindeki ışık günbegün sönmeye başlamıştır."

Mamo aslında karısının bu haline çok üzülüyor, elinden bir şey gelmediği için kahroluyordu. O an acı dolu yüreği bir yaprak gibi titrerken, kendini bir kez daha suçlu gibi hissetti...

***

Öğleüstüydü. Delal ve Baran abdestlerini almış, İmam Ahmet Efendi'nin önünde dizlerini kırıp sessizce oturmuşlardı. Yanlarına konan ahşap iskemlede iki de şahit vardı.

İmam Ahmet Efendi yerde dizlerini kırıp oturan Baran'ın yüzündeki ifadeden ne kadar acı çektiğini görebiliyor, ayrıca Delal'in de kendisini ne denli kötü hissettiğini kolaylıkla anlayabiliyordu. Hiç zaman kaybetmeden törene başladı.

Dizlerinin üzerinde duran bir kâğıda Kendal kızı Delal ile Mamo oğlu Baran adlarını yazdı, şahitlerin isimlerini kâğıda geçirdi. Sonra başını kaldırıp Delal'e baktı.

"Mehr-i müeccelli olarak," dedi, "ne istersin?"

Törende doğal olarak Delal'i temsilen hiçbir akrabası yoktu. Köyden Sülo Dayı mecbur kalmış, onun şahitliğini üstlenmişti.

"Hiçbir şey istemem," diye kısık bir sesle cevap verdi Delal.

İmam Ahmet Efendi yüzüne boş boş baktı, donuk bir ifadeyle "peki" dercesine başını salladı. O sırada İstiğfar okudu, Besmele çekti. Sonra da bakışlarını Delal'e dikti, gözünü hiç kırpmadan ona, "Allahü Teâlâ'nın emri, Peygamber Efendimizin sünneti, amelde mezhebimizin imamı olan İmam-ı a'zm Ebu Hanife Hazretleri'nin içtihadı ve hazır olan Müslümanların şahitlikleriyle, mehr-i müeccelsiz olarak, Mamo oğlu Baran'ı kocalığa kabul ettin mi?" diye sordu.

Delal'in bu soru karşısında âdeta kanı çekildi, yüzü allak bullak oldu. Ansızın yüreği Şiyar'a duyduğu acıyla kabardı. Sonra da, "Evet," dedi kurumuş ve titreyen dudaklarının arasından. "Mamo oğlu Baran'ı kocalığa kabul etmişim."

İmam Ahmet Efendi vakit geçirmeden aynı soruyu iki kez daha sordu, yine aynı cevabı aldı.

Bu sefer başını Baran'a çevirdi. Bismillahi ve âlâ'dan sonra, "Kendal kızı Delal'i mehr-i müeccelsiz olarak karılığa kabul ettin mi?" diye sordu.

Baran o an bacağında duyduğu şiddetli acıya dayanmaya çalışıyor, çektiği acıyı diğerlerine belli etmemeye uğraşıyordu. Güçlükle, "Evet," dedi, "kabul etmişim."

İmam Ahmet Efendi aynı soruyu iki defa daha tekrarladıktan sonra, "Ben de akd-i nikâh ettim," dedi ve ardından şu duayı çabucak okudu: "Allahım! Bu evliliği mübarek eyle. Aralarında ülfet, geçim, sevgi ve izdivaçlarında sebat nasip eyle. Bunları nefret, geçimsizlik ve ayrılıktan koru..."

***

O gün Mamo çocuksu bir sevinç içinde hiç vakit kaybetmeden Dostallı Köyü'ne doğru yola koyulmuştu. Epeyce bir zamandan sonra ilk defa yüreğini kaplayan o heyecanla arkasına hiç bakmadan hızlı adımlarla yürüyor, ama bir an oğlu aklına gelince yavaşlıyordu.

Mamo başını çevirdi, Baran'a baktı. Oğlu aksak ayağını sürüye sürüye yürüyordu. Onu beklemeye başladığı sırada cebinden tütün kesesini çıkardı. Yere çömelip boz bir taşın üstüne oturdu, sigarasını sarıp yaktı.

Baran bir süre sonra babasının yanına vardı. O an yoluna devam etmek istedi, fakat bitap düştüğü için kıpırdayamadı. Çabucak yere oturdu, acı içinde yaralı bacağını uzattı.

O sırada Mamo'nun yüzüne kederli bir ifade yayıldı.

"Dostallı Köyü'ndeki Derin Hoca," dedi boğazı düğümlenirken. "İnşallah yaranı iyi edecektir. Hiç meraklanmayasın oğlum."

Baran'ın bozuk olan morali Delal'den sonra daha da bozulmuştu.

"Baba," dedi berrak yeşili gözleri buğulanırken, "bu yaralı bacakla kendime bile yetemezken, bir başkasına nasıl yeterim? Bunu hiç düşünmüş müsün?"

Mamo nedense en başından beri oğlunun durumunu kabullenmek istememiş, bacağındaki yaranın iyileşecek bir hastalık olduğunu düşünüp durmuştu. Onu normal sağlıklı insanlar gibi bir yaşam sürmeye zorluyor, ama o bunun tam aksini düşünüyordu. Baba-oğul arasındaki tek çatışma da bundan dolayı yaşanıyordu.

Mamo sigarasından derin bir nefes çektikten sonra, "Oğul! Oğul!" diye haykırdı. "Karşımda ne diye hayıflanırsın? Bacağın hâlâ bedeninde durur. Allah bacaksız kalmanı istememiştir. Elbet çaresini verecektir. Bir gün gelip sen de çoluk çocuğa karışacaksın. Bugün Allah'ın adıyla helalin olan karına şükredeceksin. Sabır oğul, sabır! Unutmayasın ki her şerde bir hayır vardır."

O sırada Baran babasına karşı koyamayacak kadar acı içindeydi, ama onun bu sözlerinden pek etkilenmişe benzemiyordu. Babasına hiçbir duygu barındırmayan o donuk gözleriyle bakarken, "Şimdi beni iyi dinleyesin oğul!" dedi Mamo, "bugün Allah katında evlenmişsindir. Lakin evlendiğin kızın senin helalin olabilmesi için daha zamana ihtiyacı vardır. Hem senin de yaran görünür, bir çare arar dururuz. Ancak Delal kızın yarası seninkinden daha derindir, görünmez. Çaresi de zamandır."

Baran babasının ne demek istediğini çok iyi anlamış, bu şekilde tembih etmesine hiç gerek olmadığını düşünmüştü. Zira bu haliyle evlenmeyi aklından dahi geçirmemiş, hatta buna mecbur bırakılması onu yeterince sarsmıştı. Birden ayağa kalkıp, "Artık," dedi cılız ve duygulu bir sesle. "Bir an önce yola koyulalım..."

***

Saatler öğleden sonrasını gösteriyordu.

Zeyno bir an başını çevirip camdan dışarı baktığında bahçede küçük bir kalabalığın toplanmış olduğunu gördü. Hemen yerdeki çalı süpürgesini eline aldı, ince bir çöpünü kırıp raftaki sürmenin içine daldırdıktan sonra gözlerine sürdü. O arada eşarbını düzeltti, üstüne başına çekidüzen verdi. Sarı örüklerini arkasına atıp derin bir nefes aldı, sanki birilerine nispet yaparcasına göğsünü şişirip evden dışarı çıktı.

Taş basamaklara gelince durdu. O an içi kıpır kıpırdı. Sevinçten neredeyse bir çığlık atacaktı. Çünkü uzun zamandan beri ilk kez umut kapısını çalmıştı. Ne de olsa bugüne dek hiç kimse kızını oğluna vermeye yanaşmamıştı. Sürekli oğluyla alay etmişler, onu hor görüp aşağılamışlardı. Hatta arkasından "topal, fakir, zavallı..." gibi laflar edip durmuşlardı.

Şimdiyse bahçede toplanmış, meraklı gözlerle ona bakıyorlardı.

"Allahım sen büyüksün! Kızını vermeyenler görürüm ki kapıma gelmişlerdir," dedi kendi kendine, sonra da "şükürler olsun" dercesine ellerini semaya kaldırdı.

"Duyduklarımız," diye bağırdı kalabalıktan biri. "Hakkat mi? Oğlun evlenmiştir, ha!"

"Evet, evlenmiştir," dedi Zeyno daha yüksek bir sesle.

Kadın duyduklarına inanmak istemezcesine, "Hani," dedi, "gelinin nerdedir?"

Delal o sırada camın kenarında güçlükle ayakta durmuş, olup bitenleri izliyordu. O anda ne dışarı çıkmaya, ne de onlara görünmeye cesareti vardı. Sessizce orada öylece duruyor, acı çekiyordu.

"Demek gelini görmek istersiniz?" diye söylendi Zeyno. "Öyle mi? Peki, gelini size göstereyim o vakit."

O sırada bütün herkes meraklı bir şekilde birbirine bakıp fısıldaşırken, "Delal kızım," diye seslendi Zeyno. "Azıcık dışarı gelesin hele!"

Delal mecbur kalıp gönülsüz bir şekilde dışarı çıktı. Ansızın hepsinin ağzı bir karış açık kaldı. Sevinsinler mi, yoksa üzülsünler mi bilemediler, hepten karıştı kafaları.

"Maşallah!" dedi yaşlı bir kadın. "Tüh, tüh, tüh!.. Allah nazardan saklasın, kem gözlerden esirgesin."

Delal'in güzelliği karşısında, az önceki kadının gözleri fal taşı gibi açılmıştı. Şaşkınlığını üzerinden atınca yanındakinin kolunu hafifçe dürttü.

"Oğlanın şansını sen de görürsün?" dedi hayıflanarak. "Durdu durdu durnayı gözünden vurdu bizim topal oğlan..."

***

Aynı günün gecesi, Delal gerdek için hazırlanan odada, idare kandilinden yayılan loş ışığın altında, ela gözlerindeki korku ve endişeyle tek başına ayakta duruyordu.

Uzun kirpiklerinin arasında biriken gözyaşlarını akıtmamak için direniyor, boğazında düğümlenen hıçkırıkları sıkça yutkunarak bastırmaya çalışıyordu.

Derken ansızın beklenmedik bir şey oldu. Bir an, "Gerçekten de şu anda bıraksalar çığlık çığlığa bağıracak mıyım?" diye düşündü Delal. Hayır!.. Kesinlikle bağırmayacaktı. Hem ne diye bağıracaktı, hem de kime sesini duyuracaktı? En nihayetinde bu yolu kendisi seçmemiş miydi?

Bu çaresizlik içinde birdenbire eli ayağı boşaldı, titreyen bedenini yere serili döşeğe bırakacağı sırada, oda kapısı gıcırtıyla açıldı. Başını çevirip kapıya baktı. O esnada Baran'la göz göze geldi.

Baran elinde büyük bir tas su taşıyordu. Ayağını sürümemek için büyük bir çaba sarf ettiğinden, beyaz teni kıpkırmızı olmuştu. Ağır adımlarla Delal'e doğru yürüdü, elindeki tası ona uzattı.

Delal o kadar heyecanlanmış ve korkmuştu ki, bu sefer de eli ayağı felç olmuştu sanki. Güçlükle elini uzatıp tası tuttu. Birkaç yudum su içtikten sonra tası usulca ona geri uzattı. Ancak o zaman fark edebilmişti boğazının ne kadar kuruduğunu ve sıkça yutkunmaktan acıdığını...

O sırada Baran da aynı tastan kana kana su içti, sonra da tası pencerenin pervazına koyarken, "Adın," dedi, "Delal midir?" Başka ne söyleyeceğini bilememişti.

Delal dünden beri onunla ilk kez konuşuyordu.

"He ya!" dedi boğazı düğümlenerek. "Adım Delal'dir."

Baran bir an duraksadı. Neyse ki çabucak kendini toparlayıp, "Güzelmiş," dedi utangaç bir ses tonuyla. "Benimkisi de Baran'dır."

Delal de utandı, başını önüne eğdi.

"Bilirim," dedi cılız bir sesle.

Bu kısa konuşmanın ardından uzun bir sessizlik oldu, ikisinden de çıt çıkmadı. Baran gözlerini ondan kaçırdı, yerde serili döşeğe baktı. Sonra ağır ağır yürüyüp o döşeğe değil, yere serili diğer döşeğin yanına gitti. Delal'e sırtını dönüp siyah şalvarını yavaşça çıkardı, uzun iç donuyla yatağın üzerine sırtüstü uzanırken, "Ahhh!" diye hafifçe inledi.

***

Aynı saatlerde Zeyno ile Mamo odalarına çekilmiş, kendi aralarında sohbet ediyorlardı.

"Dostallı Köyü'ndeki hoca," dedi Zeyno, "ne demiş oğlana?"

Mamo sigarasının dumanını havaya üflerken, "Bir şey dememiş," diye cevap verdi. "Sadece bacağına dua yazmış."

Zeyno heyecanlıydı.

"O kadarcık mı? Başka bir şey dememiştir."

"Yoo! Vallahi de dememiş."

"İnşallah bu sefer iyi olur. Oğlanın artık ne takati kalmıştır, ne de umudu."

"Bilirim," dedi Mamo kederli bir sesle, "bilirim Zeyno. Lakin umut edip beklemek gerekir."

Zeyno bir an sustu, gözleri doldu. Mamo ondaki bu tuhaflığı sezmiş olacak ki, "Sana birden ne oldu?" diye sordu. "Durgunlaştın sanki."

Zeyno derin derin içini çekti.

"Hiç sormayasın Mamo! Bugün bir yanım sevinçli, bir yanım da hüzünlüdür. Eskiden kız istemeye gittiğimizde bizi kapılarından kovan köylüler, öğleden sonra tıpkı yabandomuzları gibi kapımıza üşüştüler."

Mamo bir sigara daha sarıp yaktı. Ciğerlerine doldurduğu dumanı havaya bırakırken, "Kimi bin umutla," dedi sesi titreyerek, "kimi de umut nedir bilmeden yaşarmış. Lakin umut güzelmiş be Zeyno. Bizim de kapımızı çalmayalı epey seneler olmuş."

Zeyno'nun uzun kirpiklerinin arasından birkaç damla gözyaşı yanaklarına doğru süzülürken, başını kocasının göğsüne hafifçe yasladı.

"Doğru söylersin," dedi. "Lakin hâlâ da yüzüm tam gülebilmiş değildir. Hem oğlanı düşünürüm, hem de gelin kızı."

Mamo şaşırdı. Bakışlarını Zeyno'ya çevirip gözlerini hiç kırpmadan uzun uzun baktı. Sonra da, "Hadi oğlanı anladım da," dedi meraklı bir sesle, "gelin kızın neyini düşünürsün?"

Zeyno gene içini çekti.

"Senin anlattığına göre," dedi endişeli bir ses tonuyla, "bu kız dillere destan bir sevda yaşamıştır. Zaten öyle olmasaydı buralara kaçıp gelir miydi? Hiç düşündün mü Mamo? Bu kız oğlumuza nasıl avrat olacaktır?

Olmaz da, hadi oldu diyelim! Ya sevdasını nasıl unutacaktır?"

Mamo hafiften gülümsedi.

"Sen," dedi, "bunları mı düşünürsün?"

Zeyno afalladı.

"Ya," dedi sitemkâr dolu bir sesle, "ne düşüneceğim? Hakikat bu değildir?"

Mamo yattığı yerden hafifçe doğruldu, sırtını duvara verdi.

"Şimdi," dedi. "Beni iyi dinleyesin Zeyno. Sana dediklerimi de sakın unutmayasın. Keza Delal kız da sevdasını unutmasın! Zira böylesine destansı bir sevdayı unutacak kızdan senin oğluna bir hayır gelmez. Senin, benim yüreğimde neler var, kim bilir? Herkesin yüreklerdeki yeri ayrı ayrıdır. Delal kız yeter ki Baran'ımıza yüreğinde bir yer açsın, onu sevdasının yanına yakıştırsın. Bu bize yeter de artar bile..."

Zeyno duyduğu bu sözlerden dolayı o kadar şaşırmıştı ki, ne cevap vereceğini bilemedi, sustu.

"Delal kızın," diye konuşmasını sürdürdü Mamo, "yüreği hâlâ yaralıdır. Bu yara derinde, görünmezdir. Oğlumuzun da bacağı hâlâ yaralıdır. Ama onunki yüzeydedir, görünür. Lakin bir süre sonra ikisi de taşıdığı yaraların merhemini birbirinde bulacaktır. Oğlumuz onun ruhunu iyi edecektir, o da oğlumuzun bedenini... Sakın bir daha böyle düşünmeyesin ve hiçbir şeyden korkmayasın Zeyno. Ayrıca bu söylediklerimi de unutmayasın, e mi?"

DEDİKODU

Ertesi sabah gene erkenden uyandı Zeyno. Yataktan kalktı, lime lime olmuş çiçekli perdeyi çekip pencereden dışarı baktı. Tanyerinde hâlâ hafif bir kızıllık vardı.

Uykusunu alamamıştı. Esnedi, ardından yazmasını çıkarıp dağınık saçlarını topladı. Birazdan kendine gelirdi. Usulca odanın kapısını açıp mutfağa adımını attığında gördüklerine inanamadı. Ocağın altı yanıyor, ateşin isiyle kapkara kesilmiş bakır bir tencere fokur fokur kaynıyordu.

Ansızın Zeyno'nun yüzünde gülücükler açtı, eşsiz bir mutluluk sardı her tarafını. Çabucak gidip tencerenin kapağını kaldırdı, meraklı gözlerle baktı. İçinde kırmızı mercimek pişiyordu.

Bunun üzerine mutlu ve neşeli bir şekilde toparlandı, önüne düşen yazmasının uçlarını başının arkasından bağladı.

Tam o sırada Mamo elindeki ibriği bir kenara bırakıp yanına geldi. Zeyno gibi onun da gözleri sevinçli bir pırıltıyla parlıyordu. Kulağına eğilip, "Zannımca," diye fısıldadı, "bizim gelin eve alışmaya başlamış."

Zeyno hâlâ mütereddit bir tutum sergiliyor, memnuniyetini göstermek için daha çok erken olduğunu düşünüyordu.

Hiç kuşkusuz Delal'in o sabah erkenden uyanıp ev halkı için çorba pişirmesi onu bir nebze de olsa umutlandırmıştı. Amma velakin Mamo'yla el ele verip kaçtıkları o günden beri hep bir umuda doğru koştuğunu hatırladı. Oysa şimdi umutlanmaktan korkuyordu.

"Eve alışır oldu da Mamo," dedi kısık bir sesle. "Oğlana alışmadı. Dün akşam odaya iki döşek sermişim. Oğlan da, kız da aynı yatağa girmez. Bu hal ne olacak?"

Mamo hafiften gülümseyip, "Gece konuştuklarımızı," diye mırıldandı, "ne çabuk unutmuşsun. Dedim ya, hiç merak etmeyesin. Onlar önce birbirlerini iyileştireceklerdir."

***

O sabah hava oldukça güzeldi. Mavi gökyüzünde tek bir bulut dahi yoktu. Delal yine mutfağa girmiş, yufka ekmeklere elle hafifçe su sepeleyip beyaz bir sofra bezinin üstüne kat kat yığıyordu.

Bir ara gözleri dalıp gitti uzaklara. Güzel havalarda, kuş sesleriyle neşelenen bahçede, asma çardağın altında oturup yufka ekmeği kıtır kıtır yemek babası Kendal'ın en sevdiği şeylerden biriydi.

Onun bu halini gören Mamo birkaç saniye gelinini şefkat dolu bakışlarla seyrettikten sonra, "Kızım," dedi, "Baran nerdedir?"

Delal onun sesiyle dalıp gittiği düşüncelerden sıyrıldı. Sonra da utangaç bir sesle, "Hâlâ yatar," dedi.

Zeyno mercimek çorbasını yayvan bir kaba koyarken, "Oğlan," dedi acılı bir sesle, "şu sıralar iyice kötüleşti. Çok çabuk yorulur. Sabahları da uyanamaz olmuştur."

Mamo nedense Delal'in yanında cevap vermekte zorlandı, sanki boğazına bir yumru gelip oturmuştu. Güçlükle ağzını açmış, tam bir şey söyleyecekti ki, Baran'ın gür sesi mutfakta yankılandı:

"Ana, tez hazırlanasın! Yol uzundur, havaysa sıcak. Öğleye kalmadan dağa varıp epey odun kesmek gerekir."

Zeyno önce merakla oğluna baktı, sonra da elinde tuttuğu yayvan kaptaki çorbaya.

"Oğlum," dedi, "bir tike bir şey yemeden gideceğiz? Bütün gün aç biilaç mı dolaşacağız? Bak! Karın ne güzel çorba pişirmiştir. İçelim de öyle koyulalım yola."

Bu sözler karşısında Delal'in yüzü kıpkırmızı kesildi, yüreği sıkıştı. Baran karısının yüzüne hızlı bir bakış fırlattıktan sonra hiçbir şey söylemeden ayağını sürüye sürüye dışarı çıktı.

Mamo bu kasvetli havayı dağıtmak istercesine, "Haydi bakalım," dedi gülümseyerek, "çorba soğumasın. Zira çok güzel görünür."

Hep birlikte mutfaktan çıkıp sofranın başına geldiklerinde, Halil ve Resul'ün çoktan bağdaş kurup sofraya oturduğunu ve ellerindeki tahta kaşıklarla onları beklediklerini gördüler.

Zeyno çabucak yayvan kaptaki çorbayı sofraya koydu, sonra da hep birlikte oturup büyük bir iştahla mercimek çorbasını içmeye koyuldular.

O gün hiç kimse kırmızı mercimeğin içindeki ayıklanmamış taşları umursamamıştı...

***

Kulyanlı Köyü'nde çeşme yoktu. En yakın içme suyu Musabeyli Köyü'nün yolunu kesen, ince bir patikayla inilen kayalıkların arasından akan kaynak suyuydu. "Huşhuş" dedikleri çağlayanı besleyen derenin aktığı yer. Sakin bir şekilde akan dere kayalıklardan aşağıya sanki coşarak dökülüyordu. Yukarıdan bakıldığında ürkütücü görünüyordu, ama aşağı inildiğinde pürüzlü kocaman kayalıklardan oluşan vadinin içindeki ağaçlarla birlikte bir vahayı anımsatıyordu.

Suyun çağıldayan sesine kuşların sesi karışıyordu. Ara sıra da kurbağa sesleri. Sanki bir senfoninin diğer enstrümanları gibi. Ender de olsa çıkardığı uğultuyla onlara eşlik ediyordu rüzgâr...

Şüphesiz bu kaynak suya inmek hiç de kolay değildi. Taşlar nemliydi ve üzerleri yer yer yosun tutmuştu. Zahmetli bir iş olsa da, köyün genç kızları satıllarını kollarına takıp neşe içinde giderlerdi su almaya.

Ayrıca derenin etrafından mis kokulu yarpuzlar toplar, çağlayanın başında bütün sırlarını ortaya döker, yavuklularıyla bakışmalarını tek tek itiraf ederlerdi...

O günlerde de bir dedikodu dolaşıyordu köyde. Ama bu sefer başkaydı. Hiç tanımadıkları, üstelik çok uzaklardan gelen biri hakkındaydı.

"Anam," dedi pembe yanaklı bir kız, "dün görmüş. Dediğine göre çok güzel bir kızmış."

"He ya!" dedi başka biri. "Benim de anamın dediğine göre bey kızıymış..."

Aralarında en şişmanca olanı sözlerini kesti.

"Analarınız nerden uydurmuş bu lafları? Bey kızı fakir Mamo'nun topal oğluyla niye evlensin? Belli ki o da garibandır. Bir kötürümün kızıdır."

Bir an herkes suspus oldu, hiç kimse konuşmadı. Fakat sonra çakır gözlü bir kız, "Öyle söylemeyesin," diye çıkıştı, "günahtır."

Onun bu sözleri üzerine şişman kız bir kahkaha attı.

"Bakarım da," dedi, "hemencecik lafa atlarsın. Ne oldu? Yoksa gönlün mü vardı topal oğlanda?"

Şişman kızın bu sözlerine çakır gözlü kız hariç orada bulunan herkes kıkır kıkır güldü. Şişman kız yanındaki arkadaşını koluyla hafifçe dürterek, "Siz," diye söylendi, "burda durup gülerken satıllarınız dolacak? Haydi bakalım kızlar! Bir an evvel işimizi görelim."

Tam o sırada Delal göründü uzaklardan. Su satıllarını kollarına takmış, Halil'i de yanına almıştı.

Onun ansızın görünmesiyle birlikte kısa boylu bir kız, "Abooo!" diye bir çığlık attı. "Meğerse analarınız doğru söylermiş. Hakkat kız hem güzelmiş, hem de boylu poslu."

Önce kısa bir sessizlik oldu. Sonra da bütün herkes başını çevirip sanki rüzgârda bir fıstık çamı gibi sallana sallana karşıdan gelen Delal'e baktı.

Şişman kız o an sebepsiz bir yere kıskançlık krizine girerken, "Bu Zeyno'nun gelinidir?" dedi alaycı bir sesle. "Geldi geleli daha yeni mi çıkar evden? Zahir topal oğlan yataktan çıkarmamıştır."

Bütün herkes yine birbirine bakıp kıkırdadı. Bunun üzerine çakır gözlü kız hemen lafa karıştı:

"Öyle deme Meryem, yazıktır. Daha buraya geleli kaç gün olmuş? Daha dün bir bugün iki."

Bunu duyan bir başkası, "Bence," dedi gülerek, "kız kaçıp gitmesin diye evden dışarı salmamışlar..."

"Şimdi de," diye araya girdi kısa boylu kız, "kaçsın diye mi bırakmışlar?"

O esnada Delal yanlarına geldi, ürkek bir yüz ifadesiyle etrafına bakındı. Sonra kalabalığın arasına karışmadan birkaç adım ileride beklemeye başladı.

Suyun başındakiler göz ucuyla onu baştan aşağı dikkatlice süzüyor, ağızları bir karış açık hayran hayran seyrediyorlardı...

Delal'in elleri oldukça narindi, yanakları beyaz teninin üzerinde kırmızı bir gelincik gibi duruyordu. Dudakları da kendisini fazlasıyla gösteren bir kırmızılıktaydı. Ayrıca tarlada, bahçede hiç iş görmediği her halinden belli oluyordu. O an su satıllarını bile eğreti tutuyordu.

Suyun başındakilerden deyim yerindeyse çıt çıkmıyordu. Hiçbiri bu evliliğe akıl sır erdirememişti. Nasıl olurdu da böylesine güzel bir kızı topal bir oğlana eş olsun diye verirlerdi? Hele ırgat Mamo'yu hiç anlamıyorlardı. Neyine güvenip de bu kızı oğluna gelin olarak almıştı? Daha kendi aç karınlarını doğru dürüst doyuramıyorlardı.

Bu sinir bozucu sessizliği bozan çakır gözlü kız oldu.

"Hele biraz bu yana gel bacım," diye seslendi. "Orda öyle durmayasın. İstersen ver satıllarını doldurayım."

Delal başını "olur" anlamında salladı, sonra birkaç adım atıp sessizce yanına geldi. Ürkek bakışlarla satılları ona uzatırken, sıradaki diğerleri bu duruma hiç itiraz etmedi.

"Köyümüze," dedi çakır gözlü kız, "hoş gelmişsin. Benim adım Gönül'dür."

Delal biraz olsun çekingenliğini üzerinden atıp, "Benimkisi de," dedi. "Delal'dir."

Şişmanca kız hemen araya girdi.

"Senin," dedi meraklı bir sesle, "evin barkın, kimin kimsen yoktur?"

Bir anda ortalıkta buz gibi bir hava esti. Bütün herkes ayıplayan gözlerle ona bakarken, Meryem gayet umursamaz bir tavırla, "Sana," dedi, "düğün yapmadılar da, o yüzden derim."

Delal az önceki sıkılganlığını üzerinden atıp iri ela gözlerini Meryem'e dikti.

"Benim," dedi sert bir ses tonuyla. "Köyüm burasıdır. Evim barkım da, kimim kimsem de burdadır artık."

Böyle bir cevap beklemeyen Meryem'in tombul yüzü kıpkırmızı oldu. O sırada Gönül karşısında duran kızın bir ceylan kadar narin bedeninin içindeki mücadeleci yabankeçisini görür gibi oldu, hafiften tebessüm etti. Ondan hoşlanmıştı, bu yüzden de su satıllarını ağzına kadar doldurmayıp yarım bırakmıştı kolaylıkla taşıyabilsin diye...

MİZGİN

Son günlerde Diyar'ın avurtları iyice çökmüş, rengi solmuş, gözleri çukura kaçmıştı. Dudaklarının kenarında da uçuklar çıkmıştı.

Sürekli olarak kendisiyle hesaplaşıyor, kederli yüzü iki elinin arasında, "Ben ne yaptım Allahım? Keşke o gece abimin gitmesini bir sır gibi bellemeseydim," diye kendi kendine hayıflanıp duruyordu.

Onu böyle gördükçe Berivan Kadın da artık neye üzülüp neye üzülmeyeceğini bilemez olmuştu. Ölen oğluna mı, ölüm döşeğindeki kocasına mı, ailesini yüzüstü bırakıp giden gelinine mi, yoksa küçük oğluna mı üzülsündü?

Birden ağırlaşmış başını kaldırdı, tasalı gözlerini ona dikip, "Oğlum," dedi. "Baban ile sen beni öldürecek misiniz? Nedir sizden çektiğim?"

Diyar, ağabeyinin ölümünden sonra sigaraya başlamıştı. Cebinden Şiyar'a ait olan metal tütün tabakasını çıkardı, bir sigara sarmaya koyuldu.

"Sana söylerim," diye konuşmasını sürdürdü Berivan Kadın. "Anana niye cevap vermezsin? Yoksa beni dinlemezsin?"

Diyar yüzünü buruşturup sigarasını yaktı. Dumanı dışarı salarken, "Dinlerim," diye kestirip attı.

Berivan Kadın ona sert sert baktı.

"Ananı dinlersin demek ha! Peki öyleyse... Kulaklarını daha da açıp dinleyesin gene. Baban öldü ölecek. Daha oğlunun ölümünü kabullenememişken, üstüne bir de gelinin ihanetiyle karşılaşmıştır. Demem o ki oğul, seni artık evlendirmemiz gerekir."

Diyar birden aksırıp tıksırdı. Berivan Kadın onun bu şaşkın halini görünce, "Karşımda ne aksırıp tıksırırsın?" dedi. "Kulağıma çalınanlara göre sen de Kuşçuların kızı Mizgin'e gönül vermişsin, doğrudur?.."

Diyar afalladı.

"Bak oğlum," diye konuşmasını sürdürdü Berivan Kadın. "Görürüm ki son zamanlarda sana da bir şeyler olmuştur. Bu ne haldir? Aynada kendine hiç bakmış mısındır? Bu evlilik hem seni, hem beni, hem de babanı iyi edecektir. Bugünden tezi yok kızı sana istemeye gideceğim, bilmiş olasın..."

***

O gün öğleye doğru Berivan Kadın apar topar Kuşçuların evine gelmişti. Mizgin'in annesi Hatun'la bir ara baş başa kalınca, "Buraya niye geldiğimi bilirsin?" diye sordu.

Hatun ellerini dizlerinin üzerinde kenetlemiş, sessiz ama meraklı bir şekilde oturuyordu. Kendisinden tam olarak ne istendiğini bilmediği için, "Hayır," diye cevap verdi. "Hele söyle bakalım. Buraya niçin gelmişsin?"

Berivan Kadın tavşankanı demlenmiş çayından bir yudum içtikten sonra, "Bütün olup bitenleri düşündükçe," dedi kederli bir ses tonuyla, "başımıza gelenlere hâlâ inanasım yoktur. Göz açıp kapayıncaya kadar geçen zamanda savrulmuşuz. Böyle kahpe bir kader mi olur?.."

Berivan Kadın'ın ansızın boğazı düğümlendi, daha fazla konuşamadı. Yüzünde sanki belli belirsiz bir yağmur bulutu vardı. Hatun acısını katlamamak için suskunluğuna devam etti. Onlar için üzülüyordu, ama bu üzüntüsünü bastırmaya çalışıyordu.

"Her neyse," diye konuşmasını sürdürdü Berivan Kadın. "Lafı hiç uzatmam. Belki haberin vardır. Diyar oğlum senin kızın Mizgin'e gönül vermiştir. Şimdi Allah'ın emri peygamberin kavliyle kızını oğluma isterim."

Hatun bir an donup kaldı. Ne söyleyeceğini bilemedi. Şiyar'ın öldüğü günden beri ağlamaktan yorgun düşmüş, yüzü solmuş, koyu kahverengi gözleri şişmiş kızını birden gözlerinin önüne getirdi.

Ayrıca en büyük kızı Songül'ün o gün ona söylediklerini hatırladı. Songül, kız kardeşine bakıp acı acı gülümsemiş, sonra da, "Olmaz, hayatta olmaz. Ne bileyim be bacı. Başımıza gelen bu işi belki de kadere ve hayra yormak gerek," demişti.

Berivan Kadın, Hatun'un yüzündeki düşünceli ifadeyi görünce, "Eee?" dedi. "Ne düşünürsün? Rızan var mıdır?"

Hatun dalıp gittiği düşüncelerden sıyrılıp baktı.

"Kusura bakmayasın," dedi. "Bir an şaşırmışım. Ne diyeceğimi bilememişim. Diyar oğlan pırlanta gibi çocuktur. Ağırbaşlı, efendidir. Doğrusu benim rızam vardır. Lakin bir de babasına ve kıza sormak gerekir."

Tam o sırada Mizgin çayları tazelemek için mutfaktan çıktı, elinde çaydanlıkla yanlarına geldi.

Berivan Kadın bir an bakışlarını ona dikti, gözlerini hiç kırpmadan uzun uzun baktı. Mizgin heyecanlı bir şekilde çayları tazeleyip mutfağa geri giderken, "Hele biraz bekle!" diye seslendi Berivan Kadın. "Sana diyeceklerim vardır."

Mizgin'in o an sevinçten içi içine sığmıyor, mutluluktan ağlamak istiyordu. Başını çevirip annesine baktı.

"Oturabilirsin," dedi annesi.

Elinde tuttuğu çaydanlığı ahşap masanın üzerine yavaşça koydu. Sonra da geçip boş bir iskemleye oturdu.

Berivan Kadın göz ucuyla onu baştan aşağı süzerken, "Kızım," dedi annesi. "Berivan Kadın hayırlı bir iş için evimize gelmiştir. Seni oğlu Diyar'a ister. Zira oğlanın gönlü varmış sende. Bilesin ki bu hayırlı işe benim rızam vardır. Lakin babana sormadan önce şimcik sana sorarım: Sen ne dersin?"

Mizgin'in kalbi birdenbire küt küt atmaya başladı, soluğu kesilir gibi oldu. Şakakları zonkluyor, parmak uçlarından başlayan bir karıncalanma bütün bedenine dalga dalga yayılıyordu. İçinde öyle bir sevinç vardı ki, neredeyse düşüp bayılacaktı.

Duygularını belli etmemek için başını önüne eğdi, "Ana," dedi utangaç bir sesle. "Eğer senin rızan varsa, ben de he derim."

Berivan Kadın belki de aylar sonra ilk defa gülümsedi. Ama sonra yüzüne bir keder gelip oturdu. Sanki tarif edilemez hisler gelip yüreğine çöreklenivermişti.

"Bak kızım," dedi boğazı düğüm düğüm olurken. "Şiyar'ımın kara yası hâlâ evin üzerinde durur. Bir de buna beyin çektiği ıstırap eklenince, sana telli duvaklı ve davullu zurnalı düğün yapamam. Lakin diğerleri benim boynumun borcudur. Bunu bilmiş olasın."

Berivan Kadın'ın konuşması bitince, Mizgin ağır ağır başını kaldırıp çekimser gözlerle annesine baktı.

"Ana," dedi cılız bir sesle. "Siz ne derseniz odur."

Hatun, kızının bakışlarından o anda ne düşündüğünü tahmin edebiliyordu. Ama yine de her ihtimale karşı temkinli davranıp, "Daha," dedi, "babanın haberi yoktur. Hele bakalım o ne diyecektir?"

Mizgin başını tekrar önüne eğdi, sustu.

"O vakit," dedi Berivan Kadın ayağa kalkarken, "bana müsaade edesin. Artık senden bir haber beklerim."

Hatun da heyecanlı bir şekilde oturduğu yerden doğrulurken, "Böyle çabucak nereye ayaklanırsın?" diye sordu. "Biraz daha oturmazsın?"

O sırada Mizgin de ayağa kalkmıştı.

"Çok sağ olasın," diye cevap verdi Berivan Kadın. "Geç olmadan eve döneyim. Beyin perişan vaziyeti ortadadır. Hayırlısıyla bugün yarın bir yanıt beklerim senden. Şimdilik hoşça kalasın..."

***

Aynı günün gecesi Kendal yatağa uzanıp başucundaki idare kandilini söndürdü, sonra da gözlerini dikip alacakaranlık odaya yansıyan ayışığına baktı. O an her solukta yüreğinden dışarıya fırlayacakmış gibi olan hislerini bir kez daha dinlemeye koyuldu.

Ne kadar uğraşsa da bir türlü uykuya dalamıyordu. İri bedenini yatakta sürekli bir taraftan diğer tarafa döndürüp duruyordu. Bir ara yatağın içinde doğrulup oturdu. Ağırlaşmış başını ellerinin arasına alıp çaresizlik içinde öylece durdu. Sanki beyninde zehirli bir tohum her geçen gün biraz daha büyüyordu ve çok geçmeden sarmaşıklar gibi her yanını saracaktı.

Bir türlü olmuyor, ne yapsa ne etse o düşünceden kurtulamıyordu. Keşke avazı çıktığı kadar haykırabilse, içinden geçenleri birilerine söyleyebilseydi. Belki o zaman biraz olsun rahatlardı. Ama o daha Delal'in adını kendisine bile fısıldayamıyordu.

Kocasındaki bu değişiklik Sultan'ın gözünden kaçmamış, o gece de güya onu uyandırmamak için parmaklarının ucuna basa basa sessizce gelmiş, aralık duran kapıdan kocası Kendal'ın hâlâ uyumadığını görünce şaşırmıştı.

Ses çıkarmadan yatağa kocasının yanına yattı. Elini usulca kaldırıp onun göğsüne koydu. Hafifçe okşadı, sonra da ürkek bir sesle, "Ev boş kalmıştır Kendal'ım," dedi. "Bilirim, sen de kendini yiyip bitirirsin. Derim ki, acaba Delal'in yerine..."

Kendal, Delal'in adını duyunca sanki içinde bir yerlerde bir volkan patladı. Yüzündeki o hiddetli kırışık yeniden belirdi. Karısının sözünü kesip, "Sus!" diye haykırdı. "Bundan sonra hiç kimse onun adını ağzına almayacak. Benim öyle bir kızım yoktur, hiç olmamıştır."

Sultan kocasının bu ani öfkesi karşısında korkuyla yataktan fırladı, neye uğradığını şaşırdı. Sonra çabucak kendini toparlayıp, "Öfkelenmeyesin yiğidim," dedi, "lakin benim de içim yanar. Derim ki, artık Aso'yu baş göz etsek. Belki ev biraz şenlenir, yanan yüreğimiz az biraz serinler. Ha! Ne dersin?.."

Kendal bir şey söylemedi. Yüzü asılmış, gözleri ayışığının altında keskinleşmişti.

"Hem baksana," diye konuşmasını sürdürdü Sultan, "Berivan Kadın da boş durmamış, bugün gidip Kuşçuların kızı Mizgin'i oğluna istemiştir."

Bu defa şaşırma sırası Kendal'daydı.

"Acelesi nedir?" dedi iç çekerek.

Sultan acı acı gülümsedi.

"Hadi Berivan Kadın'ın acelesini anlarım da," dedi buğulu bir sesle, "Kuşçuların acelesini anlamamışımdır. Sanki bize nispet yaparcasına kızlarını çarçabuk kaldırıp oğlana vermişlerdir."

Kendal sanki duyduğu utancı içinde bastırmak ister gibi ince yorganı üzerine çekti, sırtını karısına dönüp, "Yarın sabah," dedi kahır dolu bir sesle, "oğlana sorasın. Gönlünde vardır biri?"

Sultan başını yastığa koyduğu sırada, "Önceden duyduğuma göre," dedi. "Cibranların kızı Dilan'a gönül vermiştir."

"Sabah," dedi cılız bir sesle Kendal, "sen sor gene de."

"Meraklanmayasın, sorarım yiğidim. Hayırlısıyla tez zamanda kızı da istemeye gideriz, e mi?"

Kendal sustu, bir cevap vermedi. Bunun üzerine Sultan derin bir nefes alıp gözlerini kapattı. Fakat gözlerini kapatır kapatmaz bir sızı gelip yüreğine oturuverdi. Derin bir iç çekti, gözlerinden sicim gibi yaşlar boşanırken, "Ah benim kınalı kuzum, ah! Beyin evini bırakıp marabalık yapan birinin topal oğluna mı varacaktın? Sen orda sersefil olurken, burda beyin evine Mizgin gelip oturur. N'ettin sen kınalı kuzum, n'ettin? Gözümün ışığı, bunu kendine nasıl reva görmüşsündür? Keşke kör olaydın, topal olaydın, lakin yanı başımda olaydın. Hiç olmazsa saçını koklar, nefesini işitirdim. Oyyy!.. Benim bahtı kara kızım, n'ettin sen öyle?.." diye içten içe hayıflanıp durdu.

ÖLÜM CEZA DEĞİL KURTULUŞ

Mevsimlerden sonbahar, aylardan eylüldü. Delal'in Atmalı Köyü'nden Kulyanlı Köyü'ne gelmesinin üzerinden yaklaşık iki ay geçmişti. Bir su misali gibi akıp giden bu zaman içinde Delal yeni hayatına uyum sağlamaya çalışmış, ama mecbur kalmadıkça konuşmak konusunda pek istekli davranmamıştı.

Şiyar'ın ölümünden sonra hayatında birçok şey eksilmişti. Sanki yüreği büsbütün ölmüştü. Ve her şeyden önemlisi, öksüz kalmış çocuklar gibi kendisini yapayalnız hissediyordu.

Henüz bundan birkaç ay öncesine kadar çok sevdiği ailesinin gözbebeğiyken, şimdi evinden ayrılmış, köyüne bir daha geri dönmemek üzere sürgün edilmişti. Gerçi o bu cezayı Şiyar'ın ölümünden duyduğu acıya eşdeğer görmüyordu. O sadece ölmek istemişti. Hatta o an ölümün bir ceza olmadığını da düşünmüştü. Ölüm kurtuluştu, hissetmemekti, unutmaktı. Oysaki o yaşadıkça Şiyar da hep onunla birlikte yaşayacaktı...

O akşamüstü dut ağacının altına oturmuş, öylece gökyüzüne bakıyordu. Bir ara iri ela gözlerinden birkaç damla süzüldü. "Acaba şimdi Aso da benim gibi aynı göğe bakar mı?" diye geçirdi içinden.

Sonra gözlerini kapatıp tatlı hayallere daldı... Ağabeyi Aso'yla atlarına binip akşam kızılına doğru, güneşin battığı yere kadar yarıştılar...

Ansızın dalıp gittiği hayallerden sıyrıldı, feri sönmüş gözlerini açıp dosdoğru karşıdaki topraklı yola baktı. Mamo ve yanındakiler yokuş yukarı çıkıyor, Baran da arkalarından ayağını sürüye sürüye geliyordu.

Bir süre sonra Zeyno oflaya puflaya bahçeye girdi, katırın yularını elinden bırakıp yere oturdu.

"Çabuk," dedi. "Bana bir tas su getiresiniz. Elim ayağım boşalmış, boğazım kurumuş."

Resul ayağa fırladı, koşup mutfağa gitti. Zeyno nefesi kesilmiş gibi derin derin solurken gelinine dönüp, "Delal kızım," dedi, "sen de hayvanın üzerindeki yükü indiresin."

Delal hiç sesini çıkarmadı. Katırın üzerindeki odunları usulca indirdi, bir köşeye üst üste yığdı.

Zeyno oğlunun getirdiği tastan kana kana suyu içtikten sonra güçlükle ayağa kalktı. Taş basamakları çıkıp balkona geldiğinde, akşam sofrasının kurulmuş olduğunu gördü. Üstelik mutfaktan da mis gibi yemek kokusu geliyordu. Birden yorgunluğunu unuttu, rahat bir nefes aldı.

***

O akşam hep birlikte yer sofrasına oturdular. Mamo önce besmele çekti, ardından kalayı eskimiş genişçe bir leğendeki domatesli bulgur aşını yemeğe koyuldu. Ev halkı artık yemeğin içindeki taşları ayıklamakta epeyce ustalaşmıştı.

Zeyno bulguru ya da mercimeği pişirmeden önce içindeki küçücük taşları iyice ayıklar, ama buna rağmen yine de birkaç taş gözünden kaçardı. Kaldı ki Delal o güne dek bulgurun, mercimeğin içindeki taşları hiç ayıklamamıştı.

Ev halkı bir gün olsun ağzını açıp tek bir söz söylememiş, henüz eve alışamayan Delal'i mahcup etmemek için lokmalarını neredeyse çiğnemeden yutmuşlardı.

Delal daha ilk kaşıkta acıyla yüzünü buruşturdu. Elini yanağına koyup sofradan çabucak kalktı.

Mamo arkasından bakıp gülümserken birden gözleri Baran'a takıldı.

"Oğul," diye seslendi. "Orda aç biilaç ne diye durursun? Sofraya gel. Aş, ekmek ye. Kuvvetin yerine gelsin ki o vakit odunları kırasın."

Baran hiç oralı olmadı. Bir kez daha avcunun içine tükürdü, baltanın sapını iyice kavradı. Sonra da hızlıca havaya kaldırıp indirdi, yerdeki odunu tam orta yerinden ikiye ayırıverdi. Eğilip odunun bir parçasını kenara doğru atarken eline kıymığı battı. Bir an acıyla yüzünü buruşturdu, derine batan kıymığı usulca çekip çıkardı. Ama bu sefer de eli kanıyordu.

O sırada Delal yanından geçiyordu. Aniden göz göze geldiler. Delal, Baran'ın yüzündeki acı çeker ifadeyi görünce başını eğip eline baktı, sonra da hiçbir şey olmamış gibi yanından hızlıca çekip gitti.

Baran biraz şaşkın, biraz da kederli arkasından öylece baktı. Ağzının içinde bir şeyler geveledi, fakat Delal ne dediğini anlamadı.

Baran'ın sanki elinin acısı daha da artmıştı. Belki Delal'den eş olarak bir beklentisi yoktu, ama yine de kanayan eline duyarsız kalması onu üzmüştü. O an bir kez daha kendini aciz ve değersiz gördü. Daha fazla ayakta duramadı, olduğu yere yığılıp kaldı.

Ansızın yanı başında bir karartı fark etti. Başını kaldırdı, Delal elinde bir tutam tütünle orada duruyordu.

"Yarana," diye fısıldadı Delal, "tütün basmak gerekir."

Baran'ın gözleri buğulandı, yüreği titredi. Delal üzerine doğru eğilip kanayan yarasına tütünü bastırdı. Bu o güne kadar onların birbirlerine ilk dokunuşuydu...

Delal sofradakilerin şaşkınlık dolu bakışları altında koşar adımlarla içeri girdi.

Baran şaşkın gözlerle arkasından baktı, bir yandan da kanayan eline tütünü bastırmaya devam etti. Sanki daha o an ağrısı geçmişti. İşin garip tarafı bacağındaki acıyı da hissetmiyordu artık...

O sırada babası Mamo yanına gelip yumuşak bir sesle, "Bak oğul," dedi. "Güneş hep aynı doğar, aynı batar. Sana da, bana da, başkasına da, hatta kâinata da... Güneş hep aynıdır, lakin biz değişiriz. Sen büyür erkek olursun. Bense yaşlanıp ölürüm. Güneş bunu umursar mı? Gene doğar, gene batar. Ama sen sanmayasın ki, bizler Allah'ın unuttuğu bir yerdeyizdir. O hepimizi ayrı ayrı sınar. Yükünü almış, yoluna koyulmuş bir deve gibi bizi de kendi çölümüze salar. En zor şeyleri de taşıyabilene yükler. Herkesin karanlığı da ayrıdır, aydınlığı da. Ayrıca unutmayasın ki, mükâfatı da ayrıdır... Oğul! Allah'a tevekkül edesin, gönül gözünü açık tutasın ki O'nun mükâfatını görebilesin."

Babasının bu sözlerinden sonra sanki Baran'ın yüreğindeki keder kapısı yavaş yavaş aralandı, içeriye serin ve temiz bir hava girdi. Delal'in göründüğü kadar duyarsız biri olmadığını fark etti. Belki kendisine bir eş olmayacaktı, ama iyi bir yaren olacağından artık kuşkusu kalmamıştı...

***

Delal çırılçıplak soyunmuş, sonra da büyük bir leğenin içine oturup elindeki tasla başından aşağıya sıcak su dökmeye başlamıştı. Saçlarından bütün vücuduna doğru süzülen sular sanki üzerindeki yorgunluğu da beraberinde alıp götürüyordu. Uzun zamandan beri kendisini hiç böyle iyi hissetmemişti.

Aslında yeni hayatında onu mutlu eden hiçbir şey yoktu. Kendini ne eski köyüne ait hissediyordu, ne de yeni köyüne... Rüzgârla savrulan bir bitkiden farklı değildi. Bu ruh haliyle insanların arasında dolaşan bir hayalete benziyordu. Etrafına bakıyor ama görmüyor, duyuyor ama anlamıyor, yiyip içiyor ama tat almıyordu. Ama bugün bir şeyler değişmişti. Ve artık hayatına burada devam edeceği gerçeğini kabul etmişti...

O bunları düşünürken odanın eşiğinde bekleyen Zeyno, "Su yetirdin kızım?" diye seslendi. "Daha getirmemi istersin?"

Delal dalıp gittiği düşüncelerden sıyrıldı.

"He!" dedi mahcup bir ses tonuyla. "Yetmiştir, gerek kalmamıştır."

"O zaman," dedi Zeyno, "ben misafirlerin yanına geri dönerim. Sen de arkamdan gelirsin."

Delal oturduğu yerden ayağa kalkarken, "Olur, gelirim," diye cevap verdi.

Zeyno oradan hemen ayrıldı, dışarı çıktı. Delal de çabucak kurulandı, çiçekli elbisesini giydi. Uzun kumral saçları lüle lüle olmuştu. Bu sefer saçlarını örmedi, omuzlarının üzerine döktü. Başına yeşil yazmasını bağladığı sırada birden gözleri aynaya yansıyan yüzüne takıldı. Az önceki soluk benzine renk gelmişti; ama içi hâlâ bomboştu. Ne keder vardı, ne de mutluluk... Yalnızca derinlerde ince bir sızı vardı. Nedense o an durup kendini dinlemedi, içindeki o ince sızının peşine düşmedi. Bunun yerine odayı alelacele terk etti...

***

Aynı akşam, odanın başköşesine serili döşeğin üzerinde Sino ile karısı Hace oturuyordu. Mamo ve Baran da hemen yanı başlarında yere kurulan küçük minderlere yerleşmişlerdi.

Sino her seferki gibi Antep'te yaşayan oğullarının zenginliğini ballandıra ballandıra anlatıyor, çocuklarından birinin ona yeni aldığı koyu kahverengi atının güzelliğinden dem vuruyordu.

Zeyno, Sino'yla karısının birbirine tıpatıp benzeyen konuşmalarını daha önceleri de birçok defa dinlediği için sıkıldı, oturduğu yerden kalkıp çaya bakma bahanesiyle mutfağa geçti.

Eline eskimiş bir bez parçası aldı, ocağın üzerinde fokur fokur kaynayan çaydanlığın kulpunu tuttu. Birden küçük bir çığlık atıp, "Hay sinine taş yağasıca, elimi yaktı," diye söylendi, sonra da çaydanlığın içine bir tutam çay atıp üzerini örttü.

Tam o sırada Delal kapıyı açıp mutfağa girdi. Zeyno başını çevirip ona baktı.

"Delal kızım," dedi acı dolu bir sesle. "Çaya sen bak hele! Demlendiğinde misafirlere getiresin, e mi?"

Delal "tamam" dercesine başını salladı. Zeyno içerdeki misafirlerin yanına geri dönmeden önce, "Aman dikkat edesin kızım," dedi endişeli bir sesle, "meret çok sıcaktır. Az evvel sapını tutarken elimi yakmışım."

Yaklaşık on dakika sonra, elinde tuttuğu yuvarlak bir tepsiyle içeri girdi Delal. Hace'nin gözleri birden kocaman açıldı, gayri ihtiyari eliyle ağzını kapattı. Kısa bir süre sonra şaşkınlığını üzerinden atıp küçümseyen bakışlarını Baran'a çevirdi.

"Lan oğlum!" dedi içten içe hayıflanarak. "Durdun durdun durnayı gözünden vurdun. Pambık gibi kız almışlardır sana."

O anda herkes nefesini tutmuş, Hace'ye bakıyordu. Hace bir kez daha Baran'ı göz ucuyla süzdükten sonra başını çevirip Zeyno'ya baktı.

"Gelinin," dedi, "söylendiği kadar varmış. Tüh, tüh maşallah! Allah kem gözlerden saklasın..."

Zeyno tam ağzını açmış ona bir cevap vermek üzereydi ki, "De hele kızım!" diye konuşmasını sürdürdü Hace. "Sen kimlerdensin?"

Bu soruyu beklemeyen Delal şaşırmıştı. Çayları rengi solmuş kırmızı kilimin üzerine koyarken, "Atmalı Köyü'nden," dedi cılız bir sesle, "Kendal'ın kızıyımdır."

Hace o an kanının damarlarından çekildiğini hissetti.

"Uyşşş!" dedi kendini tutamayıp. "Yoksam sen Ferman'ın gelini miydin? Oyyy! Bahtı kara gelin, oy!.. Hâlbuki demişlerdi ki, 'Nişanlısı göçtü diye kızı küçük oğlana verdiler.' Demek sen o kızsın ha! Ölen nişanlın da pek babayiğit birisiymiş."

Delal bu son sözler karşısında donup kaldı. Dizlerinin titrediğini, ellerinin buz kestiğini hissediyor, düşünceleri bir demir gibi çekicin altında dövülüp altüst oluyordu.

Hace o esnada başını çevirip Baran'ı bir daha göz ucuyla süzdü. Ama bu sefer yüzünde küçümseyen, hatta meydan okuyan bir hava vardı.

"Eee," dedi alaycı bir ses tonuyla, "şimdi bu topal ayakla avradın ardından nasıl gezeceksin?.."

Birdenbire odada buz gibi bir hava esti. Yüzü kızaran Zeyno ona verebileceği bir yanıt bulmaya çalışırken, "Mamo Kardaş," diye konuşmasını sürdürdü Hace. "Duyduğuma göre sen de kaçıp gider diye gelini yalnız bırakmazmışsın. Küçük oğlanı peşine salmadan su almaya göndermezmişsin. Bu duyduklarım hakkattır?"

Delal bu acı itiraf karşısında iliklerine kadar sarsıldı, sanki göğsünün tam orta yerine bir hançer saplandı. Tepsi parmaklarının arasından kayıp yere düştü, bedeni zangır zangır titriyordu. Derken arkasını döndü, gözyaşları içinde koşar adımla odadan çıktı.

Mamo ve Zeyno önce gelinlerinin arkasından kaygılı bir şekilde baktılar, daha sonra da oğullarının yüzüne... Baran'ın suratı bembeyaz olmuştu, gözleri ise nefretle bakıyordu.

Zeyno'nun o an içinde büyüyen öfke, inanılmaz bir hiddete dönüştü. Birdenbire ayağa fırladı.

"Hace! Hace!" diye bağırdı. "Bunları sana kim demişse poh yemiştir. Bizi çekememişlerdir. Gelinim kendi rızasıyla bu eve gelmiştir. Evinin barkının neresi olduğunu bilir. Çok şükür gözü dışarılarda da değildir. Ayrıca oğluma ne olmuş? Sırım gibi delikanlıdır maşallah! Allah hele bir derdinin dermanını versin, o vakit yedi düvel görsün ırgat Mamo'nun oğlu neymiş!.."

Zeyno sözlerini bitirdiğinde korkunç bir sessizlik çöktü odaya. Bu öyle bir sessizlikti ki, bilenmiş bir bıçak gibi duyguları lime lime doğruyordu âdeta.

Birden gözleri önünde duran çay bardaklarına takıldı Zeyno'nun. Hışımla gidip yerdeki tepsiyi kaldırdı, sonra da misafirlerin başına dikilip, "Hadi, hadi," dedi sinirli sinirli, "vakit geç olmuştur Sino Kardaş. Boşboğaz avradını da alasın, bir an önce gidesin burdan. Hadi uğurlar ola!.."

***

Delal odasına kapanmış, harap olan asabı yüzünden hıçkıra hıçkıra ağlıyordu. Yarına dair umutları titrek bir mum ışığı gibi sönüvermiş, çektiği acılar yüreğinde katmer katmer çoğalmıştı. Orada durup ne kadar süre ağladı, bilmiyordu...

Derken ansızın odanın kapısı ardına kadar açıldı, içeri Baran girdi. Öyle sinirliydi ki, burnundan soluyordu. Delal'e ters ters baktı.

"Niye geldin sen?" diye haykırdı. "Niye geldin? Niye, niye?.."

Delal bir anda neye uğradığını şaşırdı. Oturduğu yerde öylece kaldı. Baran patlayan öfkesini bir türlü kontrol edemeyerek, "Bu yoksul eve niye gelmişsin?" diye bas bas bağırdı. "Babamın sözüne niye kanmışsın? Sanki ben seninle evlenmek istedim? Bana kimse niye sormamış? Benim rezilliğim bana yeter zaten. Buraya zavallı halimi görmeye mi gelmişsin? Görmüşsün işte! Daha ne beklersin? Kaç git nereye gidersen. Beni köylüye daha beter rezil et..."

Delal'in âdeta nutku tutulmuş, sessizliğe sığınmıştı. Baran'ın bu kadar sert konuşması onu serseme çevirmiş, kelimeler gemici düğümü gibi boğazında düğümlenmişti.

Baran öfkesini kustuktan sonra kapıyı sertçe çekip kapattı, sonra da aksak ayağını sürüye sürüye evden çıkıp gitti.

Delal o gece gökyüzündeki yıldızlara bakmadı. Başını yastığına gömdü, yıldızlar bir bir sönüp tanyeri ağarıncaya kadar usul usul ağladı...

BENDİNİ AŞAMAZ

Delal bütün gece ağlamaktan perişan olmuş, kederli yüzü daha da kederlenmiş, gözleri şişmişti. Ayrıca nefes almakta zorlanmış, yüreği sanki kafese mahkûm edilen bir kuş gibi çaresizce çırpınıp durmuştu…

O sabah da taş basamakları ağır ağır inerken etrafına boş gözlerle bakıyor, derin çizgiler beliren yüzüne saçlarının gölgesi düşüyordu. Hem acı çekiyor, hem öfkeleniyor, hem de içine düşen bir kurt Delal'i âdeta kemiriyordu.

Birden gözüne Halil ilişti. Hiç zaman kaybetmeden yanına gitti. O esnada Halil dut ağacının altına oturmuş, başka bir ağacın çatalından kendine sapan yapıyordu.

"Resul nerdedir?" diye sordu Delal telaşlı bir ses tonuyla.

Halil başını kaldırdı, gülümsedi.

"Hele bakasın," dedi çocuksu bir heyecanla. "Sapanım güzeldir?"

Delal ne söyleneni duydu, ne de sapanı gördü.

"Abin," diye çıkıştı, "nerdedir?"

Halil çocuk aklıyla olup bitenlere bir anlam veremedi, afalladı.

"Şurdaki kapının önündedir," dedi işaretparmağıyla ağabeyini göstererek. "Yoksa bir suç mu işlemiştir?"

Delal bir cevap vermedi. Hemen arkasını dönüp hızlıca oradan uzaklaştı, Resul'ün yanına geldi.

Resul on üç yaşında, son derece akıllı ama içine kapanık bir çocuktu.

"Abinin," dedi Delal sesi titrerken. "Bacağına ne olmuştur?"

Resul duraksadı, garip bir şekilde Delal'e baktı. Çünkü yengesi eve geldiği günden beri ilk defa ağabeyiyle ilgili bir soru sormuştu ona. Kısa bir an tereddüt ettikten sonra, "Sebebini," dedi, "kimse bilmez. Askere gitti, sonra bacağında yaralar başladı. Galiba şifası yoktur."

Delal'in başından aşağı kaynar sular döküldü sanki.

"Sen," dedi üzgün bir ses tonuyla. "Şifasının olmadığını nerden bilirsin?"

Resul dudağını büzdü.

"Anamgil," dedi. "Gitmedik hoca, yarasına sürmedik ot bırakmamıştır. Lakin bacağını hiçbir şey iyi etmemiştir..."

Delal âdeta kahrolmuştu.

"Bir tek babam," diye konuşmasını sürdürdü Resul, "der ki: 'Yaralar Allah'tan geldi, şifasını da gene O verecektir.' Biz de Allah'tan bir umut ışığı bekler dururuzdur."

Delal işittiği bu sözler karşısında iyice karamsarlığa kapıldı. Kederli yüzü daha da solmuş, ruhu sanki bedeninden tamamen çekilmişti.

***

Dün akşam olup bitenlerden sonra herkesin morali çok bozulmuş, kerpiç evin üzerine âdeta bir ölüm sessizliği çökmüştü.

Mamo kahvaltı sofrasını görmezden geldi, hızlıca yürüyüp evden çıktı. Bahçenin kuytu bir köşesine geldiğinde durdu, yerdeki taşın üstüne birden çöküverdi. Cebinden tütün kesesini çıkarıp bir sigara sardı, vakit kaybetmeden hemen yaktı. Ciğerlerine doldurduğu dumanı havaya üflerken, "Hakkat," dedi Delal üzgün ve kırgın bir ses tonuyla. "Burdan kaçıp gideceğimi sanmışsın?"

Mamo afalladı, başını sesin geldiği yöne çevirdi. Hüzünlü yeşil gözleriyle ona bakıp gülümsedi. Sonra "hayır" dercesine başını salladı.

Delal pek ikna olmuşa benzemiyordu.

"Nereye kaçarım?" diye ısrarla sordu. "Yoksa senin aklına bu fikri Zeyno Ana mı sokmuş?"

Mamo dalgın ve düşünceliydi. O anda ne söyleyeceğini bilemedi. Sigarasından bir nefes çekerken elleri titriyordu.

"Demek bir cevabın yoktur, ha!" dedi Delal ağlamaklı bir sesle.

Karşısında boynu bükük duran kızın çaresizce bakan ela gözleri onu daha çok üzmüştü.

"Acep," dedi pişmanlık dolu bir sesle Mamo, "seni buraya getirerek kötü etmişim?.."

Delal hemen sözünü kesti.

"Ben seni kandırmamışım. Evini evim bellerim, lakin oğluna yâr olmam dememişim?"

Mamo şefkatle ona baktı.

"Sen," dedi, "az evvel beni yanlış anlamışsın. Acep seni buraya getirerek kötülük mü etmişim sana?.."

Delal'in o andan itibaren içinde ne bir kırgınlığı kaldı, ne de bir öfkesi. Mahcup olmuş bir halde başını önüne eğerken, "Elbette sana güvenim tamdır," diye konuşmasını sürdürdü Mamo. "Ne kadar yiğit bir kız olduğunu bilirim. Şimdi yalan yoktur! Zeyno'nun ilk günlerde aklı çelinmiştir. Bu sebepten Resul'ü ardına katar. Ne yazık ki buralarda hayat böyledir kızım! Herkes bir şeycikten korkar, kaygılanır. Güya biz de kendimizce bir tedbir alıp dururuz. Sakın beni yanlış anlamayasın! Olacağından değil, olur korkusundandır!.. Ayrıca dünkü kaba davranışından dolayı Baran'ıma kırılmayasın, onu affeylesin. Bilesin ki bu öfkesi sana karşı değildir. Artık taşmak, yeri göğü titretmek ister. Lakin yaralıdır. Bendini aşamaz."

Mamo'nun konuşması bitince Delal ağır ağır başını kaldırdı. Ona kararlı gözlerle baktı.

"Sen," dedi, "bana yolu göstermişsin. Ben de kendi rızamla gelmişim buraya. Daha evvel de sana söylemişim. Oğluna yoldaş olurum, ama yâr olmam."

Mamo önce şefkatle gülümsedi, sonra ak düşmüş sakallarını sıvazlayıp, "Bilesin ki kızım," dedi manalı bir sesle, "sevmek de öğrenilir. Lakin bir günde olmaz."

Bu son cümle Delal'in aklını karıştırmıştı. Mamo'nun ne demek istediğini anlamaya çalıştı. Bir şeyler söyleyecek oldu, fakat sonra bundan vazgeçti...

***

O sabah Orakçılara ait kocaman üzüm bağında olgunlaşan salkımlar budama makasıyla tek tek kesiliyor, açık sarı renkli üzümler hasır sepetlere büyük bir özenle konuyordu.

Delal'in dün geceden beri üzgün ve tedirgin olduğunu gören Mamo, karısı Zeyno'nun yanına onu da katıp hasadın yapıldığı üzüm bağına gelmişti.

Delal, Kulyanlı Köyü'ne geldiği günden bu yana ilk defa kendisini heyecanlı hissediyordu. Bir ara başını kaldırdı, etrafına şöyle bir bakındı.

Memesi henüz erik büyüklüğüne ulaşmamış kızlar ağacın altında oturup işçi kadınların bebeklerine bakıyor, küçük oğlanlar da yakındaki derede balık tutmaya çalışıyorlardı. Gerçi balık tuttukları pek nadirdi, daha çok sapanla kuş avlıyorlardı. Bebeği huysuzluk yapan bazı kadınlar da yavrularını sırtlarına sarıp o şekilde işlerine koyulmuşlardı...

Delal dalıp gittiği düşüncelerden sıyrıldı, başını eğip önündeki hasır sepetin içine baktı. O âna kadar topladığı üzüm, hemen yanı başında çalışan işçi kadınlardan birinin topladığından daha az değildi.

Ansızın parmaklarının ucuna basarak yükseldi, asmanın en tepesinde kalmış son salkımı kesip sepete usulca koyarken, "Artakalan," diye seslendi biri, "ya senindir ya da kuşların."

Delal hemen kafasını sesin geldiği yöne çevirdi, aylar sonra onu karşısında görünce şaşırdı. O gün suyun başında durup satıllarını dolduran çakır gözlü kızdan başkası değildi bu.

"Âdettendir," dedi Gönül gülümserken, "artakalan ya senindir ya da kuşların. O son salkımı sepetten çıkarasın şimdi."

Delal nedense tekrardan onu gördüğü için mutlu olmuştu. Eğilip kestiği son salkımı sepetin içinden çıkarırken, "Görürüm ki," dedi Gönül. "Daha önceleri hiç tarlada çalışmamış olmana rağmen epeyce üzüm toplamışsın."

Delal buruk bir şekilde gülümsedi.

"Bakarım," dedi, "nereye gitsem ardımdan gelir haberim."

Gönül'ün o anda içi acıdı. Onun çizilmiş ellerine, güneşte hafiften yanmaya başlayan beyaz tenine baktı.

"Sen de bilirsin ki," dedi. "Buralar küçük yerlerdir. Her şey çabucak duyulur. Kimsenin kimseden gizlisi saklısı yoktur."

Delal bir süre sustu. Sonra, "Senin," dedi, "burda ne işin vardır?"

Gönül usulca onun koluna girdi, az ötedeki söğüt ağacının altına götürüp yere yansıyan gölgesine oturttu.

"Kusura bakmayasın," dedi. "Hele azıcık dinlenelim. Şu sıralar ayakta fazla durunca belim ağrır."

Delal meraklanmıştı.

"Hayrola!" dedi telaşlı bir sesle. "Yoksa bir şeyin mi vardır?"

Gönül'ün birden yüzüne utangaç bir gülümseme yayıldı.

"Karnım," dedi, "yüklüdür."

Delal şaşırdı.

"Aaa! Kaç aylıktır?"

"Üç."

"Peki, sen kaç yaşındasın?"

"On altı."

Delal gülümsedi.

"Ben de on yediyim."

"Bilirim," dedi Gönül. "Hem ayrıca at binermişsin, hem de tüfek kuşanmada birçok erkeği geride bırakırmışsın, doğrudur?"

Delal birden sustu. Hüzün dolu gözleriyle ona bakarken, "Bu söylediklerin," dedi buğulu bir sesle. "Eskidendi. Artık ne bir atım vardır, ne de bir tüfeğim."

Gönül ondaki hayal kırıklığını sezmişti.

"İstediğin zaman," dedi duygu dolu bir sesle, "gelip benim atıma binebilirsin..."

Delal hafifçe gülümserken, "Fakat," diye konuşmasını sürdürdü Gönül. "Tüfeğim yoktur, şimdiden bilesin."

O an ikisi de kahkahalarla gülmeye başladılar. Delal gülmekten yaşaran gözlerini silerken, "Sen," dedi.

"Nerde yaşarsın? O günden sonra seni suyun başında hiç görmemişim."

Gönül hâlâ gülüyordu.

"Ben," dedi. "Hem burda yaşarım, hem de Musabeyli'de. İki köyde de hatırı sayılır miktarda bağımız, bahçemiz, tarlamız vardır."

"Peki, sen kimlerdensin?"

"Ben," dedi, "Orakçıların kızıyımdır."

Delal afalladı.

"O vakit," dedi sesi titrerken. "Bu koca bağın sahibi sizsiniz?"

Gönül nedense utandı. Bakışlarını ondan kaçırıp, "Evet," diye cevap verdi. "Gördüğün bu uçsuz bucaksız bağ bizimdir."

Delal bir an kalakaldı, ne diyeceğini bilemedi. O sırada Gönül yarı düşünceli, yarı mahzun bir şekilde ona baktı. Sıkılgan bir tavırla konuyu değiştirip, "Eskiden," dedi, "böyle değildi."

Delal, Gönül'ün son söylediğinden hiçbir şey anlamamıştı.

"Kim?" dedi şaşkın bir ifadeyle.

"Baran'dan bahsederim."

Delal'in birden yüreği küt küt atmaya başladı. Büyük bir heyecan içinde, "Eskiden," dedi, "nasıldı ki?"

Gönül o anda dalıp gitmiş, yerde belli belirsiz bir noktaya bakıp duruyordu.

"Eskiden," diye fısıldadı. "Çok başkaydı. Her zaman gülerdi, çokça da akıllı laflar ederdi. Ayrıca son derece yakışıklıydı da. Hatta eskiden bir de yavuklusu vardı. Evleneceklerdi. Sonra Baran askere gitti, çökmüş bir halde geri döndü. Devlet ona tamı tamına askerlik bile yaptırmamış. E tabii bu arada kızın ailesi hiç boş durur mu? Yavuklusunu tutup başka birine vermişler. Zannımca o günden sonra hayata küsmüştür Baran."

Delal'in gözleri fal taşı gibi açılmıştı. Kuru ve boğuk bir sesle, "Yavuklusunun," dedi, "adı nedir?"

Bu soruyla Gönül'ün yüzüne buruk bir tebessüm gelip yerleşti.

"Onun," dedi, "adı lazım değildir. Zaten bu köyden gideli çok olmuştur. Ama gerçek şu ki, bir zamanlar köyün birçok kızı Baran'a yanıktı."

Delal o an yüreğinde büyük bir sızı duydu. Hiçbir şey söylemedi, dalgın gözlerle öylece baktı.

SOMUN EKMEK

Günlerden pazardı. Hafif bir sam yeli tatlı tatlı esiyordu. Okuntusunu almış kadın erkek, genç yaşlı, çoluk çocuk traktörlerin arkasına bağlı römorklara büyük bir heyecanla binmiş, Musabeyli Köyü'ne doğru yola koyulmuşlardı.

Delal ansızın bu yoldan geçtiği o ilk günü hatırladı, gözleri dalıp uzaklara gitti. Yüzündeki tatlı gülümseyişi buruklaşmış gibiydi...

O gün çocukluğunu, gençliğini, ailesini ve Şiyar'la anılarını yüreğine gömmüş, Mamo'nun ardına düşüp buralara gelmişti.

"Geldik," diye seslendi Gönül. "Şu gördüğün beyaz badanalı büyük olan evdir."

Delal dalıp gittiği düşüncelerden sıyrıldı, boş gözlerle eve baktı. Gönül ondaki durgunluğu fark etmişti.

"Sen iyi misin?" dedi. "Dalıp gitmişsin."

Delal zoraki gülümsedi.

"İyiyim," diye yalan söyledi. "Dalgın dalgın etrafıma bakarım."

Gönül daha fazla üstelemedi.

"Keşke," dedi içten içe hayıflanarak. "Kulyanlı'daki bağda hasat olmasaydı. Belki burdaki evimizde bir-iki gün kalırdık seninle. İyi olmaz mıydı, he?"

Delal şaşırdı.

"Sana ne desem, bilmem ki..."

Gönül lafını kesti.

"Eğer öyle bir şey olsaydı, Zeyno Ana'nın rızasını alırdım."

Delal birden buruk bir şekilde tebessüm etti, Zeyno'nun oğlu Resul'ü geldiği günden beri peşine taktığını hatırladı.

Tam o sırada traktör ardında toz bulutu bırakarak evin önünde durunca, coşkuyla ayağa fırladı Gönül. Yüreği heyecanla çarpmaya başlamıştı. Bütün bedeni titriyordu.

"Sen de," dedi tiz sesiyle, "benim gördüğümü görmüşsün?"

Delal bir an afallamış, Gönül'ün neden heyecanlandığını merak etmişti. Başını kaldırıp etrafına baktı, ama tanıdık hiçbir şeye rastlamadı.

"Şu tarafa bakasın," dedi Gönül. "Aynı çadırcılar gene gelmiştir köye."

Delal başını çevirdi, Gönül'ün işaretparmağıyla gösterdiği yere baktı. Sonra da, "Yoksa," dedi, "dantel ve kanaviçe ipliği alacaksın?"

Gönül tam ağzını açıp bir cevap verecekti ki, o sırada römorkun arka kapağı açıldı. Çok dikkatli bir şekilde aşağı indi, indiği gibi de hızlıca yürüyüp Zeyno'nun olduğu römorkun yanına geldi.

Zeyno da o sırada bulunduğu römorktan inmiş, üstüne başına çekidüzen veriyordu. Gönül ona heyecanlı bir şekilde bakıp, "Zeyno Ana," dedi. "Delal'e az müsaade et de, benimle bir yere kadar gelsin."

Zeyno nedense onu köydeki diğer kızlardan hep ayrı tutmuş, incitmekten ve kalbini kırmaktan kaçınmıştı.

"De hele! Nereye gideceksin?"

"Şey," dedi yüzü narçiçeği gibi kızararak. "Şurdaki çadırcılar var ya! Orda hakikatli her bir şeyi bilen falcı kadın vardır. Bana daha önceki gelişinde hamile kalacağımı söylemiştir..."

Zeyno afalladı, heyecanla lafını kesti.

"Yoksa kız," dedi, "sen yüklüsün?"

Gönül'ün yüzü daha da kızardı, utancından başını önüne eğdi.

"He!" dedi cılız bir sesle. "Yüklüyümdür."

"Hadi, gözün aydın olsun! Çok sevinmişimdir. Allah tamamına erdirsin inşallah. Eee!.. Hele söyle, anlamamışım. Artık falcıda ne işin kalmış?"

"Şey," dedi utana sıkıla, "hele gene bir baksın Zeyno Ana. Geceleri meraktan uyuyamam. Bebek oğlandır, yoksa kızdır?"

Zeyno eski bir dosta gülümser gibi gülümsedi.

"Tamam," dedi. "Öyleyse bir an evvel gidip gelin. Lakin Baran da arkanızdan gelsin, size göz kulak olsun."

Gönül âdeta heyecandan yerinde duramıyordu. Neredeyse zil takıp oynayacaktı. Zeyno'nun yanından büyük bir mutlulukla ayrılırken, "Delal, kız!" diye seslendi. "Hele gel! Seninle biraz işim vardır."

Delal de heyecanlanmıştı.

"Ne işidir?"

"Yoo öyle! Hemencecik söylemem. Azıcık meraklanasın."

Delal başını çevirdi, az ötede duran Zeyno'ya baktı. Zeyno "git" dercesine kafasını salladı.

"Meraklanmayasın," dedi Gönül, "ondan müsaade almışım."

Delal rahatlamıştı. Gönül heyecanlı bir şekilde kolundan tutup çekiştirirken, "Bir an evvel," dedi, "gidip gelelim."

Delal ve Gönül kol kola çadırcıların olduğu yere doğru büyük bir sevinç içinde yürürken, Baran da ayağını sürüye sürüye peşlerinden geliyordu.

Gönül bir süre sonra ansızın durdu, falcı kadının olduğu çadırı eliyle koymuş gibi bulmuştu.

"Gel hele!" dedi yüreği küt küt atarken. "Bakalım ne diyecektir?"

Delal bu sözlerden tek kelime bile anlamamıştı.

"Kim ne diyecektir?" diye sordu şaşkın bir şekilde.

Gönül bir cevap vermedi. Delal'i kolundan çekiştirip hızla içeri soktu. O anda ön dişleri altın kaplı falcı kadın hafifçe gülümseyip, "Buyurun, kime baktınız?" diye sordu tiz bir sesle.

Delal birdenbire onu karşısında görünce çok şaşırdı, aynı anda yüreğinin buz kestiğini hissetti.

Falcı kadın da onu tanımış, ne söyleyeceğini bilemez bir halde ona bakakalmıştı.

Olup bitenlerden habersiz bir şekilde, "Şey," dedi Gönül heyecanlı bir sesle. "Geçen sefer geldiğinde bilmişsin hakkaten. Şu anda hamileyim. Şimdi de hele söyle bakalım, bebeğim oğlandır, yoksa kızdır?"

Falcı kendisine söyleneni duymamış gibi masmavi gözlerini Delal'in ela gözlerine dikip bakmaya devam etmişti.

Delal onun aylar önce söylediği sözleri hatırlamıştı. Falcı kadın, "Tuttuğun dilek çıkmaz bir yoldur. Sana başka bir yol görünür. Lakin bilemedim! Bu yol iyi midir, yoksa kötü müdür? Bir yanı güllük gülistanlık, öbür yanı diz boyu dikendir," demişti. Ve sanki yazgısı o günden sonra hiç önemsemediği bu sözleri takip etmişti...

Olanları hatırlamak onu öyle sarsmıştı ki, ayakta güçlükle duruyor, yüreğinin bir kuş kanadı misali çarptığını hissediyordu.

"Ben," dedi boğazı düğüm düğüm olurken. "Dışarı çıkarım."

Gönül bir Delal'e, bir de falcı kadına şaşkın şaşkın baktı. Delal hiç oyalanmadan koşar adımlarla çadırdan dışarı çıktı, sakinleşmek için derin derin nefes almaya çalıştı. O sırada falcı kadın da dışarı çıkmıştı.

"Dur," dedi, "nereye kaçarsın?"

Delal bir çocuk gibi ağlamaya başladı.

"Sus," dedi hıçkırıklarının arasından. "Daha fazla konuşmayasın. Ölen nişanlımın acısını içimden atamadan, bu sefer de başka kötü laflar etmeyesin. Bilesin ki artık korkarım senden."

Falcı kadının sanki içindeki ses birden sustu, bir suçlu gibi bakışlarını ondan kaçırıp karşıdan ayağını sürüye sürüye gelen Baran'a baktı.

"Kocan," dedi yutkunarak, "şu adam mıdır?"

Delal bitkin bir halde ağırlaşmış başını kaldırdı, büyük enerji harcayarak topallaya topallaya kendilerine doğru gelen kocasına acınası gözlerle baktı.

"He!" diye fısıldadı.

Falcı kadın Delal'in bakışlarındaki kederi içinin derinliklerinde hissederken, "Halep'te," dedi buğulu bir sesle. "Şifacı Zikra Kadın vardır. Kocanı alıp bir an evvel oraya git. Bacağındaki yarasını anca o iyi eder..."

***

Delal falcı kadına hoşça kal demeden morali bozuk bir şekilde oradan ayrılmış, düğünün yapılacağı beyaz badanalı eve gelmişti.

Ev öyle kalabalıktı ki misafirler avludan dışarıya taşmıştı. Kadınlar içeriye sığışmış otururken, erkekler dışarıda hazırlanan genişçe sofralara kurulmuşlardı.

Erkeklerin sofrası bir an olsun boş kalmıyor, ikramların biri gidip biri geliyordu. Kadınların sofrası onlarınkine göre epeyce zayıftı. Şehirden gelen ikramlıkların birçoğu erkeklerin sofrasındaydı. Hele o mis gibi kokusu ta içerilere kadar gelen sımsıcak ve taptaze somun ekmeği sofralarına dahi uğramamıştı...

Delal dışarıdaki kalabalığın arasından güçlükle geçip içeri girerken, "Delal," dedi biri arkasından. "Yoksa sen misin kızım?"

Delal bir an durdu, başını sesin geldiği yöne doğru çevirdi. Yüzü gölgede kalan yaşlı kadına dikkatlice baktı. Bu Atmalı Köyü'nden Nazlı'ydı...

"Vallah," dedi Nazlı şaşkınlık içinde, "kırk yıl düşünsem seni burda göreceğim aklıma gelmezdi."

Delal'in ela gözlerinde biraz mahcup, biraz da çekingen bir ifade vardı. Nazlı, bakışlarından bir şeyleri gizlediğini hemen anladı. Ama farkında değilmiş gibi davranarak, "Hele gel," dedi. "Seni doya doya öpeyim."

Delal birkaç adım attı, neredeyse elinde büyüdüğü yaşlı kadının boynuna sımsıkı sarıldı. O an bıraksan ağlayacaktı.

"Kocan," diye fısıldadı Nazlı. "Hangisidir? Bana göster hele."

Delal önce buruk bir şekilde gülümsedi, sonra işaretparmağıyla kapı tarafını gösterdi. Baran o sırada ayakta duruyordu.

"Maşallah!" dedi Nazlı. "Kocan babayiğitmiş."

Delal bu sefer de zoraki gülümsedi. Göz ucuyla Baran'ı süzdü. Tertemiz giyinmiş, saçlarını yana taramıştı. Sanki yüzünde belli belirsiz bir tebessüm vardı. Delal bir an karşısında duran adamın yaralı bacağını unuttu. "Söylendiği kadar varmış," diye geçirdi aklından...

Yaşlı kadın o esnada onun güneşten yanmış yüzünü ve ellerindeki çizikleri kederli gözlerle seyrediyordu. Atmalı Köyü'nde bir zamanlar bütün herkesin gıptayla baktığı kız neredeyse acınacak bir hale gelmişti.

Delal bakışlarını Baran'dan kaçırıp tekrar ona çevirdiğinde, yaşlı kadının kara gözlerindeki hüznü gördü. Bu içini acıttı.

Nazlı'nın da içi parçalanmıştı. Ona daha da sıkı sarıldı, yüzünden defalarca öptü. Sonra aralarındaki hüzünlü havayı dağıtmak istercesine, "Kızım," dedi, "sen hala olmuşsundur."

Delal duyduklarına inanamadı. Gözlerini şaşkınlıkla kırpıştırıp, "De hele!" dedi yüreği çarparken. "Oğlandır, yoksa kızdır?"

Yaşlı kadın onu sakinleştirmek için elini sımsıkı tuttu, sonra sevecen bir sesle, "Kızım," dedi, "sanki sen köyden çıkalı sene mi olmuştur? Aso daha yeni evlenmiştir. Karısı yüklüdür, ben bunu dedim."

Delal duydukları karşısında öyle heyecanlanmıştı ki, yaramaz bir çocuk gibi yerinde kıpırdanmaya başladı.

"Abim," dedi coşkulu bir sesle. "Kimi almıştır?"

Nazlı kendini tutamayıp güldü.

"Cibranların kızı Dilan'ı almıştır."

Delal derin bir nefes alıp, "Ohhh!" dedi, "Allah'a bin şükürler olsun. Abim gönlünü kaptırdığı yavuklusuyla evlenmiştir."

Nazlı tam bir şey söyleyeceği sırada, "Babam, anam, Halise ve Leyla nasıldır?" diye sordu peş peşe. "Bundan başka bey nasıldır? İyileşip ayağa kalkmıştır?"

Yaşlı kadın ardı ardına gelen sorulardan en sonuncusunu cevaplamayı seçti her nedense.

"Ferman," dedi üzüntülü bir sesle. "Ölmüştür."

Delal'in yüreğine bir acı gelip oturdu.

"Oyyy!" dedi yürek parçalayan yanık bir sesle.

Yaşlı kadın onun bu içli ve yanık sesinden o kadar çok etkilenmişti ki, boğazına bir yumru takıldı sanki.

"Son günlerde," dedi güçlükle konuşarak. "Elinin yarası epeyce azmıştı. Ama zannımca kahrından ölmüştür bey. Zavallı ne yedi, ne içti. Allah'tan oğlu Diyar'ın evlendiğini gördü de, bu dünyadan öyle göçüp gitti."

Delal'in gözleri doldu, ne söyleyeceğini bilemedi. O öylece dururken, "Diyar oğlan da," dedi Nazlı buruk bir sesle, "Kuşçuların kızı Mizgin'le evlenmiştir..."

***

O gece Delal'i uyku tutmamış, odayı aydınlatan loş ışığın altında, pencerenin önünde oturmuştu.

Bir ara pencereyi hafifçe aralayıp dışarıda esen rüzgârın sesini dinledi. Gökyüzünde yıldızlar parıl parıl parlıyordu. Daha şafağın sökmesine çok vardı...

Delal orada hiç kıpırdamadan öylece oturup dışarıyı seyrederken, yüreği susuvermiş gibiydi. Sanki bütün yaşanmışlıklarını alıp götürmüştü rüzgâr. Artık ne acı hissediyordu, ne de mutluluk... Yüreğinde ne dünün yası vardı, ne de yarının endişesi...

Bir süre daha öyle sessizce oturdu. Sonra pencereyi sıkıca kapatıp perdeyi çekti. Oturduğu yerden kalkıp duvarda asılı duran idare kandilini aldı, yatağına doğru sessizce yürüdü. O sırada gözü yer yatağında uyuyan Baran'a takıldı.

Açık kumral saçları alnına dökülmüş, güneşte kızaran yanakları açık teniyle tezatlık oluşturuyordu. Uyurken bile acı içindeymiş gibi görünüyordu. Oysaki geniş omuzları kocaman elleriyle kavradığı her şeyi tutup koparacakmış hissi uyandırıyordu...

Yorganın açıkta bıraktığı göğsünün ortasına doğru serpiştirilmiş gibi duran birkaç tüy dışında, geriye kalan kısımlar pürüzsüzdü. Vücudunda bir tek ben dahi yoktu. Yeni doğmuş bir bebek gibi beyaz-pembe bir teni vardı...

Delal birden uykudan uyanır gibi silkindi. Yüreği heyecandan küt küt atarken, "Burda durmuş ne yaparım?" diye mırıldandı kendi kendine, sonra da çabucak yatağına seğirtti.

Titreyen elleriyle tuttuğu idare kandilini yere koydu. Alelacele üzerindeki elbiseyi çıkardı, içliğiyle kalmıştı. Yastığı eliyle düzeltip tekrar yerleştirdiği sırada eline bir şey çarptı. O anda yüreği ağzına geldi, ânında elini geri çekti. Kısa bir tereddütten sonra başını eğip meraklı gözlerle yatağa baktı. Yastığın kenarında küçücük bir bohça duruyordu. O şaşkınlıkla dudağını büzüp, "Bu nedir acep?" dedi kendi kendine.

Derken merakına yenik düştü. Hemencecik bohçayı alıp açtı, gördüğü şeye inanamadı. Bir süre olduğu yerde donup kaldı. Sonra biraz çözülüp kendine geldiğinde için için ağlamaya başladı.

Bohçanın içinde, yufkaya sarılı bir parça somun ekmeği duruyordu. Baran düğün evinden getirdiği somunu tıpkı bir dilim tahinhelvası gibi yufka ekmeğine sarmış, sonra da yastığının altına koymuştu...

Elbette bu Delal'in o güne kadar aldığı ilk hediye değildi. Ama o daha önceleri başkalarından aldığı hediyeleri onlara gösterdiği sevgi karşılığında almıştı. Oysaki şimdi hiçbir şey vermediği, hiçbir şey paylaşmadığı, hatta hoyrat davrandığı bir adamın hediyesini avuçlarının içinde tutuyordu.

Dünya malına meyletmeyen Delal o an belki henüz farkında değildi ama, o gece, bir parça somun ekmeğine gönlünün kapısını ardına kadar aralamıştı...

KİRPİ ETİ

Ertesi gün erken saatlerde Mamo ve Baran odun kömürü yapmaya koyulmuşlardı.

Baran askerlik yaptığı sırada odun kömürü yapan insanlar görmüş, çürüğe çıkıp apar topar geri gönderilince de, bölgede henüz bilinmeyen bu işi babasına yapmayı önermişti.

O sabah da odunları üst üste dizmişler, üzerini saman, yaprak ve topraktan oluşmuş bir harçla kaplayıp içine ateş vermişlerdi. Odunlar yavaş yavaş, içten içe yanmaktaydı...

"Oğlum," diye arkasından seslendi Zeyno. "Sofra hazırdır. Gel de pekmezini ye, az evvel erittiğim tereyağını iç. Kuvvetin yerine gelsin, öyle işine koyulasın."

Baran onu dinlemiyordu bile. Başını çevirip Mamo'ya baktığında, "Baba," dedi heyecanlı bir sesle, "bilirim bu iş zahmetlidir, lakin çok para vardır."

Mamo oğluna şaşkın gözlerle bakıyordu. O sırada Zeyno da yanlarına gelmişti.

"Oğlum," diye mırıldandı. "Şu güzelim odunları kesip buraya getirene kadar anamız ağlar. Sobada, ocakta yanması gereken odunları boş yere yakar durursun. Kömür dediğin şey ne işe yarayacaktır?"

Baran hafiften sinirlenmişti.

"Ana," dedi, "sen büyük şehir mi görmüşsün? Hayır, görmemişsin! Ama ben görmüşüm. Nerde para varsa, insanoğlu o işi yapmış. Paranın olmadığı bir işi insan niye yapsın? Zannımca bu işte çok para vardır."

Zeyno acı acı gülümsedi.

"Oğul," dedi hayıflanarak. "Bu işin daha parasını görmemişim, lakin odunları taşırken ağırlığı hâlâ sırtımdadır."

Mamo'nun birden içi cız etti. Karısı gerçekten çok yoruluyordu. Üzgün bir şekilde ona bakarken boğazı düğüm düğüm oldu.

"Zeyno," dedi boğuk bir sesle. "Sakın ha! Oğlanın cesaretini kırmayasın. İnsanın bir dileği beslemesi güzeldir. Oğlumuz yeter ki bir şeye umut etsin, hayata tutunsun, ben ölene kadar sırtımda taşırım odunları."

Zeyno bu son cümleyle kocasının ne demek istediğini çok iyi anlamıştı. Başını önüne eğip sessizce yanlarından uzaklaşırken, "Sen," diye seslendi Mamo, "bir-iki tike bir şey yedikten sonra gelini de yanına alasın, hasadın yapıldığı bağa gidesin. Ben de öğlen gibi gelirim oraya..."

***

Delal o sabah uyandığında yüreğindeki derin kederin ağırlığını daha az hissettiğini fark etti.

O güne kadar kim bilir kaç defa gökyüzünü seyretmiş, kim bilir kaç defa sabah güneşini Şiyar'la birlikte karşılamış, kim bilir kaç defa onunla karşıladığı güneşi akşam da kızıl dağların arkasına uğurlamıştı...

Ama o sabah ilk defa gökyüzünde bambaşka renkler fark etmişti. Orada durup mavinin sarıyla buluşmasını seyretti. Hatta o an bir şeyi daha fark etti Delal. O güne kadar hafızasında sakladığı Şiyar'ın yüzü sanki yavaş yavaş siliniyordu. Artık ondan geriye kalan acıdan başka bir şey değildi...

Birden derin bir nefes aldı, sonra tekrar başını eğip üzüm salkımlarını kesmeye koyuldu. O sırada, "Hayırlı sabahlar," dedi Gönül gülümseyerek. "Hoş gelmişsin."

Delal de ona bakıp gülümsedi.

"Sana da," dedi, "hayırlı sabahlar olsun. Dün olanlardan ötürü kusura bakmayasın. Senin de hevesini kırmışım."

Gönül birden durgunlaştı.

"Önemli değildir bacım. Ne yapacaksın? Dünya hali işte. Neyin ne olacağı hiç belli değildir. Senden sonra falcı kadın her bir şeyi anlatmış bana. Lakin inanmakta zorluk çekmişim. Böyle kahpe bir kader mi olur?"

Delal acı acı gülümserken, "Neyse," dedi. "Bundan böyle her şey geçmişte kalır."

Gönül bir an ona sımsıkı sarıldı.

"Sakın," dedi sesi titrerken, "üzülmeyesin artık."

Delal sustu. Sonra da, "Hele çabuk söyleyesin," dedi meraklı bir şekilde. "Falcı kadın sana ne demiş?"

Gönül'ün ansızın yüzü aydınlandı.

"Dediğine göre bebek oğlandır."

Delal o anda sevincinden neredeyse bir çığlık atacaktı. Gönül'ün boynuna sımsıkı sarılıp bir çocuk gibi öperken, "Bunlar," dedi, "güzel haberlerdir. Gözün aydın olsun. Bir evlat sahibi olacaksın. Allah onun talihini açık kılsın, analı babalı büyütmeyi nasip eylesin."

Gönül az önceki sevincini bir an kaybeder gibi oldu.

"Ya," dedi endişeli bir sesle. "Bebek kız olursa ne derim köylüye?"

Delal şaşırdı.

"Yoksa," dedi, "köylüye duyurmuşsun?"

Gönül utandı, hemen başını önüne eğdi.

"He!" dedi. "Vallahi de boşboğazlık edip ağzımdan kaçırmışım."

Delal'in birden yüzü ciddileşti.

"Endişe etmeyesin. İlk başta ona ben de pek inanmamıştım. Lakin kime ne dediyse çıkar. Sözüm ona Evliya gibidir."

Gönül'ün yüreğine biraz olsun su serpilmiş, az evvel kaçan neşesi tekrar yerine gelmişti.

"Bak bacım!" dedi sevinçli bir şekilde. "Sana kimi getirmişim?.."

Delal başını çevirdi, hayatında ilk kez gördüğü kadını şöyle bir süzüverdi.

"Bu kadının da," diye konuşmasını sürdürdü Gönül.

"Kocasının bacağında tıpkı Baran'ınki gibi yaralar varmış. Ama sonra bacağı iyileşmiştir."

Delal bir an heyecanlandı.

"Hakkat mi?" diye sordu. "Peki, kocanın yarası nasıl iyileşmiştir bacım?"

Orta yaşındaki işçi kadın ona bakıp gülümserken, "O yaranın dermanı," dedi kendinden emin bir sesle, "kirpi etidir. O mübarek hayvanın etini yesin, maşallah gün geçtikçe iyileşir, yakında hiçbir şeyciği kalmaz."

Delal duyduklarına inanamıyordu.

"Hakkat dediğin gibi kirpi eti iyi gelmiştir?"

"Vallahi de, billahi de," dedi işçi kadın, "yarasına merhem olmuştur..."

Delal umutla dolmuştu.

"Maşallah!" diye konuşmasını sürdürdü kadın. "O günden beri domuz gibidir. Aha bak! Ordadır kocam."

Delal başını kaldırdı, işaretparmağıyla gösterdiği yere bakarken, "Demek kirpi eti," dedi, "yaraya merhem olmuştur, he?!"

***

Aynı gün öğle paydosunda Mamo çıkageldi. O sırada bağda çalışan herkes bir köşede çıkınlarını açıyor, bebekli kadınlar da sırtlarını kalabalığa dönmüş yavrularını emziriyorlardı.

Mamo yufka ekmeğin içine koyduğu domatesli aşı dürüm yapıp Delal'e uzattı.

"Al kızım," dedi, "hemencecik ye. Acıkmışsındır."

Delal gerçekten öyle acıkmıştı ki, çekinmeden aldı, büyük bir iştahla yemeye koyuldu.

Zeyno onun bu haline bakıp tatlı tatlı gülümserken, Delal de Mamo'ya yaklaşıp, "Şey," dedi utangaç bir sesle. "Az evvel işçi kadınlardan biriyle tanışmışım, azıcık sohbet etmişim. Kadının dediğine göre, bir zamanlar kocasının da bacağı aynı Baran'ınki gibiymiş. Önceleri hiçbir şey fayda etmemiştir. Lakin sonra ona kirpi eti yedirmişlerdir. O günden beri de adamın hiçbir şeyciği kalmamıştır. Acaba Baran'a da yedirsek iyi gelir mi ki?"

Mamo bir an başını kaldırıp karısı Zeyno'yu manalı bir şekilde süzdü. Delal onun bu manalı bakışlarından dolayı utandı, yüzü kızardı. Mamo onun yüzündeki bu ani değişimi görünce, "Kusura bakmayasın kızım," dedi, "seni utandırmışım. Neyse... Bugüne değin kim ne dediyse onu yapmışız. Lakin bir işe yaramamış."

Zeyno acı acı gülümsedi.

"Güya," dedi. "Dostallı Köyü'ndeki hocanın yazdığı dua oğlanı iyi edecekti. O hoca da kof çıkmış."

Delal tekrardan Mamo'ya baktı.

"Kirpi eti," dedi ısrarcı davranarak. "Ne dersin, he?"

Mamo onun ne kadar kararlı olduğunu çok iyi biliyordu. Ayrıca ondan kaçamayacağını da.

"Peki," dedi, "bir ara yakalayıp kirpi etini de yediririz."

Delal sevinmişti.

"Kirpi etinin ne kadar faydalı olacağını göreceksin. İnşallah yakında hiçbir şeyciği kalmayacaktır."

O gün Delal'deki bu değişim Mamo'nun ve Zeyno'nun çok hoşuna gitmişti. Mamo'nun o an mutluluktan zeytin yeşili gözleri parlarken, "Yemeğini yedikten sonra," dedi neşeli neşeli. "Sen önden git eve. Baran'ın dışarıda azıcık işleri vardır. Halil biraz hasta gibidir, evde yalnız kalmasın."

Delal o öğleden sonra üzüm bağından mutlu bir şekilde eve dönerken, onu daha da mutlu eden, Resul'ün bir daha ona bekçilik yapmaması oldu...

***

Akşam olmak üzereydi. Bütün gün bağda çalışmaktan fazlasıyla bitkin düşmüş, eve döner dönmez de balkona geçip yorgun bedenini sedirin üzerine bırakıvermişti Zeyno.

O sırada dut ağacının altında oturmuş, kendisine çamurdan bilye yapan oğlu Halil'e, "Oğlum," diye seslendi. "Sabah azıcık hastaymışsın. Şimdi nasılsın?"

Halil gülümsedi.

"İyiyim ana, geçti. Bir şeyciğim yoktur."

"İyi, maşallah! Aman hasta olmayın! Bir de sizinle uğraşmayayım. Peki, abin Baran nerdedir?"

Halil elinde tuttuğu çamurdan bilyeye baktı, sonra omuz silkip, "Bilmem," dedi, "görmemişim."

Zeyno uzandığı yerden hafifçe doğruldu.

"Ya yengen?"

Halil elinde tuttuğu bilyeyi diğerlerinin yanına koydu. Hiçbir şeyden habersiz masum masum annesine baktı.

"Bilmem," dedi, "onu da hiç görmemişim."

Zeyno birden panikledi.

"Oğlum," dedi yüreği ağzında atarken. "Nasıl görmemişsin? Yengen eve gelmedi mi?"

"Geldi ana, ama sonra evden çabucacık çıkıp gitti."

Zeyno kanının damarlarından çekildiğini hissetti. Gözleri kararıp başı dönerken, "Mamo," diye bas bas bağırdı. "Hele tez gelesin!"

Mamo elinde ibrikle koşup karısının yanına geldi.

"Ne oldu? Neyin var?"

Zeyno panik halinde kekeleyerek bir şeyler söylemeye çalışıyor, ama söylediği pek anlaşılmıyordu. Mamo onu böyle görünce çok kaygılanmış, süratle elindeki ibriği yere koyduktan sonra karısını omuzlarından tutup şiddetli bir şekilde sarsmaya başlamıştı.

"De hele!" dedi korkuyla. "Ne oldu sana? Bu halin de neyin nesidir?"

"Gelin," dedi Zeyno sesi kurumuş boğazından güç bela çıkarken. "Evden kaçmıştır."

Mamo'nun o an sanki başından aşağı kaynar sular döküldü. Birden göğsü sıkıştı, neredeyse nefes alamaz oldu.

"Delal," dedi buz gibi bir sesle, "kaçmıştır?"

Zeyno sıtmaya yakalanmış bir biçimde titreyerek sedirin üzerine oturdu ve kahrından dövünmeye başladı.

"Ah, ah!.. Ben sana dememiş miydim bu kızı yalnız başına bir yere bırakmayalım. Gördün mü be Mamo? Güvendiğin dağlara kar yağmıştır. Gelin kaçıp gitmiştir."

Mamo yaşadığı şaşkınlığı hâlâ üzerinden atamamıştı. Zeyno dişlerini sıkıp öfkeli bir şekilde ona bakarken, "Kaçıp gittiğini," dedi Mamo boğuk bir sesle, "sana kim söylemiş?"

Zeyno ağzından köpükler saçarak, "Halil," diye bas bas bağırdı. "Tez buraya gelesin."

Halil annesinin feryatları yüzünden öyle korkmuştu ki, dut ağacının kalın gövdesine iyice yapışmış endişeli gözlerle onlara bakıyordu. O sırada, "Oğlum," diye bağırdı Zeyno tekrar. "Sesin yerin altından gele inşallah! Ben kime seslenirim?"

Mamo oğlunun korkudan olduğu yerde sindiğini görünce, kendini toparlayıp hiç vakit geçirmeden yanına gitmişti.

"Oğlum," dedi şefkatli bir sesle, "korkacak bir şey yoktur. Şimdi söyle bana, yengen nerdedir?"

Halil babasının sorusuna cevap vermek yerine ansızın hıçkıra hıçkıra ağlamaya başladı.

"Vallahi," dedi hıçkırıklarının arasından. "Yengemi ne zamandır görmemişim. Eve geldi, sonra koşarak çıkıp gitti."

"Sana bir şey söylemedi mi?"

Halil akan burnunu sol kolunun yenine sildi, yen ıpıslak oldu.

"Söylememiştir baba."

Mamo'yu o an bir düşünce aldı. Cebinden tütün kesesini çıkarıp titreyen elleriyle bir sigara sardı. Dumanı henüz dışarı salmıştı ki, karısı Zeyno yanında belirdi.

"Şimdi," dedi hâlâ dövünüp ağlarken, "ne yaparız? Gördün işte, sonunda kaçıp gitmiş..."

Mamo sertçe karısının sözünü kesti.

"Biraz sus be Zeyno! Benin tanıdığım Delal kaçmaz. Ayrıca nereye kaçar? Yol bilmez, iz bilmez fukara, nereye gider?"

Zeyno kocasına ters ters baktı.

"Öyle dersin de be Mamo, oğlanın söylediğini duymamışsın? Baksana evden koşarak gitmiş."

Mamo ne düşüneceğini bilemiyordu. Kafası allak bullak olmuştu. Sigarasının dumanını havaya üflerken, "Bu oğlan da," diye söylendi. "Nerdedir? O da sırra kadem basmış."

Tam o esnada bahçenin kırık tahta kapısı açıldı, Baran ayağını sürüye sürüye içeri girdi.

Zeyno hiç vakit kaybetmeden koşar adımlarla oğlunun yanına geldi.

"Karını," dedi yüreği titrerken, "görmüşsün?"

Baran annesinin sorusu karşısında afalladı.

"Yoo! Görmemişim. Evde değildir?"

Zeyno son ümidini de kaybetmiş gibi olduğu yere yığılıp göğsünü dövmeye başladı.

"Oğul, karın evden kaçmış," dedi acıyla.

Onun bir insanın yüreğini paramparça edecek bu acı sözleri karşısında Baran bir süre olduğu yerde öylece kaldı. Sonra başını çevirip babasına baktı.

"Anam," dedi yaralı bacağı tir tir titrerken. "Doğru mu söyler? De hele baba! Delal kaçmış?"

Mamo sustu, bir suçlu gibi başını önüne eğdi. Baran güçlükle ayakta duruyordu. Ayağını zar zor sürüyerek babasının yanına geldi.

"Baba," dedi sesi titrerken, "anam doğru mu söyler?"

Mamo başını kaldırıp oğluna baktı.

"Ne desem ki oğlum sana! Zannımca kaçmamıştır, lakin kesin bir şey de diyemem."

Baran öfkeden kıpkırmızı oldu. Bu defa bütün bedeni artık zangır zangır titremeye başladı. Babasına nefret dolu gözlerle baktıktan sonra hiçbir şey söylemeden eve doğru topallaya topallaya yürüdü.

Oğlunun gözlerindeki nefreti gören Mamo kahrolmuştu. Ne yapacağını bilmez bir şekilde olduğu yerde öylece durdu.

Karısı Zeyno az evvel yığıldığı yerden güçlükle doğrulup, "Mamo," dedi yanık sesle, "şimdi ne yapacağız?"

Mamo karısının sesiyle dalıp gittiği düşüncelerden sıyrıldı.

"En iyisi," dedi hüzünlü bir ses tonuyla. "Bir-iki yumurta alma bahanesiyle Gönüllere git. Bak bakalım, ordadır?"

***

Zeyno hiç vakit kaybetmeden sokağa çıktı, endişeli bir şekilde yürümeye başladı. Dar sokağın köşesini dönmüş, kerpiçten örülmüş bahçe duvarının yanından geçerken, "Hayrola!" diye seslendi Gönül'ün annesi. "Akşam akşam nereye gidersin böyle?"

Zeyno birdenbire onu karşısında görünce hem şaşırdı, hem de biraz tedirgin oldu.

"Şey..." dedi kekeleyerek. "Azıcık dışarı çıktım, size gelirim."

Kadın şaşırdı.

"Bize mi? Bir şey mi oldu? İnşallah kötü bir durum yoktur."

Zeyno yalancıktan gülümsedi.

"Yoo! Çok şükür kötü bir şey yoktur. Evde hiç yumurta kalmamış. Sizden birkaç tane yumurta almaya gelmişim."

Gönül'ün annesi şaşkınlıktan sersemleşmişti. Dudağını büzüp, "Allah Allah!" dedi. "Sen hiç gelmezdin kapıma. Vallahi de şaşkınım..."

Zeyno bir an ne cevap vereceğini bilemedi. İkisi de sustu, birbirlerinin yüzüne şaşkın şaşkın baktılar.

"Öyleyse buyur," diye konuşmasını sürdürdü kadın. "Eve gidelim. Yumurtaları vereyim."

Zeyno gene yalancıktan gülümserken, "Sağ ol," dedi, "sana da zahmet vermişim. Akşam akşam sen nerden gelirsin böyle?"

Şişman ve kısa boylu kadın ağır ağır yürümeye başladı.

"Kaynanasının evine," dedi. "Gönül'ü bırakmışım. Bu akşam orda yemek yiyecektir."

Zeyno afalladı.

"Gönül yalnızdır?"

Kadın bir an durdu, bakışlarını ona çevirdi.

"He," dedi şaşkınlık içinde, "yalnızdır. Niye sormuşsun?"

Zeyno biraz duraksadı, gerçeği söyleyip söylememekte kararsız kaldı. Sonra kekeleyerek, "Şey..." dedi, "öylesine sormuşum. Maşallah bizim gelinle de çok iyi arkadaş olmuşlar."

Kadın daha fazla üstelemedi.

"He ya! Çok doğru söylersin. Sizin gelini çok sevmiş."

Zeyno'nun o an içi içini kemiriyordu. Ona Delal'le ilgili sorular sormak istiyor, fakat etraftan duyulmasından korktuğu için soramıyordu.

"Gelin de," dedi. "Gönül'ü çok sevmiştir. Maşallah ikisinin de kalbi pambık gibidir."

Kadın kapının önüne gelince durdu.

"Burda," dedi, "azıcık bekleyesin. Ben de hemencecik gidip yumurtaları göndereyim sana."

Gönül'ün annesi kapıyı açıp çabucak içeri girerken, Zeyno da deminden beri içinde kopan fırtınayı bastırmaya çalışıyordu.

Tam o sırada Meryem yanında belirdi. Ona, "Biraz önce duyduklarım," dedi heyecanını bastırmaya çalışarak, "doğrudur? Topal oğlunun avradı kaçmış?"

O anda zaman durdu sanki. Zeyno'nun gözleri kocaman açılmış, ne cevap vereceğini bilemeden şişman kıza bakakalmıştı...

Meryem'in o güne değin Zeyno'yla yıldızı hiç barışmamış, çok fakir oldukları için sürekli onlarla dalga geçip durmuştu. Hatta köydeki diğer genç kızların Baran'ın arkasından alay edip gülüşmelerinde onun etkisi bir hayli fazlaydı.

Neyse ki Zeyno kendini çabucak toparlamış, kuru ve boğuk sesiyle, "Sen şimdi de bunu mu uydurmuşsun?" diye çıkışmıştı.

Meryem pis pis sırıttı.

"Ben niye uydurayım? Bana da en küçük oğlun söylemiş."

Zeyno'nun sanki başından aşağı o an kaynar sular döküldü, doğrusu böyle bir cevap beklemiyordu.

"Oğlum mu?" dedi şaşkınlıkla.

Meryem genç yaşına rağmen oldukça küstah ve utanmazdı.

"He ya!" dedi alaycı bir ses tonuyla. "Topal oğlunun avradının kaçtığını diğer oğlun söylemiş. Bana inanmıyorsan gidip duvarın dibinde ağlayan oğluna sor."

Zeyno sustu. Sonra ağzında bir şeyler geveledi, ama söyledikleri pek anlaşılmadı, boğuk sesinin arasında kaybolup gitti. Meryem onun dosdoğru gözlerine bakarken, "Şimdi müsaadenle," dedi heyecanlı ve müstehzi bir sesle. "Bir an evvel bu haberi bizimkilere söyleyeyim..."

***

Zeyno büyük bir korku ve büyük bir öfke arasında savrulmuş bir halde eve döndü.

Halil'e karşı içindeki öfke sel olup yüreğinden taşarken, "Yaşı kesilesice!" diye bas bas bağırıp beddua etti.

"Gözüne patlama düşe senin, e mi? O küçük dilini hiç tutamamışsın. Dilin kurusun inşallah!"

Halil korkudan bir köşeye sinmiş, yüzü avuçlarının içinde hıçkırarak ağlıyordu.

"Yeter Zeyno!" dedi Mamo. "Oğlan daha çocuktur. Bilmeden ağzından kaçırmış. Aklı erse söyler?"

Zeyno kızgın bir boğa gibi burnundan solurken, "Kara yerin dibine gire oğlun!" diye hâlâ beddua edip duruyordu.

Derken Resul nefes nefese koşarak yanlarına geldi.

"Baba," dedi sesi titreyerek. "Evin önünde kalabalık toplanmaya başlamış."

Zeyno bu son sözlerden sonra kendini iyice kaybetti, bir saniye dahi düşünmeden elini kaldırdığı gibi tokadı Halil'in yüzüne indiriverdi.

"Tüh sana!" dedi elleri ve dudakları titrerken. "Meraklı köylüyü kapımıza yığmışsın. Allah seni kahretsin!"

Mamo ayağa kalktı. Yüzü allak bullak olmuştu. Evin önünde toplanan kalabalığa ne söyleyeceğini bilememenin endişesini yaşıyor gibiydi.

Ağır adımlarla yürüyüp kapının önüne geldi, gördüğü manzara karşısında beti benzi attı. Kadın erkek, genç yaşlı, çoluk çocuk neredeyse bütün köy oradaydı.

"Duyduklarımız," diye seslendi Sülo Dayı, "hakkattir Mamo?"

Mamo bir şeyler söylemek için tam ağzını açmıştı ki, "Ben size dememiş miyim?" dedi kalabalığın arasından biri. "Bu kız topal oğlanla durmaz. Yakında kaçıp gider buralardan diye."

Bu sözlerle Mamo'nun yüreğine o an bir diken battı sanki.

Kalabalığın arasındaki başka bir kadın da, "Kaç aydır," diye mırıldandı, "Mecnun gibi dolanırdı ortalıkta. Acep kimle kaçmış?"

Bu soruyla ortalıkta buz gibi bir hava esti. Mamo'nun alnından soğuk bir ter açıldı, kadına karşı içindeki öfke gitgide büyürken üzerine atlayıp boğazını sıkmamak için kendini zor tutuyordu. Tam cevap vereceği sırada, "Hakkaten," diye söze karıştı Meryem. "Yol bilmez, iz bilmez biri nereye gider? Sahi, kimle kaçmış?"

Baran o sırada yanlarına varmış, duydukları karşısında kaskatı kesilmişti. En sonunda korktuğu şey başına gelmişti. O an içinde bir şeyler kabardıkça kabardı. Babası acınası haldeki oğluna gözleri dolu dolu bakarken, kendini bir kez daha suçlu hissetti.

"Oğlum," dedi eli ayağı hâlâ titrerken. "İçerden tüfeği getiresin. Gelin kızımız buraları bilmez. Belli ki kaybolmuştur. Onu aramaya çıkalım."

Baran bir kere daha babasına, kırılan kalbinin gözlerine yansıyan solgun ışığıyla baktı. Sonra başını eğdi, hiçbir şey söylemeden arkasını döndü. Ayağını sürüye sürüye eve doğru yürüdü.

"Biz de," dedi Sülo Dayı, "sizinle geliriz. Bence iki gruba ayrılalım. Zannımca daha iyi olur."

Mamo perişan bir haldeydi. Akşamdan beri sanki bir on yaş yaşlanmış gibiydi.

"Şimdicik," dedi boğuk bir sesle. "Hiç lüzum yoktur. Biz bir bakıp gelelim hele, eğer bulamazsak o vakit düşünürüz."

Sülo Dayı ona ters ters baktıktan sonra, "Mamo," dedi kızgın bir ses tonuyla. "Sen aklını mı yitirmişsin? Koca dağda bir başınıza nereye bakacaksınız?"

Mamo'nun boğazı düğümlendi, sustu. Sülo Dayı başını çevirip köyün erkeklerine ateş saçan gözleriyle baktı.

"Siz de yürüyün," diye çıkıştı. "Daha ne durursunuz! Hemencecik değneklerden meşaleler yapın. Birkaç kişi de evlerden fenerleri toplayıp gelsin."

Bu sözleri işiten köyün erkekleri tam dağılmak üzereydi ki, Baran korku içinde yanlarına geldi.

"Baba," dedi endişeli bir sesle, "tüfek yoktur."

Mamo afalladı.

"Nasıl yoktur oğlum? Daha dün temizleyip yerine koymuşum."

Baran birden zangır zangır titremeye başladı.

"İlk önce tahta sandığın içine bakmışım," dedi, "lakin orda yoktur. Sonra da tereğe, katlanmış yorganların ve döşeklerin arasına bakmışım. Lakin orda da yoktur. Zannımca Delal almıştır baba."

Mamo daha fazla ayakta duramadı, olduğu yere yığılıp kaldı. Delal'in kaçmasından ziyade, onun kendisine zarar vermesinin korkusu ve acısıydı o an canını yakan şey. Ne de olsa iş cana kıymaya gelince, gözünü hiç kırpmadan bunu yapabilirdi. Nitekim daha öncesinde yapmıştı da...

Mamo ağırlaşan başını ellerinin arasına alıp çaresizlik içinde, "Ben n'ettim, ha? Ben n'ettim kıza?" diye dövünüp duruyordu.

Sülo Dayı yanına geldi, elini uzattı.

"Yeter!" dedi sert bir ses tonuyla. "Hemen şimdi ayağa kalkasın. Burda durup daha fazla vakit kaybetmeyelim. Derhal onu aramaya koyulalım."

Hiç kimseden çıt çıkmıyordu. Herkes uzun uzun, acınası gözlerle ona bakıyordu. Mamo bu sözler üzerine kendini toparlayıp ayağa kalktığı sırada karanlığın içinden gelen nal sesleriyle irkildiler.

Bütün herkes sözleşmişçesine aynı anda başını çevirip nal seslerinin geldiği yöne merakla baktı.

Gelen Delal'di... Üstü başı çamur içinde, saçları dağılmış bir haldeydi. Elbisesi de yer yer yırtılmıştı. Omzuna astığı tüfeği indirdi, Gönül'ün atının terkisine bağladığı ölü kirpileri kalabalığın arasına fırlatırken, "Baran," diye haykırdı, "bunları yiyip iyileşir..."

***

O akşam bütün herkes dağıldıktan sonra Delal ve diğerleri evlerine çekildi. Zeyno bir umutla kirpileri pişirmeye koyulmuştu, keyfine diyecek yoktu. Öyle ki Mamo'nun da zeytin yeşili gözleri bir hayranlık, bir sevinç içinde parlıyordu.

"Kızım," dedi gururlu bir ses tonuyla. "Sen de köylünün yüzündeki şaşkın ifadeyi görmüşsün? Hepsi de iliklerine kadar sarsılmış."

Delal o kadar yorgun ve bitkindi ki, konuşacak mecali yoktu. Mamo'ya bakıp zoraki gülümserken, "Görmüşüm," dedi cılız bir sesle.

Mamo bu kez hayatında ilk defa duyduğu keyiften ötürü dudaklarının arasına bir sigara tutuşturup yaktı. "Bilen varsa bana söylesin hele," dedi neşeli bir sesle. "Kimin gelini ata binip tüfek kuşanır?"

Resul ve Halil birbirlerine bakıp kıkırdamaya başladılar. Onların bu halini gören Delal de kendini tutamayıp güldü.

"Baba," diye seslendi Resul. "Çok gülünç konuşursun."

Mamo elinde tuttuğu kibrit kutusunu şaka olsun diye ona attığı bir sırada içeri girdi Zeyno.

"Çabuk," dedi, "biriniz şurda duran sofrayı açsın yere. Elimde sıcak tencere vardır."

Resul oturduğu yerden fırladı, bir köşede duran sofra bezini hemencecik yere seriverdi. Zeyno eğilip elinde tuttuğu bakır tencereyi bezin üzerine koydu. Başını çevirdi, "Hadi oğlum," dedi. "Oturma öyle. Gel de pişirdiğim kirpi etini bir an evvel ye. Belki derdine derman olur."

Baran gözlerini yere serilen sofraya dikti, o an hiçbir tepki vermedi.

"Hadi oğlum!" diye üsteledi Zeyno. "Kızcağız bunları yakalamak için ne zahmetlere girmiştir. Gel de yiyesin hepsini."

Baran bir an oturduğu yerden kalkacak gibi oldu, ama sonra vazgeçti. Etin kokusu midesini bulandırmıştı. Ayrıca Delal'in yanında kirpi eti yiyerek küçük düşeceğini düşünüyordu nedense.

"Ben," dedi çekimser bir sesle, "bunu yemem."

Odada ansızın buz gibi bir hava esti. Mamo kızgın bakışlarını oğlunun yüzüne dikti. Hiç kimseden çıt çıkmıyordu. Mamo öfkesiyle, Baran da kirpi etini yiyip yememe ikilemiyle boğuşuyordu. Delal önce Mamo'ya, sonra da Baran'a baktı. Hiçbir şey söylemeden sofranın başına geçip oturdu, tencereyi önüne çekerken, "Ben," dedi kendinden emin bir sesle, "yerim."

Odadakiler kocaman açılmış gözleriyle ona bakarken, Delal birkaç kaşık kirpi etini yiyip ayağa kalktı. Sonra başını çevirip Baran'ın berrak yeşili gözlerine baktı.

"Şimdi," dedi, "sıra sendedir."

Baran önce ona şaşkın şaşkın baktı, sonra da sessizce geçip sofraya oturdu. Birkaç dakika içinde bütün etleri silip süpürmüştü...

EL BEĞENSİN YA DA!..

Sonbaharın kendini iyiden iyiye hissettirdiği, serin havadan dolayı insanların içinin hafiften titrediği günlerden biriydi.

Zeyno o sabah gene erken kalkmış, tavukları ve horozları yemleyip hamuru yoğurmuştu. Şimdi bir yandan yufkaları açıyor, bir yandan da üç ayaklı sacın üzerinde pişiriyordu.

Delal de erkenden uyanmıştı. Bir hayli dinlenmiş görünüyordu. Tez elden onun yanına geldi, üç ayaklı sacın başına oturdu.

"Zeyno Ana," dedi. "Sen yufka ekmekleri aç istersen. Ben de sacda pişireyim."

Zeyno kısa bir şaşkınlıktan sonra gülümsedi. Elindeki ince şişi ona doğru uzatırken, "Al kızım," dedi sesi titreyerek. "Sac epeyce sıcaktır, dikkatli olasın. Pişen ekmekleri bu şişle çeviresin."

Delal şişi aldı, o sırada pişmiş olan ekmeği çevirdi. O güne değin ikisi arasında ilk defa böylesi bir yakınlaşma olmuştu. Zeyno birden duygulandı, kehribar rengi gözleri doldu. Ama ona pek belli etmemeye çalıştı.

"Baran," dedi içten bir sesle, "uyanmıştır kızım?"

Delal'in bir an yüzü al al oldu. Gözlerini kaçırıp yere dikti.

"Ben uyandığımda," dedi utangaç bir sesle, "yatağında yoktu."

Ansızın ortalığı derin bir sessizlik kapladı. Zeyno'nun solgun gözleri yine uzaklara dalıp gitti. Bir süre düşündükten sonra iç çekerek, "Ah!" dedi. "Eskiden böyle biri değildi, hiç ama hiç değildi. Oysa şimdi, şimdi!.. Ah! Bambaşka biri olup çıkmış."

Delal de düşünceliydi.

"O hiç tabibe görünmüştür?"

"Sadece asker ocağındayken görünmüştür. Zaten başına ne geldiyse orda gelmiştir ya! Neyse..."

Delal sözünü kesti.

"Peki, ordakiler ne demiş?"

"Bir şeycik dememişlerdir. Hatta yarasının ne olduğunu bile anlamamışlar. Sonra da başlarından savmışlar, yarım bir insan olarak eve geri göndermişler."

Delal şaşkın şaşkın baktı.

"Ya," dedi, "burda niye götürmemişsinizdir bir tabibe?"

Zeyno bir an sustu. Gözleri gene uzaklara dalarken, "Hangi parayla götüreceğizdir kızım?" dedi boğuk bir sesle. "Aç karnımızı zar zor doyururuz..."

Delal hem şaşkındı, hem de düşünceli. Kulyanlı'ya

geldiği günden beri onun ilk defa içten ve açık bir şekilde konuştuğuna şahit oluyordu.

"Sakın yanlış düşünme," diye konuşmasını sürdürdü Zeyno. "Oğlumun öfkesi bize karşı değildir. Bu öfkesi eski günlerine özlemindendir. O meret yarası yüzünden herkese yüreğini perdelemektedir."

"Görünüşe göre," dedi Delal hayıflanarak, "kirpi eti de bir işe yaramamış. Acep bu derdinin dermanı nedir?"

Zeyno'nun birden yüreği titredi.

"Çok korkarım kızım!" dedi içten gelen bir sesle. "Artık bacağının iyileşeceğine dair hiç umudum kalmamış. Hatta hiçbir şeye karşı umudum yoktur..."

Zeyno sözlerine daha fazla devam edemedi, bir çocuk gibi hüngür hüngür ağlamaya başladı.

Delal ne yapacağını bilemedi. Hevesi kırılmış, neşesi kaçmıştı. Sanki o an üzerine bir karabasan çökmüş, aylardır ayrı kaldığı köyünü ve ailesini özlemişti...

Epey bir süre sonra yavaşça yerinden doğrulup ayağa kalktı.

"En iyisi," dedi üzgün bir sesle, "ben bir koşu taşlığa gidip çalı çırpı getireyim. Yanan ateş sönmek üzeredir."

Zeyno onu duymadı bile. O anda bedeni bir ağacın ince dalı gibi sallanıyor, hâlâ ağlıyordu.

Delal başka bir şey söylemeden arkasını dönüp hızlı adımlarla yanından uzaklaştı, taşlığa geldi. Tam o sırada Baran taşlığın kuytu bir köşesinde, bacağındaki yarayı suyla temizliyordu. Bunu yaparken acı çektiği her halinden belli oluyordu.

Delal'in bakışları Baran'ın bacağındaki yaraya kaydı, ansızın dehşetle irkildi. Bir süre olduğu yerde donup kaldı. Sonra yüreği dağlanmışçasına bir sesle haykırdı:

"Yaraya su değmez."

Baran birden durakladı, korkuyla elinde tuttuğu tası bacağının üzerine deviriverdi. Delal bütün cesaretini toplayıp yanına gitti. Elinden ıslak bezi çekip aldığı sırada, Baran var gücüyle onu itti.

Delal sendeledi, yere kolunun üstüne düştü. Elini sol koluna götürdüğünde, kolunun kanlar içinde olduğunu gördü. Kolunun acısından çok yüreğinin acısıyla ansızın hıçkıra hıçkıra ağlamaya başladı.

O esnada orada öylece durmuş, oğlunun bu alışılmadık davranışını şaşkın bakışlarla izleyen Mamo bir an ne söyleyeceğini bilemedi. Şaşkınlığı yerini öfkeye bıraktığında daha önce hiç göstermediği kadar aşırı bir tepki göstererek, "Oğul!" dedi bir boğa gibi burnundan solurken. "Bir tek sen mi dertlisin, buhrandasın? Bir tek senin mi yaran var? Bana dertsiz bir insan göster haydi! Demek sen bir yaraya boyun eğersin ha! Peki, kahrının acısını kızdan ne diye çıkarırsın? Yiğit acze düşmez oğul! Bir an evvel aklını başına toplayasın. Ya ayağa kalkıp kendine gelesin ki el beğensin ya da vur kendini toprak beğensin. Gayri son sözüm budur sana."

Bunu söyledikten sonra arkasını dönüp hızlı adımlarla yanlarından uzaklaştı.

Babasının kurşun gibi ağır bu sözleri karşısında Baran'ın beti benzi atmış, öylece kalakalmıştı. Yüreğine çöreklenen acı o kadar yoğundu ki, oturduğu yerden kalkacak gücü kendinde bulamadı.

Derken ansızın berrak yeşili gözleri yerde duran baltaya takıldı. Bu sefer hiç tereddüt etmeden baltayı eline aldı, yaralı bacağını öne doğru uzattı. Baltayı havaya kaldırıp tam bacağını keseceği sırada Delal ok gibi fırlayıp onu var gücüyle itti. Bu darbeyle Baran bir tarafa, Delal bir tarafa savrulmuştu. Tam düştüğü yerden kalkmaya çalışıyordu ki Delal'in tokadı yüzünde patlayıverdi.

"Yazıklar olsun senin gibi bir adama. Bir yaraya teslim olursun ha!" diye haykırdı Delal, sonra da arkasını dönüp gitti.

O gün aslında onun böyle bir şeye kalkışması kesinlikle acizliğinden değil, her şeye rağmen hayata sımsıkı tutunmak istemesindendi. Zira bir insanın kendi bacağını kesmeye yeltenmesi büyük bir cesaret gerektirirdi...

***

Aynı günün akşamı herkes odasına çekilmişti. Delal perdeyi hafifçe aralamış, yine gökyüzündeki yıldızlara bakıyordu. Derin bir nefes aldı, epey zamandan beri ilk kez aldığı bu nefesten garip bir haz duyduğunu hissetti.

Orada bir süre öylece kalıp yüreğinin sesini dinledi. Duyguları karmakarışıktı. Lakin bir keder yoktu. Bir an Baran'ı düşündü. Ama nedense hemen aklından çıkarıverdi.

Sonra perdeyi usulca kapattı, başındaki yazmayı gevşetti. Pırıl pırıl parlayan saçları bukleler halinde omuzlarına döküldü. Elbisesinin yakasındaki çıtçıtı açtı, üzerinde ne varsa tek tek çıkardı.

Derken ansızın kapı açıldı, Baran içeri girdi. Delal birdenbire panikledi, alelacele toparlanırken onunla göz göze geldi.

Baran saçlarını taramış, tıraş olmuş, üzerini değiştirmişti. Başı dik bir şekilde duruyor, şimşek gibi çakan bakışları bu sefer şefkatle ışıldıyordu.

Onu böyle görmek Delal'i şaşırtmıştı. Sanki o ürkek, içine kapanık, hayattan bir beklentisi olmayan adam gitmiş, onun yerine bambaşka biri gelmişti. Delal karşısında duran Baran'a bir süre daha baktı, sonra utanıp başını önüne eğdi.

Baran eliyle kapıyı yavaşça kapattı, birkaç adım atıp onun yanına geldi. Pencerenin pervazına konmuş sarı renkli teneke kutudaki reyhandan odaya mis gibi bir koku yayılıyordu.

"Bu yaraya," diye fısıldadı Baran, "asla boyun eğmem."

Delal'in birden yüreği titredi. Onun bütün çaresizliğini, güçsüzlüğünü, hatta hayata karşı küskünlüğünü o gün taşlıkta bıraktığını anlamıştı.

"İyi," dedi cılız bir sesle. "Babanın da dediği gibi; ölürsen yer beğensin, kalırsan el beğensin."

Baran'ın bir an tüyleri diken diken oldu. Ve sonra taşlıkta yaptıklarını hatırladı.

"Kusura bakmayasın," dedi mahcup bir sesle, "bugün akılsızlık etmişim. Hem sana hem de kendime çok kötü davranmışım..."

Delal sustu. Cevap vermedi, veremedi. Çünkü hâlâ yüreği titriyordu.

"Bundan böyle," diye konuşmasını sürdürdü Baran, "beni yer değil, el beğensin. Ha! Sen ne dersin?"

Delal utancından ne diyeceğini bilemedi. O sırada Baran teneke kutunun içindeki reyhandan bir tutam kopardı, avcunda iyice ovuşturduktan sonra onun ipek bir şal gibi omuzlarına dökülen saçlarına sürüverdi usulca.

Delal'in ansızın kalbi küt küt atmaya başladı. Baran ondan herhangi bir tepki gelmediğini görünce, avcundaki reyhanı bu sefer de onun yanaklarına, sonra da boynuna yayıverdi.

İkisi de âdeta bir rüyada gibiydi. Delal başını kaldırdığında onun mutluluktan parıldayan berrak yeşili gözlerine baktı. Tam o sırada Baran ateş gibi yanan dudaklarını onun dipdiri dudaklarına bastırdı.

Delal o an yaşadığı tatlı heyecandan dolayı ona karşı koyamıyor, vücudunu saran ateşi söndürmeye çalışıyordu. Sanki bütün bedeni kaskatı kesilmişti.

Baran birden geriye doğru çekildi, duvarda asılı duran idare kandilini üfleyip söndürdü. Sonra Delal'i biriki metre ötedeki yatağa sürükledi, onu sırtüstü yere yatırıp üzerindeki giysileri usulca çıkardı.

Delal gözlerini kapattı, ona karşı koymadı. Baran alev gibi yanan dudaklarını onun beyaz teninde gezdiriyor, uzun kumral saçlarından yayılan mis gibi kokuyla âdeta kendinden geçip sarhoş oluyordu.

Baran uzandığı yerden hafifçe doğruldu, şalvarının uçkurunu çözdü. Delal o anda gözlerini açtı, Baran'ın az evvel söylediği, "Bundan böyle beni yer değil, el beğensin," sözleri bir kez daha kulaklarında yankılandı...

YÜZLER VE ADLAR

Güneş dağların ardından çoktan doğmuş, yeni bir gün başlamıştı. Zeyno yurdundan ve ailesinden o kadar uzun bir süre ayrı düşmüştü ki, sanki zamanın gölgeleri arasında hatıraları birbirine karışmış, geriye sadece içinde buruk bir acı kalmıştı.

Bazı günler olduğu gibi, o sabah da kehribar rengi gözlerine bir hüzün gelip oturmuş, uzaklara dalıp gitmişti.

"Gene," dedi Mamo iç çekerek, "böyle ne düşünürsün?"

Zeyno daldığı düşüncelerden sıyrıldı.

"Acaba," dedi boğuk bir sesle, "anam hâlâ hayatta mıdır?.."

Mamo sustu. Yerdeki soğuk bir taşın üzerine oturdu, cebinden tütün kesesini çıkarıp bir sigara sarmaya koyuldu.

"Kimi kez," diye konuşmasını sürdürdü Zeyno. "Onu çok özlerim. Basbayağı burnumda tüter. Ya sen Mamo? Ananı hiç özlemez misin?"

Mamo ince sardığı sigarasını dudaklarına götürürken, "Yıllar içinde," dedi buğulu bir sesle, "sanki günlerin hepsinde, çizgi çizgi silinip gitmiştir hafızamdan yüzleri ve adları. Hatıralarımda onların yüzleri olsa adları eksik, adları olsa yüzleri..."

Zeyno'nun bu sözlerden sonra yüreği paramparça oldu, gözleri doldu.

"Sanki," diye konuşmasını sürdürdü Mamo, "bütün hatıralarım kül olmuş gibidir. Artık anam da, babam da sensin Zeyno."

Birden karısının ılık gözyaşları yanaklarından aşağıya süzülmeye başladı. Kocasının bu sözlerinden sonra büsbütün gücü yitip gitmişti.

"Sus," dedi gözyaşlarını elinin tersiyle silerken. "Beni sabah sabah ağlatmışsın."

Mamo buruk bir şekilde gülümsedi.

"Ağlama," dedi, "dayanamam. Ölene değin gül yüzüme, o gül yüzünle."

Zeyno onun bu sözlerinden daha da çok etkilenmişti. İçini tuhaf bir duygu kapladı, tarif edilemez hisler bir anda yüreğine çöreklendi. Gözyaşları yanaklarından aşağı tekrar süzüldüğü sırada, "Seni," dedi sesi titrerken. "Bu yüzden sevmişim. Çünkü dilin tatlı, gönlün zengindir."

Mamo duygulanmıştı. O da karısının bu sözlerinden bir hayli etkilenmiş olmalıydı ki, boğazına bir yumru takılmıştı.

"Ne o?" dedi Zeyno bu sefer hafifçe tebessüm ederek. "Yoksa dilini pısik mi yemiştir ha?"

Mamo da gülümsedi.

"Yememiştir," dedi, "lakin dilim tutulmuştur."

Zeyno gözyaşlarını sildi, ayağa kalktı.

"Gelin kızım," dedi. "Hiç böyle geç uyanmazdı. Acep bir şey mi oldu? Hasta mıdır yoksa?"

Tam o sırada Baran balkona çıktı. Kollarını açıp gerindi, gökyüzüne bakıp hınzır hınzır gülümsedi. Sonra da ceketini üzerine giydi.

Zeyno şaşkındı. Kıpırdamadan durdu, sadece dudaklarını oynatabildi.

"Mamo sen de görmüşsün benim gördüğümü?"

Kocası Mamo da öylesine büyük bir şaşkınlık içindeydi ki, "He ya!" dedi gülümseyerek. "Oğlanın halini görmüşüm. Anlaşılan bu iş tamamdır Zeyno."

Derken ansızın balkona Delal çıktı. Baran'ın yanından telaşlı bir şekilde geçip giderken yüzü kızarmış, başını yere doğru eğmişti...

***

Yaklaşık bir saat sonra... Zeyno her şeyi hazırlamış, katırın üzerine semer ve heybe, heybeye de azık koymuştu.

"Oğlum sen bugün gelme istersen," dedi Mamo manalı manalı. "Belki evde yapacak işlerin vardır."

Baran kendini o güne değin hiç olmadığı kadar iyi hissediyordu. Hemen toparlanıp, "Olmaz baba," dedi bir çırpıda. "Ben de sizinle gelirim."

Mamo başını umutsuzca sağa sola salladı, sonra karısı Zeyno'ya baktı.

"Madem gelmek ister," dedi Zeyno. "Bırak gelsin öyleyse. Yanıma yeterince azık almışım. Üstelik yazın yaptığım dut pekmezi de heybededir."

Mamo daha fazla üstelemedi.

"Tamam oğlum! Ne yapalım? Bizimle gel öyleyse. Haydi! Şimdi hiç vakit kaybetmeden yola koyulalım."

Zeyno başını çevirip, "Delal kızım," diye seslendi. "Evde hiç su kalmamış. Sen de satılları alıp su getirmeye gidesin, e mi?"

"Giderim ana. Size kolay gele."

Zeyno birdenbire kaşlarını çattı, Resul ve Halil'e sert sert baktı.

"Siz de," dedi, "evde uslu uslu durun. Dışarda oynayasınız, öyle evin her yerini dağıtmayasınız. Gelini de üzmeyesiniz sakın."

Resul ve Halil "tamam" dercesine başlarını salladılar.

"Haydi!" dedi Mamo. "Yoksa geç kalırız."

O gün köyü geçip ince patika yoldan dağa doğru ilerlerken, Delal arkalarından bir süre onları izledi. Mamo önden gidiyor, Zeyno katırın yularını tutup kocasını takip ediyor, Baran da en arkada ayağını sürüyerek yürüyor, birkaç adım attıktan sonra sürekli durup mola veriyordu...

***

Delal yanına Halil'i de alarak öğleüstü suyun başına geldi. Neredeyse köydeki genç kızların hepsi oradaydı.

"Hoş gelmişsin," diye seslendi Gönül. "Kaç gündür nerdesin?"

Delal tam ağzını açıp bir şey söyleyecekti ki, "Zahir," dedi Meryem pis pis sırıtırken. "Bizim topal oğlan onu gene yataktan çıkarmamış."

Meryem'in bu sözüyle ortalık bir anda buz kesti. Kimsenin ağzını bıçak açmıyordu. Delal bir hayli içerlemişti. Bir ara yutkundu, ama kendini çabuk toparladı.

"Senin," dedi kızgın bir sesle. "Kocamla ne alıp veremediğin vardır? Yoksa ona sevdalısın?"

Meryem'in tombul yanaklarına kan hücum etti, yüzü al al oldu. Suyun başında toplanan diğer kızlar onun elma gibi kızaran yanaklarına bakıp kıs kıs gülerlerken, "Anlaşılan," dedi Delal alaycı bir ses tonuyla. "Senin de ateşin başına vurmuş. Sakın içindeki ateşi söndürmek için kocamdan medet ummayasın. Kendine ateşini söndürecek başka birini bulasın."

Bu sefer de Delal'in sözleriyle ortalık bir anda buz kesti. Meryem bütün herkesin kendisine tuhaf tuhaf baktığını hissediyordu. Bu sözlere öyle bozulmuştu ki yüzü mosmor olmuş, koca burnu çürük bir ete benzemişti.

"Yeter artık," diye çıkıştı Gönül. "Senin bu kızla alıp veremediğin nedir Meryem? Onu her gördüğünde sürekli laf sokuşturup durursun. İçi zehirle dolu bir yılan gibisin. Bu öfken niye?.."

Meryem'in o anda alnından soğuk bir ter açıldı. Onlara her ne kadar belli etmemeye çalışsa da iliklerine kadar sarsılmıştı. Sanki midesinde sular fokurduyor, kanına bir yılanın zehri karışıyordu.

Ağır ağır başını kaldırdı, diğer kızları göz ucuyla süzdü. Hepsi de aynı anda başlarını önüne eğdi, tepkisiz bir şekilde öylece durdular.

"Şimdi," diye konuşmasını sürdürdü Gönül. "Aldın mı ağzının payını? Bir daha böyle davranmayasın. Sana bir kötülük yapmamış, arkandan gıybetini etmemiş."

Meryem'in yüzü daha da morarmıştı. Gönül onun bu sözleri anlayacak biri olmadığını çok iyi biliyordu.

"Demek öyle ha?" diye tısladı Meryem. "Hepiniz hainsiniz..."

Gönül lafını kesti.

"Yalan mı söylerim? Senin nasıl biri olduğunu hepimiz gayet iyi biliriz. Boğazını boş yere patlatıp da bize lolo yapma istersen."

Meryem, Gönül'ün neden ona karşı çıktığını, yanında olmadığını anlamamıştı. Öfkeden bir an içi bulandı. Sanki yüreğinin üstünde bir çan çalıyordu. Birdenbire kaşlarını çatıp, "Bir gün bunun hesabını vereceksin bana," dedi büyük bir kızgınlıkla ve sonra da arkasını dönüp oradan hızla uzaklaştı.

***

Delal o gün morali bozuk bir halde eve döndü. Bütün yol boyunca Meryem'in o saygısız tavrı gözlerinin önünden gitmemiş, günün geri kalanını düşünceli ve huzursuz bir şekilde geçirmişti. Bu yüzden gün boyu başı zonklamış, ağlamaktan gözleri acımıştı...

O an sanki bacakları balkondaki sedire sığmadı. Bacağını düzeltmek için öbür yana döndü, bir süre öyle hareketsiz durdu. Sonra yeniden kıpırdanıp öteki yanına döndüğü sırada, "Anam," diye bağırdı Halil. "Katırla gelir."

Delal oturduğu yerden apar topar ayağa kalktı, üstüne başına hemen çekidüzen verdi. Taş basamakta duran eski püskü bir ayakkabıyı giydi, evin önüne çıktı.

Zeyno o an büyük bir panik içinde elinde tuttuğu yuları çekiştiriyor, katıra demediğini bırakmıyordu.

Delal gözlerini kocaman açmış, şaşkınlıkla ona bakıyordu. Neyse ki şaşkınlığı uzun sürmemiş, sonrasında hiç vakit kaybetmeden koşar adımlarla Zeyno'nun yanına gitmişti.

"Ne oldu?" diye seslendi. "Neyin var senin?"

Zeyno ansızın elindeki yuları bıraktı, dizlerinin üzerine çöküp hüngür hüngür ağlamaya başladı.

Delal daha da şaşırmıştı.

"Ana," dedi sesi titrerken. "Bu halin neyin nesidir? Şimdi gerçeği söyleyesin bana. Yoksa..."

Zeyno lafını kesti.

"Çabuk," dedi hıçkırıklarının arasından. "Eve gidip döşeği açasın. Zira Baran çok fenalaşmıştır."

Delal'in eli ayağı âdeta buz kesti.

"Nesi var?" diye sordu boğuk bir sesle. "Sabah hiçbir şeyciği yoktu. Peki, şimdi nerdedir?"

Zeyno ona tutunup ayağa kalkmaya çalıştığı sırada, "Baran'ımın," dedi güçlükle. "Artık takati kalmamıştır. Zannımca ölüyordur. Babası sırtına alıp eve getirir."

Delal acıyla inledi. Ne yapacağını bilemez bir halde eve doğru giderken, gözyaşlarını acıdan ateş gibi yanan tenine akıtıyordu.

***

Köhne odanın içinde, yere serili yatağın ucunda tek başına oturuyordu Delal. Hem üzüntülü, hem de endişeliydi.

Mamo yaklaşık yarım saat kadar önce Baran'ı sırtında odaya taşımış, yatağa yatırmıştı. O zamandan beri dışarıda hıçkıra hıçkıra ağlıyor, sigara üstüne sigara yakıyordu.

Delal çaresizlik içinde odada oturmaya devam etti. Hiçbir şey yapamamak ona büyük bir ıstırap veriyordu. Ela gözleriyle bir süre daha Baran'ı izledi. Baran kül gibi olmuş, yaralı bacağı davul gibi şişmişti. Öyle acı içindeydi ki, bilinçsiz bir şekilde inliyordu.

Derken ansızın Delal oturduğu yerden kalktı, çabucak odanın dışına çıktı. Endişeli gözlerle Mamo'yu aradı. Onu evde bulamayınca, "Halil," diye seslendi. "Baban nerdedir?"

Halil o sırada idare kandilinden yayılan loş ışığın altında durmuş, çamurdan yaptığı bilyeleriyle oynuyordu.

"Az evvel," dedi çocuksu sesiyle, "dut ağacının altında oturmuştu."

Delal hiç vakit kaybetmeden evden dışarı çıktı, hızlı adımlarla yürüyerek yanına gitti.

"Sana," dedi kendinden emin bir sesle. "Bir şey söyleyeceğim."

Mamo ıslak yanaklarını elinin tersiyle sildi. Sonra ağırlaşmış başını kaldırıp feri sönmüş gözleriyle ona baktı.

"Seni dinlerim," dedi sesi titrerken. "Ne vardır?"

Delal onun gözlerine bakarken yutkundu. Kısa bir an düşündükten sonra, "Şey," dedi, "sana nasıl anlatacağımı bilmem doğrusu. Sanki hayat çizgim onun söylediklerini takip eder..."

Delal'in birden boğazı düğümlendi, konuşmasını daha fazla sürdüremedi. Mamo onun kederli yüzüne bakıp, "Kızım," dedi endişeli bir sesle. "Bu söylediklerinden hiçbir şeycik anlamamışım. Acep ne demek istersin?"

Delal düşüncelerini çabucak toparladı.

"Baran'ın yarası ancak orda iyileşir. Gel seninle oraya gidelim."

Mamo onun sözlerinden gene hiçbir şey anlamamıştı. Gözlerini onun gözlerine dikip, "Sen iyi misin kızım?" diye sordu. "Birlikte nereye gideceğiz?"

Delal yine bir düşünceye kapılıp gitmişti. O an yüzü gerilmiş, ela gözleri karanlıkta keskinleşmişti.

"Halep'e," diye cevap verdi.

Mamo şaşkınlıktan küçük dilini yutacak gibi oldu, birden ayağa fırladı.

"Halep'e mi? Orda ne vardır? Bu da nerden çıktı kızım?"

Delal sıkıntılı bir sesle, "Sana nasıl anlatsam," dedi, "bilmem ki... Lakin orda Şifacı Zikra adında bir kadın varmış. Baran'ın bacağındaki yarasını anca o iyi edermiş."

Mamo âdeta buz kesmişti. O anda ne söyleyeceğini bilemedi. Kendini toparladığında, cebinden tütün kesesini çıkardı, titreyen elleriyle bir sigara sarıp yaktı.

"Sana," dedi düşünceli bir şekilde. "Bunu kim söylemiş?"

Delal donuk gözlerle ona baktı, derin bir nefes aldıktan sonra, "Musabeyli'deki falcı kadın söylemiş," dedi.

Mamo bu cevap karşısında birden afalladı.

"Falcı kadın mı?"

"He ya! Bana o gün falcı kadın söylemiştir."

Mamo'nun nedense birden sinirleri bozuldu. Başını sallayıp acı acı gülümserken, Delal ona tuhaf tuhaf bakıyordu.

"Peki," dedi Mamo alaycı bir sesle. "Oraya nasıl gideceğimizi de sana söylemiştir bari?"

Delal onun bu davranışı karşısında şaşırdı.

"Söylememiş. Söylemesine de gerek yoktur. Lakin oraya gitmek bizim meselemizdir. Onun değildir. O sadece yolu göstermiş bize."

Mamo'yu bir düşünce sardı.

"İyi de kızım," dedi, "bir falcının lafıyla oraya nasıl gideriz, neyle gideriz? Bugüne değin kim ne dediyse biz onu yapmışız. Kendin de görmüşsün. Lakin bir işe yaramamış. Falcı boş laf etmiş, uydurmuş."

Delal öfkelenmişti.

"Yanılırsın," dedi bir çırpıda. "Falcı uydurmamış. İnan bana, kime ne dediyse çıkmış. Sanki Evliya gibidir."

Mamo hâlâ şaşkın ve düşünceliydi. O an kendi içinde büyük bir tereddüt yaşıyordu.

"İyi de," dedi. "Kime ne demiş? Nerden bileceğiz?"

Delal biraz duraksadı. Söyleyip söylememekte kararsız gibiydi. Sonra fısıltıyla, "Aynı falcı," dedi, "daha önce Atmalı'ya da gelmişti. Şiyar'ın öleceğini bilmişti..."

Delal'in o anda kelimeler boğazında düğümlendi, gözleri doldu. Mamo duydukları karşısında hayretler içinde kalmıştı.

Tam o sırada Zeyno yüreği kan ağlayarak yanlarına geldi.

"Mamo," dedi hıçkırıklarının arasından. "Oğlumuz gitgide fenalaşır. Ne olur, sana yalvarırım. Hemencecik bir çare bulasın. Yoksa çok yaşamayacak, ölecektir."

Mamo yüreğini kavuran acının üstesinden gelebilmek için derin bir soluk aldı, çaresiz bakışlarını Delal'in alnına dikip, "Şimdi düşünürüm de," dedi kederli bir ses tonuyla. "Acep oraya nasıl gideriz? Yol çok uzundur. Sınırı geçmekse güçtür."

Kocasının sözlerinden hiçbir şey anlamayan Zeyno meraklı gözlerle onun yüzüne baktı.

"Sen neden bahsedersin?"

Mamo başını çevirdi, az ötede durmuş karısını yüreği burkularak izledi. Zeyno gözyaşlarını elinin tersiyle silip, "Sen," dedi, "biraz evvel ne demek istemişsin?"

Sanki o anda ikisi de Zeyno'yu dinlemiyor, yalnızca birbirleriyle konuşuyorlardı.

"Halep," diye cevap verdi Delal. "Bizim köyün karşısına düşer. Eğer oraya kadar gidebilirsek..."

Mamo hemen sözünü kesti.

"Katiyen olmaz. Sen aklını mı kaçırmışsın kızım? Atmalı Köyü'ne nasıl gideriz? Seni orda gördükleri an kurşuna dizerler."

Zeyno duydukları karşısında âdeta donup kalmıştı. Hiç kıpırdamadan onlara bakarken, "O halde sen söyleyesin," dedi Delal boğuk bir sesle. "Burda eli kolu bağlı durup ölmesini bekleyeceğiz?"

Mamo'nun yüreği duyduğu acıyla daha da kavruluyor, gözlerinden sel gibi yaşlar boşalıyordu.

"Katiyen olmaz kızım! Bunu bir an evvel aklından çıkarasın. Oğlumu yaşatmak için senin ölmene razı gelemem."

Delal kararlıydı.

"Son bir kez daha," dedi soğukkanlı bir şekilde. "Önüme düşesin, bana varmak istediğim yolu gösteresin. Gayri bundan sonra başka da bir şey istemem senden."

Mamo gözyaşlarını sildi, çaresiz bir halde karısına baktı. Zeyno "gitme" dercesine başını salladı. Mamo titreyen elleriyle bir sigara daha yakarken, "Katiyen olmaz," diye mırıldandı. "Bir canı yaşatmak için başka bir canın ölmesine razı gelemem."

Delal ona bir kez daha kararlı gözlerle baktıktan sonra, "İyi," dedi buz gibi bir sesle, "sen burda kal öyleyse. Sabah vaktinde şafağın yeri ışırken, katırın arkasına bağlayacağım bir sedyeye kocamı yatırıp yola koyulurum. Bunu da böyle bilesin..."

***

O akşam Delal yatağa girdi, ama gözünü bir türlü uyku tutmadı. Aylardır çektiği acıdan öyle yorgundu ki! Önce nişanlısı Şiyar'ı kaybetmiş, sonra köyünden sürgün edilip ailesinden ayrı düşmüştü. Şimdi ise Baran'ı kaybediyordu... Bunca felaketin ardından kendisini boğulacak gibi hissediyor, içinden kurtulamayacağı bir girdapla aşağıya doğru çekildiğini hissediyordu.

Derken ansızın yatağında doğruldu, ayağa kalktı. Baran kaç saatten beri çektiği acıya daha fazla dayanamamış, bitkin bir halde uykuya dalmıştı.

Delal pencerenin önüne geldi, perdeyi aralayıp dışarıyı seyretti. Gökyüzünde her şeyin üzerinde hareketsizce asılı duran yağmur yüklü kara bulutlar etrafa daha karanlık ve kasvetli bir görüntü vermişti.

Bir süre bu şekilde kaldı, sonra perdeyi çekip pencerenin önünden ayrıldı. Yatağa yaklaşıp Baran'a baktı. Yatağında hafif iniltilerle uyuyordu. Parmaklarının ucuna basarak sessizce odadan çıktı, Halil ve Resul'ün yattığı odaya geçti.

Halil'in yine üzeri açılmış, küçük döşeğinde iki büklüm uyuyordu. Delal sessizce yaklaştı, yorganı üstüne çektiği sırada Halil başını kaldırdı. Uyku sersemi haliyle gözlerini ovuşturarak, "Yenge," dedi mahmur bir ses tonuyla. "Sen masal bilirsin?"

Delal gülmemek için eliyle ağzını kapattı.

"Şey," dedi kısık bir sesle. "Az biraz bilirim."

"Öyleyse bana bir masal anlatsana."

"Yoksa baban anlatmamıştır?"

"Yoo, anlatmamış. Bu gece hep ağlamış."

Delal'in birden yüreği sızladı.

"Peki," dedi, "ben sana kimsenin işitmediği bir masal anlatacağım. Şimdi dinlemeye hazırsın?"

Halil heyecanlandı. Yatağın içinde doğrulup otururken, "Hazırım," diye fısıldadı.

Delal bir kaşını kaldırıp hafiften gülümsedi. Ardından yavaşça boğazını temizleyip omzunu geriye attı. Yüzüne ciddi bir ifade vermeye çalıştı.

"Bir varmış, bir yokmuş," diye anlatmaya başladı. "Allah'ın kulu çokmuş. Evvel zaman içinde, kalbur saman içinde, develer tellal iken, pireler berber iken; eşek mühürdar, katır silahtar iken; ben babamın beşiğini tıngır mıngır sallar iken; yaranı safa, kızıştı kafa, ak sakal, kara sakal, berber elinden yeni çıkmış bir taze sakal..."

Halil ansızın kıkırdamaya başladı. Delal de onun bu haline kıkırdadı. Sonra da yorganın altına gömülüp aralarında sessizce gülüştüler.

"Galiba," dedi Delal hâlâ gülerken. "Anlatmayı beceremememişim ha?"

"Yoo! Güzel anlatmışsın, lakin dediğini biraz gülünç bulmuşum."

"O zaman sen anlat istersen."

Halil bir an kıpırdamadan durdu, küçük dudaklarını hafifçe büzüp, "Ben," dedi, "büyük olursam anlatırım."

Delal gülümsedi.

"Eee! Şimdi niye anlatmazsın? İlla büyümek mi gerekir? Aç bakayım ağzını. Yoksa dilini pısik mi yemiştir?"

Halil karanlıkta dilini çıkarıp gösterdi.

"Bak," dedi çocuksu bir heyecanla. "Dilim yerindedir. Pısik alıp götürmemiş."

O sırada Resul yatağında sanki uyanacakmış gibi kıpırdandı.

"Sus!" diye fısıldadı Delal. "Abin uyur. Sen de şimdi yat uyu. Ben de gidip bir masal düşüneyimdir."

Halil meraklı gözlerle baktı.

"Peki," dedi mırıldanarak. "Ne zaman anlatacaksın?"

Delal'i ansızın bir düşünce sardı.

"Şey," dedi kısık bir sesle. "İnşallah tez vakitte eve döndüğümüzde anlatırım. Şimdi yat uyu. Anlaştık mı seninle?"

Halil başını yastığa koydu, kalın yorganı üzerine çekerken, "Olur," diye fısıldadı. "Senin dönüşünü beklerim. O zaman bana bir masal anlatmayı unutmayasın, e mi?"

Delal'in bir an yüreği titredi, gözleri dolu dolu oldu. Hiçbir şey söylemeden arkasını döndü, kapıyı yavaşça açıp bir hayalet gibi odadan dışarı çıktı. Tam o sırada elinde bir ibrikle dikilen Mamo'yla burun buruna geldi.

"Halil," dedi panik dolu bir sesle. "Uyanmış. Benden ona bir masal anlatmamı istemiş. Lakin anlatamamışım."

Mamo acı acı gülümsedi.

"Bir gün," dedi, "ona da zaman gelir kızım. İnşallah ilerde kendi çocuklarına da anlatırsın."

Delal utandı, yüzü kızardı. Hızlıca kendi odasının yolunu tuttuğu bir sırada, "Şafağın yeri ışırken," diye fısıldadı. "Yola koyulacağım. Ben kararımı çoktan vermişim. Sen ne dersen de; ama ben kararımdan katiyen geri dönmeyeceğim..."

***

Mamo düşünceli bir şekilde pencerenin önünde durmuş, sigarasını içiyordu.

Zeyno yatağından kalktı, üzerine bir şeyler giyip yanına geldi. Elini kaldırıp kocasının göğsüne koydu.

"Bilirim," dedi çatallaşan bir sesle. "İçin içini yer. Gitmek ile kalmak arasında büyük bir savaş verirsin. Ama sen gel beni dinle, gitme oraya."

Mamo bir ara başını kaldırdı, karanlık ve kasvetli gökyüzüne baktı. Sigarasından derin bir nefes çekti içine. Dumanı ciğerlerinden dışarı salarken, "Ben," dedi umutsuzca. "Seni dinlesem de, lakin o beni dinlemez. Keçi gibi inatçıdır."

Zeyno kederli bir şekilde gülümsedi.

"İyi de," dedi, "bu evin erkeği sensin. O daha çok genç. Ne söylediğini bilmediğinden öyle konuşur..."

Mamo düşünceliydi.

"Bundan başka," diye konuşmasını sürdürdü Zeyno. "Törenin ne olduğunu da bilmez. Zira bilse böyle bir deliliğe kalkışmazdı."

Mamo oldukça sıkıntılıydı. Sanki göğsünün orta yeri alev almış, cayır cayır yanıyordu.

"Haklısın," dedi boğuk bir sesle. "O daha gençtir. Lakin ölümü de sınamıştır. Bu sebepten canını ortaya koyar. Ölümden bizim gibi korkmaz."

Zeyno üzerindeki tedirginliği atmaya çalıştı, ama başaramadı. Kocasına kuşku dolu gözlerle baktı.

"Yoksa," dedi, "senin de aklını mı çelmiş? Benimle ne biçim konuşursun? Unutmayasın ki, töre yalnızca ona işlemez. Sana da işler."

Mamo başını kaldırıp bir an ona şaşkın şaşkın baktı.

"Sen," dedi. "Ne demek istersin?"

Zeyno'nun sanki yüreğini bir keder kaplamış, içine düştüğü umutsuzluk acısını daha da artırmıştı.

"Bizimkiler," dedi sesi titrerken. "Seni Halep'te görürlerse yaşatmazlar, oracıkta öldürürler. Asla eve dönemezsin. En iyisi sen gel beni dinle, gitme. Zira ikiniz de namlunun ucundasınız. Belki o ölümü sınamış olabilir, lakin sen daha sınamamışsın."

O anda zaman durmuştu sanki. Köhne odanın içinde bir ölüm sessizliği hüküm sürüyordu. Mamo yüreğini kaplayan büyük bir sıkıntıyla karısına bakarken, "Oğlumuz," dedi, "ölür Zeyno. Gelinimiz de onu yaşatmak için kendi canını ortaya koyar. Bir düşünsene! Eğer gitmeyip burda kalırsak oğlumuz ölecektir. Yok, eğer oraya gidersek bu sefer de gelin kızımız ölecektir. Sen de unutmayasın ki, ben seni kaçırdığım gün ölümü sınamışım. Artık ölümden korkmam. Bu işin ucunda ölüm dahi olsa, her şeye rağmen insanın bir dileği beslemesi güzeldir be Zeyno. Âdem de biz oğullarına bu umudu vasiyet etmemiş mi zaten?.."

ÖLÜME YA DA UMUDA YOLCULUK

Ertesi sabah erkenden uyandı Delal. Yatağından hızla kalkıp odadan çıktı. Şafağın yeri usul usul aydınlanıyordu.

Birden az ötesindeki Mamo öksürdü. Delal başını çevirdi, onu gördüğüne şaşırmıştı.

"Hayırlı sabahlar," dedi Mamo. "Birazdan yola düşmeye hazırsın güzel kızım?"

Delal onun da kendisiyle birlikte geleceğini anlayınca, ela gözleri bir an mutlulukla parıldadı.

"Sana da," dedi, "hayırlı sabahlar olsun. Ben hazırım. Acele edelim. Bir an evvel yola koyulalım."

Mamo işaretparmağıyla kapı tarafını gösterdi. Sokak kapısının önünde, kalın ağaç dallarından yapılmış sedyeye benzer bir şey duruyordu.

"Şunu," dedi duygu dolu bir sesle. "Katırın arkasına bağlarız, oğlanı da üzerine yatırırız."

Delal "olur" dercesine başını sallayıp hızla odaya geri döndüğünde, Baran çoktan uyanmış, acıdan inliyordu.

Delal bir an panikledi. Ne yapacağını bilmez bir halde olduğu yerde kıpırdamadan durdu. Birkaç saniye sonra kendini toparlayıp çabucak dışarı koştu.

"Baran," diye bağırdı, "gene ağırlaşmış."

Mamo korkuyla ağzındaki sigarayı yere atıp hızlıca oğlunun yanına geldi. Baran acıdan bilincini kaybetmek üzereydi. Mamo apar topar üzerini giydirdi, kucakladığı gibi onu dışarı çıkardı.

O sırada Zeyno ve çocuklar oracıkta öylece durmuş, birbirlerine sarılıp hüngür hüngür ağlıyorlardı.

Mamo hiç zaman kaybetmeden oğlunu sedyenin üzerine yatırdı. Sedyeyi de az evvel hazır ettiği katırın üzerindeki semere bağladı. Delal de hazırlanmış, koşup yanına gelmişti.

"Sen," dedi Mamo boğuk bir sesle, "al şu yuları, bir an evvel yola koyulasın. Ben de hemen ardından gelirim."

Halil o esnada yanaklarını ıslatan gözyaşlarıyla Delal'e doğru koştu, onun beline sımsıkı sarıldı. Delal'in yüreği bir kez daha paramparça oldu.

"Senin," dedi çocuksu sesiyle Halil, "dönüşünü beklerim. O zaman bana bir masal anlatmayı unutmayasın, e mi?"

Delal'in gözleri yaşlarla doldu. Beline sarılmış olan incecik kolları çözdü, bir şeyler söylemek istercesine dudaklarını kıpırdattı, ama bir türlü söyleyemedi.

Birdenbire Mamo'nun elinden yuları çekip aldı, âdeta bir suçlu gibi başını önüne eğerek oradan uzaklaştı.

Halil ıslak gözleriyle arkalarından bakarken, "Hepiniz," dedi Mamo güçlükle. "Hakkınızı helal edesiniz. Sana kocalık, çocuklara da babalık yapamamışım. Sizlere hep fakir, güç bir hayat sürdürmüşüm."

Zeyno'nun bu sözler karşısında yüreği acıyla dolmuştu. Tek kelime edemedi.

Mamo'nun ansızın gözleri doldu. Başka ne söyleyeceğini bilemedi, hüzünlü bir bulut gelip yüreğine çöküverdi. Onları oracıkta bir başlarına bırakmanın üzüntüsüyle sessizce arkasını döndü. Tam o sırada karısı Zeyno uzanıp kolundan tuttu, geceden hazırladığı azığı eline tutuşturuverdi...

***

Öğleüstüydü. Sonbahar için pek sıcak bir gündü. Köyler arasındaki patikalardan, kestirme yollardan yürüyerek ağır ağır yol alıyorlardı.

Mamo yolculuk boyunca neredeyse hiç konuşmamış, kederli ve endişeli bir şekilde sigara üstüne sigara içmişti.

Delal de sessizlikte ona eşlik etmiş, yolculuk boyunca kâh katıra binmiş, kâh yürümüştü.

Baran'a gelince... O ateşler içinde yanıyor, sürekli sayıklayıp duruyordu.

Mamo bir ara onun yanına vardı, acılar içinde kıvranıp inleyen oğluna baktı. Sonra titrek bir sesle, "Kızım," diye seslendi. "Yaptığımız hiç akıllıca bir iş değildir. Bu yolculuk oğlanı daha çabuk öldürecektir."

O sırada yokuş yukarı çıkan Delal, "Evde kalsaydı," dedi soğukkanlı bir şekilde. "Sanki yaşayacaktı? Orda da ölecektir. Hiç olmazsa bu yolda ölür..."

Mamo'nun ansızın tüyleri diken diken oldu.

"Bu yolculuğun sonunda," diye konuşmasını sürdürdü Delal. "Ya öleceğiz ya da yaşayacağız. Ben kendimi ikisine de hazırlamışım çoktan."

Onun bu cesareti karşısında Mamo hiçbir şey söyleyemedi. Delal yokuşu tırmanıp tepeye çıktığında durdu, katırın yularını elinden bıraktı.

"Burda," dedi nefes nefese. "Azıcık oturup soluklanalım. Ne dersin ha?"

Mamo yanına geldiği sırada Delal olduğu yere yığılıverdi. Yorgunluktan ölmek üzereydi.

"Olur," dedi Mamo. "Hem birazcık dinlenelim, hem de aç biilaç yola devam etmeyelim. Al şunu, çıkınımızı açıp bir şeyler yiyesin. Öğle ezanı çoktan okunmuştur. Ben de şu tarafta toprakla abdest alayım, bir an evvel namaza durayım."

Delal çıkını açtı, arasında lor olan yufka ekmeğini büyük bir iştahla yemeye koyuldu. Mamo da biraz yürüyüp tepenin öte tarafına geçti. O anda hiç beklemediği bir durumla karşılaşıverdi. İleride bir adam yüzünü kıbleye dönmüş, namaz kılıyordu.

Şaşkınlığını üzerinden atıp adama yaklaştı. Namazın sonuna geldiğini görünce, "Allah ibadetlerimizi kabul eylesin," diye seslendi Mamo. "Ayrıca günahlarımızı ve taksiratımızı affeylesin."

Şeyhmus o an hayalet görmüş gibi olmuş, rengi uçup gitmişti.

Mamo hiçbir şeyden habersiz bir şekilde gülümseyip, "Ne olmuş kardaş?" dedi. "Yoksa hortlak mı görmüşsün? Rengin kireç gibi bembeyaz olmuş."

Şeyhmus'un kalbi güm güm çarpıyordu. Hiç bozuntuya vermeden, "Hasta hasta," dedi yalan konuşarak. "Yola çıkmışım. Dünden beri böyleyim."

"Geçmiş olsun," dedi Mamo saf saf. "Bizim de oğlan çok hastadır. Hiç iyi değildir. Biz de gelinle birlikte onu taşırız. Burdan Atmalı Köyü'ne gideriz, ordan da sınırı aşıp Halep'e geçeceğizdir."

Şeyhmus duyduklarına inanmıyormuşcasına Mamo'ya baktı, ardından çabucak ayağa kalktı.

"Kurban," dedi kısa bir tereddütle. "Kusura bakmayasın, işim aceledir. Burda duramam. Bir av evvel Musabeyli'ye doğru yola koyulmam gerekir."

Mamo adamın bu kadar telaşlı olmasına bir anlam veremedi. "Ne tuhaf bir adam," diye geçirdi içinden. Ama düşündüğünü belli etmemeye çalışarak, "E hadi!" dedi. "Öyleyse sana uğurlar ola. Güle güle gidesin."

Şeyhmus öyle heyecanlanmıştı ki, yerinde duramıyordu. Hiç zaman kaybetmeden atına bindi, hızla yola koyuldu. Atı dört nala giderken, Mamo arkasından şaşkın şaşkın bakıp, "Allah Allah!" dedi kendi kendine. "Hâlbuki Musabeyli Köyü şu tarafta kalmıştır. Bu akılsız adamsa ters tarafa doğru atını sürüp gider..."

***

Şeyhmus, Atmalı Köyü'ne kadar hiç durmadan atını sürdü, sürdü, sürdü... En sonunda marabalık yaptığı evin önüne gelince ansızın durdu. Siyah atının üzerinden hızla indi, koşarak Berivan Kadın'ın yanına geldi.

Berivan Kadın onu karşısında görünce şaşırdı, biraz da ürktü. Hayret dolu bir ifadeyle bakıp, "Senin," diye söylendi. "Neyin vardır böyle? Yoksa hâlâ Musabeyli'ye gitmemişsin?"

Şeyhmus heyecanını dizginlemeye çalışıyor, derin derin nefes alıyordu.

"Musabeyli'ye," dedi, "giderdim. Lakin yoldan geri kayıtmışım."

Berivan Kadın'ın yüzüne buruk bir tebessüm yayıldı.

"Niye?"

Şeyhmus bunu ona nasıl söyleyeceğini bilememenin çaresizliği içerisinde, "Şey," dedi. "Size nasıl söyleyeceğimi düşünürüm. Zira yolda gördüklerim hiç hoş değildir."

Berivan Kadın daha da şaşırmıştı.

"Şeyhmus," dedi sesini yükselterek. "Şimdi düşünmeyesin. Hele çabuk söyleyesin! Yolda ne görmüşsün?"

"Mamo'yu!.."

Bir anda etraftaki tüm sesler sustu sanki. Berivan Kadın az evvel duyduklarına inanmıyormuş gibiydi.

"Bundan başka," diye konuşmasını sürdürdü Şeyhmus. "Delal de onunla birliktedir."

Berivan Kadın onun ismini duyunca bir an yüreğinde büyük bir acı hissetti, âdeta başından aşağı kaynar sular döküldü.

"Onları," dedi bir aslan gibi kükreyerek. "Nerde görmüşsün?"

"Yolda durup namaz kılarken Mamo'yla karşılaşmışım."

"Ya Delal?"

"Onu kendi gözlerimle görmemişim. Mamo söylemiş. Zaten buraya gelirlermiş."

Berivan Kadın işittiği bu sözler karşısında allak bullak oldu. Birden hiddetle ayağa kalkıp, "Bunlar," diye bağırdı. "Eceline mi susamıştır? Mamo töreyi bilmez mi? Burda ne işleri vardır?"

"Bana söylediğine göre, oğlu çok hastaymış. Hiç iyi değilmiş. Güya burdan sınırı geçip Halep'e gidecekler-miş."

Berivan Kadın ağzından ateşler saçarak, "Burdan," dedi, "yalnızca cesetleri çıkar. Tez vakitte köyün ileri gelenlerini meydana toplayasın. Ben de şimdicik o şerefsiz Kendal'ın evine giderim..."

***

Berivan Kadın hiç zaman kaybetmeden evden çıktı. Kendal'ın kapısına gelince öfkeyle bağırmaya başladı:

"Kendaaal!.. Çabuk dışarı gelesin."

O sırada Kendal evinin avlusunda oturmuş, tavşankanı çayını büyük bir sükûnetle yudumluyordu. Sesi bir an işitince afalladı.

Hemen oturduğu yerden kalktı. Hızlı adımlarla yürüyerek sokak kapısına geldi, kapıyı açtı. Aylar sonra Berivan Kadın'ı karşısında görmek şaşırtmıştı onu. Neyse ki kendisini hemen toparladı.

"Ne vardır?" dedi sinirli sinirli. "Bas bas bağırıp da ortalığı niye ayağa kaldırırsın?"

Berivan Kadın'ın o an içi içini yiyordu.

"Törenin emrettiği şeyi," dedi buz gibi bir sesle. "Sen mi yerine getirirsin, yoksa ben mi?"

Kendal şaşkınlıktan sersemlemişti.

"Ne töresi?" diye sordu anlamamışçasına.

Berivan Kadın acı acı gülümsedi, sonra, "Kızın Delal," diye tiz ve yüksek bir sesle ciyakladı. "Buraya doğru gelirmiş."

Kendal duyduğu bu sözler karşısında daha da şaşırmıştı. O esnada karısı Sultan büyük bir korkuyla koşup yanlarına gelmiş, duydukları karşısında sarsılmıştı.

"Yalandır," diye bağırdı Sultan. "Bunu da kim çıkarmış?"

Berivan Kadın başını çevirdi, nefret dolu gözlerle ona bakarken, "Bizim Şeyhmus," dedi kendinden emin bir şekilde. "Onları yolda görmüş. Buraya geldiklerini Mamo'nun kendisi söylemiştir."

Sultan duyduklarına inanamıyordu. Bağrışmaları duyanlar etraflarına toplanmış, ne olup bittiğini anlamaya çalışıyorlardı.

"İyi de," dedi Sultan boğuk bir sesle. "Burda ne işleri vardır?"

Berivan Kadın öfkeden titriyordu.

"O alçağın," dedi, "güya oğlu hastaymış. Burdan sınırı aşıp sözde Halep'e gideceklermiş."

Onun bu son sözleri Kendal ve Sultan'ın üzerine bir kâbus gibi çöktü, ikisinin de yüreği sıkıştı. O arada köyün ileri gelenleri de yanlarına gelmişti. Aralarından biri, "Bugüne değin görülmüş iş değildir," dedi. "Töreye karşı gelinmez. Lakin karşı gelenin de başı vurulur..."

***

Akşam karanlığı Atmalı Köyü'nün üstüne yavaş yavaş çöküyordu. Delal yere çömelip boz bir taşın üzerine oturdu, kederli bir şekilde köyünü seyretmeye koyuldu. Solgun yüzünde büyük bir hayal kırıklığının acı izleri okunuyordu.

Mamo'un da dün geceden beri yüreğini kuşatan kaygı gözlerine yansımış, düşünceli düşünceli sigarasını içiyor, göz ucuyla da Delal'i süzüyordu.

"Neredeyse," dedi Mamo. "Köye varmışız."

Delal birden yanaklarından aşağı süzülen gözyaşlarına engel olamadı. Sessizce gözyaşlarını silerken, "Hemen hemen," dedi boğuk bir sesle. "Gelmişiz. Bakalım bundan sonra ne olacak?"

Mamo oldukça endişeliydi.

"İnşallah," dedi sesi titrerken. "Köyden sağ salim çıkabiliriz."

Delal başını çevirdi, kederli yüzüne baktı. Acılı yüreğindeki korkuyu onun zeytin yeşili gözlerinde gördü.

"Oraya vardığımızda," dedi buz gibi bir sesle. "Bütün olup bitenleri göreceğiz. Ben olacaklardan hiç korkmam. Sen de korkmayasın."

Mamo o an sessiz sessiz ağlıyordu.

"Nasıl korkmayayım güzel kızım? Namlunun ucundaki can benim olsa korkmayacağım. Lakin bu can senin olunca korkarım..."

Delal sözünü kesti.

"Hakkımızda hayırlısı neyse o olsun. Bilirsin, her şey Allah'tan. Artık buraya kadar gelmişizdir. Bu saatten sonra geriye dönüş yoktur..."

Mamo sessizliğe gömülmüş, acılı yüreğini teselli etmeye çalışıyordu.

"Eğer," diye konuşmasını sürdürdü Delal. "Köyden sağ salim çıkabilirsek, sınırdan geçip Halep'e gitmemiz daha kolaydır."

Mamo başını çevirdi, önlerinde uzayıp giden sınıra umutsuz bir şekilde baktıktan sonra, "Kızım," dedi boğuk bir sesle. "Köyde üzerimize namlular çevrilidir. Sınırdaysa ayağımızın altına mayınlar döşelidir. Birini aşıp geçsek, ya diğerini nasıl geçeriz?"

Delal soğukkanlılığını yitirmeden, "Sen," dedi kendinden emin bir sesle. "Köyden çıkmamız için dua edesin. Sınırı geçmek kolay iştir."

Mamo şaşırdı.

"İyi de kızım," dedi, "mayınlı sınırı geçmeyi öyle kolay mı zannedersin? Asker sıkı tedbir almış."

Delal oturduğu yerden ayağa kalktı. Birkaç adım atmıştı ki, Baran'la göz göze geldi. Kocasının bakışlarındaki ezikliği fark edince, "Sen," dedi Mamo'ya. "Hiç merak etmeyesin. Kaçakçı Reşo sınırı geçmemize yardım edecektir."

Mamo da sersem sepelek bir halde ayağa kalktı.

"Kaçakçı Reşo'nun," dedi umutsuzca, "bu zamana kadar parasız iş yaptığı görülmemiştir."

Delal katırın yularını tekrar eline alıp çekerken, "Hele önce," dedi, "Allah'ın izniyle köyden sağ salim çıkalım, sonrasında ben Kaçakçı Reşo'yu razı ederim. Ne de olsa o haysiyetsiz adamın bana bir can borcu vardır..."

***

O akşam bütün köy halkı meydanda toplanmıştı. Kimi kendi arasında fısıltıyla konuşuyor, kimi de köye tek giriş olan yolu merakla ve bir o kadar da endişeyle gözlüyordu. Derken ansızın küçük bir oğlan çocuğunun tiz sesi karanlığın içinde yankılandı:

"Köye varmışlardır."

Birdenbire herkes olduğu yerde huzursuz bir şekilde kıpırdandı.

"Meğerse," dedi köyün ileri gelenlerinden biri. "Şeyhmus doğru söylermiş."

Tam o sırada Delal köye girdi. Hiç hatıra gelmedik bir sırada köyün tümünü karşısında görünce afallamıştı. Ama şaşkınlığını hemen üzerinden atmış, bakışlarını onlara dikmişti.

Mamo'nun ise o sırada bacakları titriyordu. Kendini hiç bu kadar çaresiz ve korku dolu hissetmemişti. Besmele çektikten sonra sendeleyerek yürüdü, Delal'in yanına geldi.

"Görünüşe göre," dedi sesi titrerken. "Geleceğimizi haber almışlar. Lakin kim haber vermiş?"

Delal tam ağzını açıp bir şey söyleyecekti ki, Mamo o anda elinde meşale tutan Şeyhmus'u gördü, anında tanıdı onu. Kendisine için için kızarken, "Yolda," dedi, "gördüğüm adam aha şurdakidir."

Delal başını çevirip Mamo'nun gösterdiği adama baktı. Şeyhmus bir elinde meşaleyi tutuyordu, diğer elinde de tüfeğini...

O esnada köyün ileri gelenlerinden biri, "Mamo," diye bağırdı. "Hani töreleri bilecek kadar yaşlanmıştın burda?.."

Mamo sustu.

"Anlaşılan o ki," diye konuşmasını sürdürdü ihtiyar adam. "Sen töreleri bilecek kadar yaşlanmamışsın. Eğer törenin ne anlama geldiğini bilseydin, gereğini yerine getirirdin. Ölene kadar da bu köye gelmezdin. Bugün de bizim isteğimiz töreye uygundur."

Mamo âdeta taş kesilmiş, yaşadığı korku yüzünden midesi şiddetli bir şekilde kasılmaya başlamıştı. Kendini daha fazla tutamayıp birden kustu. Onu o halde görmek Delal'i endişelendirmiş, hissettiği suçlulukla olduğu yerde öylece kalmıştı. Mamo bir yandan kusuyor, bir yandan da titriyordu.

"Daha neyi bekleriz?" diye haykırdı Berivan Kadın. "Bir an evvel töre işlesin."

Köyün meydanında toplanan kalabalıktan bazıları onun bu sözlerine kendini kaptırıp, "Onlara ölüm!" diye ince ve keskin bir sesle bağırdı.

Delal o anda çektiği acıyı, yüreğine çöreklenen korkuyu bastırmaya çalışarak birkaç adım attı, ihtiyar adamın karşısına dikildi.

"Önümüzden hemen şimdi çekilesiniz," dedi gür bir sesle. "Görmez misiniz, kocam hastadır. Sedyenin üzerinde çektiği acılardan inim inim inler. Burda eğleşmeyeceğiz. Çabucacık çekip gideceğiz."

İhtiyar adam onun bu sert tavrı karşısında şaşırdı. Onun bocaladığını gören Berivan Kadın bir adım öne çıkıp, "Kendaaal!" diye bağırdı. "Kızın hem suçlu hem güçlü! Gel de bir an evvel al canını. Yoksa ben alacağım."

Kendal perişan haldeki kızına baktı, yüreği sızladı. Bütün bu olup bitenleri içine sindirememiş olsa da, "O," diye haykırdı, "artık benim kızım değildir. Beni çiğneyip geçen, dik başımı yere eğen düşmanımdır."

Bu sözlerden sonra ortalık bir anda sessizliğe büründü. Delal başını çevirip solgun gözleriyle annesine baktı. Sultan yanında duran kızları Leyla ile Halise'ye sımsıkı sarılmış, sessiz sessiz ağlıyordu.

"Öyleyse," dedi Berivan Kadın. "Daha ne durursun? Gel de bir an evvel düşmanının canını al."

Kendal bu sözler üzerine yanında duran oğluna döndü, o sırada Aso'yla göz göze geldi.

"Oğlum," diye seslendi. "Ailemizi çiğneyip geçen, dik başımızı yere eğen düşmanımızı öldürme görevi ilkin sana düşer. Şu anda namusumuzu temizleyesin, burdaki insanların içinde beni onurlandırasın."

Aso bir babası Kendal'a, bir de Delal'e baktı. O anda içinde bulunduğu çaresizlikten kalbi hızla çarpıyor, alnından akan terler kaşlarının arasından gözlerine doğru süzülüyordu. Olduğu yerde hiç kıpırdamadan dururken, "Kendaaal!" diye bağırdı Berivan Kadın. "Yoksa kızın gibi oğlun da mı senin lafını dinlemez bir düşmanındır?"

Kendal'ın birden alnından soğuk bir ter açıldı, içinde kabaran öfkeyi bastırmaya çalışarak, "Oğlum," dedi gür bir sesle. "Ne düşünürsün? Öylece durup el âlemi bize mi güldürürsün?"

Aso kendisini hiç bu kadar çaresiz hissetmemişti. Alnından akan teri sağ kolunun yenine sildi, sonra da elindeki tüfeği kaldırıp namlusunu kız kardeşine çevirdi.

Delal bunu beklemiyordu. Kırk yıl düşünse ölümünün çok sevdiği ağabeyinin elinden olacağını tahmin etmemişti.

Aso o anda köpüğünü savuran denizin azgın dalgaları gibiydi. Töreye uymak zorunda olduğunu biliyor, yaşadığı ıstırap yüzünden gözlerinden yanaklarına süzülen yaşlara engel olmaya çalışıyordu. Bir ara kız kardeşiyle göz göze geldi. İkisi de çobansız kalmış koyunlar gibi şaşkın ve perişandı. Aso ağır ağır fişeklik kutusunu omzundan arkaya attı, tüfeğin horozunu çektiği sırada, "Abi," diye haykırdı Delal. "Töreyi insanoğlu yazmıştır. Lakin canı Allah vermiştir. Artık sen bilirsin..."

O anda bir uğultu koptu, ağır bir barut kokusu etrafa yayıldı. Bütün herkes donup kalmıştı. Kendine gelip dili ilk çözülen Berivan Kadın oldu.

"Kendaaal! Yazıklar olsun senin gibi şerefsiz bir babaya! Yetiştirdiğin oğlun da sana ihanet etmiştir."

Aso tüfeğini son anda çevirip havaya sıkmış, kız kardeşini öldürememişti. Kendal bir saniye bile düşünmedi, elini kaldırdığı gibi tokadı oğlunun yüzüne indirdi.

"Tüh sana!" dedi tüfeği çekip onun elinden alırken. "Şimdi yıkılasın karşımdan."

Aso içi boşalmış bir çuval gibi yere yığılıp kalırken, Kendal öfkeli bir şekilde tüfeğe dolu fişekleri yerleştirdi. Sonra hışımla tüfeğin namlusunu Delal'e çevirdi, tam tetiğe basacağı sırada, Berivan Kadın'ın hamile gelini Mizgin ansızın aralarına girdi, başındaki yazmasını çıkarıp usulca yere bıraktı.

İşte bunu hiç kimse beklemiyordu. Bu duruma en çok da Berivan Kadın şaşırmıştı.

Kendal töre gereği elindeki tüfeği yavaşça indirip yere koydu. Sonra başını çevirip az ötede duran Berivan Kadın'a baktı. O da en az Berivan Kadın kadar şaşkındı...

***

Bütün herkes köy meydanını boşaltmış, olanların şaşkınlığı içinde evlerine çekilmişlerdi.

Meydan boşalınca Delal dalgın bakışlarla yerde duran yazmayı ve tüfeği seyretti. Ama kendini çabucak toparladı, hiç zaman kaybetmeden Kaçakçı Reşo'nun kapısına dayandı.

"Ben," dedi Reşo. "Şiyar'ın öldüğü günden sonra kaçakçılık işini bırakmışım bacım. Bir daha da sınırı geçip geldiğimi gören olmamıştır."

Delal'in pes etmeye hiç niyeti yoktu.

"Sen," dedi ciddi bir sesle, "bizi burda ölüme mi terk edersin? O yazma yerden kalktığı an yanındaki tüfek ölüm kusacaktır üzerimize..."

Reşo sustu, sigarasından derin bir nefes çekti içine.

"Bana," diye konuşmasını sürdürdü Delal. "Bir can borcun vardır. Zira Şiyar senin yüzünden ölmüştür."

Reşo duyduğu bu sözler karşısında beyninden vurulmuşa döndü.

"Bacım," dedi dudaklarının arasından ateş saçarak. "Ağzından çıkan sözleri kulakların duysun. Şiyar'ın ölmesini ben mi istemişim?"

Delal onun kederli gözlerine bir an dikkatle baktı. Kahverengi gözlerinin ardında büyük bir pişmanlık sakladığını anlayınca, "Zannımca," dedi soğukkanlılıkla, "onun ölmesini istememişsindir. Lakin orda bırakıp kaçmışsındır. Bu sebepten ölmüştür..."

Reşo'nun birden içi sıkıntıyla doldu. Cebinden tütün kesesini çıkarıp bir sigara sardı.

"Yoksa," diye konuşmasını sürdürdü Delal. "Duyduklarım hakkat değil midir?"

Reşo sigarasını yaktı, dumanı ağzının içinde dolaştırdıktan sonra dışarı saldı.

"İnan bana," dedi üzüntülü bir sesle. "Böyle olmasını hiç istemezdim. Ama bir kere oldu artık. Bu saatten sonra sana ne söylesem bacım?"

Delal yaşadığı pişmanlığı görünce elini elbisesinin cebine soktu, bir şey çıkarıp adamın avcunun içine bırakıverdi.

"Bunu," dedi, "hatırlamışsın?"

Reşo kocaman açılmış gözlerini karşısındaki kıza dikti. Delal titrek bir sesle, "O uğursuz günden," dedi, "geriye bu kalmıştır. Şimdi al bunu. Senin olsun, ben istemem. Zira bu altın bileziğin üzerinde Şiyar'ımın kanı vardır..."

Delal'in boğazı düğümlendi, daha fazla konuşamadı. Kaçakçı Reşo da suspus olmuş, içindeki ürpertiyi bastırmaya çalışıyordu.

"Bacım,"diye seslendi, Delal'e doğru yürüyen bir kadın. "O bileziği hemencecik sokasın cebine. Az evvel her bir şeyciği duymuşum. Sen hiç meraklanmayasın. Kocam Reşo, Allah'ın izniyle sizi bu gece sınırdan geçirecektir..."

***

Sonunda gece olmuştu; ama gün sanki bitmek istememiş, saatler uzadıkça uzamıştı. Delal oldukça yorgun görünüyordu. Mamo da hâlâ hayatta oldukları için Allah'a şükredip duruyordu usulca yanında...

Kaçakçı Reşo sınırı iyice kolaçan ettikten sonra sessiz bir şekilde yanlarına geldi, başını çevirip acınası bir haldeki Baran'a baktı.

"Durumu," dedi kısık bir sesle, "nasıldır?"

Baran'ın bacağındaki yara daha da kötüleşmişti. Acısı yüzünden hiçbir şey yiyip içememiş, iyice bitap düşmüştü.

"Neredeyse," dedi Mamo morali bozuk bir halde, "ölmek üzeredir. Eğer böyle giderse sabaha çıkmaz."

Tam o sırada köpeklerin havlama sesi karanlığın içinde yankılandı. Mamo gözlerini belli belirsiz bir noktaya dikti, korkmuş bir çocuk sesiyle, "Anlaşılan," dedi, "askerler bu tarafa gelir."

Reşo bir an dikkat kesildi, sonra başını çevirip tedirgin bir şekilde sesin geldiği yöne baktı.

"Tez vakitte," dedi cılız bir sesle. "Sınırı geçmemiz gerekir."

Mamo çok kaygılanmıştı.

"Hemen şimdi mi? Ya köpekler ve askerler?"

Reşo zoraki gülümsedi.

"Meraklanmayasın. Onlar bizden bir hayli uzaktır."

Mamo şaşırdı.

"Ama nasıl olur bu? Köpekler az ötede havlar."

"Rüzgâr," diye cevap verdi Reşo. "Sesi yakınımıza getirir. Seni yanıltır."

Mamo hayretler içinde kaldı.

"O halde," dedi Delal, "askerler başımıza üşüşmeden sınırı geçelim ha! Daha neyi bekleriz?"

Reşo o gece yanına iki at almıştı.

"Bacım," dedi, "şimdi ben önden giderim. Lakin bilirsin, toprağın altı mayınla döşelidir. En ufak bir dikkatsizlikte hepimiz havaya uçarız..."

Delal sözünü kesti.

"Eee, öyleyse benden ne istersin?"

"Sen," dedi. "Atları alıp dikkatlice arkamdan gelesin. Katırla işimiz kalmamıştır artık. Onu mecburen burda bırakacağızdır. Yarın sabah ilk kim bulursa, katır onundur. Adam da mayınlı araziyi geçene değin hasta oğlunu sırtında taşıyacaktır."

Delal başını çevirip ona baktı.

"Hayvanın," dedi Mamo kararlı bir sesle. "Yularını sal gitsin kızım. İşini layıkıyla yapmıştır. Bundan sonra bize yük olur."

Delal "peki" dercesine başını salladı, elindeki yuları çözüp katırı serbest bıraktı. Hayvan kısa bir süre hiç kıpırdamadan durdu, sonra başını çevirip yavaş yavaş oradan uzaklaştı. O sırada Reşo mayınlı araziye girmiş, dikkatle ilerliyordu...

ŞİFACI ZİKRA

Ertesi gün sabah erken saatlerde Reşo yanındakilerle birlikte sınırı geçmiş, Şifacı Zikra'nın yaşadığı evin sokağına gelmişlerdi.

"İşte bu taş evdir," dedi Reşo işaretparmağıyla gösterirken. "Çok şükür kazasız belasız varmışız."

Hepsi de bu tehlikeli ve uzun yolculuktan sonra yorgunluktan bitap düşmüştü. Delal solgun gözlerini eve dikip baktı.

"Burası olduğundan emin misin?" diye sordu. "Ev saray gibidir."

Reşo attan indi, cebinden tütün kesesini çıkarıp bir sigara sarmaya koyuldu. Yolculuk boyunca arkasında oturan Mamo da çevik bir hareketle yere atladı.

"Eminim," dedi Reşo sigarasını yakarken. "Bu taş evde yaşar. Halep'in de en zengin ailelerinden biridir."

O sırada Mamo koşar adımlarla Baran'ın yanına gelmiş, atın üzerinde güçlükle duran oğluna bakıyordu.

"Çok şükür," dedi büyük bir sevinçle. "Ölmemiş, yaşar hâlâ."

Delal bu sözleri duyunca öyle mutlu oldu ki, birden yorgunluğunu unuttu, ela gözleri parıldadı.

Mamo oğlu Baran'ı atın üzerinden yavaşça indirdi, onu sırtına alırken, "Reşo Kardaş," diye seslendi. "Hakkını helal edesin. Senin hayatını da tehlikeye sokmuşuz."

Reşo buruk bir şekilde gülümseyip, "Helal olsun," dedi, "şimdi burda beklemeyesin. Şifacının yanına bir an evvel gidesin. İnşallah bir gün oğlunun iyi haberini alırsam, bu dünyada başka da bir şey istemem."

Mamo duygulanmıştı. Başını kaldırdığı sırada attan inen Delal'le göz göze geldi.

"Sen," dedi Delal. "Burda daha fazla oyalanmayasın. Hemencecik Şifacı Zikra'nın yanına gidesin. Ben de arkandan gelirim."

Mamo "tamam" dercesine başını salladı, hiç zaman kaybetmeden hızlı adımlarla yanlarından uzaklaştı. Delal kısa bir süre onun ardından baktı, sonra kafasını yavaşça çevirip elindeki yuları Reşo'ya uzattı.

"Al," dedi.

Reşo yuları tuttu, diğer atının semerine bağladı. Delal elbisesinin cebinden tekrar altın bileziği çıkarıp, "Bunu da," dedi boğuk bir sesle. "Sen alasın. O uğursuz günde sınırdan geçirip getirdiğin gök mavisi kumaşı onun ölümünden kendime çıkardığım payın bedeli olarak almışım. Bu da senin payın olsun."

Reşo güçlükle yutkundu. Dolu dolu olan gözlerini ondan saklamaya çalışarak, "Bacım," dedi, "o bileziği ortadan kaldırasın, cebine sokasın. Sen de bilesin ki, o günden sonra benim payıma da vicdanımla baş başa kalmak düşmüştür..."

Delal vicdan lafını duyunca afalladı.

"Her gün," diye konuşmasını sürdürdü Reşo. "Vicdan azabı çeker, büyük bir pişmanlık duyarım. Hiç olmazsa sen hakkını helal edesin bacım."

Delal'in sanki yüreğinden ılık bir şey akıp geçti, içini tuhaf bir duygu kapladı.

"Bize," dedi, "geceden beri yaptığın iyiliği unutamam. Bu sebepten hakkımı helal ederim sana."

Onun bu sözlerinden sonra Reşo'nun içinde kopan fırtına biraz olsun dinmişti.

"Bacım," dedi Reşo düşünceli bir sesle. "İstersen sizi tekrar geri götürmek için burda beklerim."

Delal o anda geleceği hayalinde canlandıramıyordu.

"Sağ olasın. Lakin daha şimdi gelmişiz. Bakalım hastamızın hali ne olacaktır? Burda ölecek, yoksa yaşayacak?.."

Gerisini getiremedi, sustu. Yüzü kül gibi olmuştu. İkisi de bir zaman öylece suspus kaldı. Etrafta soluklarından başka hiçbir ses duyulmadı...

***

Mamo büyük bir heyecan içinde evin önüne gelmiş, oymalı ahşap kapıyı çalıp beklemeye koyulmuştu.

"Kim o?" diye içeriden seslendi biri.

Mamo kuruyan boğazını temizledikten sonra, "Şifacı Zikra'ya," dedi, "hasta oğlumu getirmişim. Durumu çok kötüdür. Çabuk kapıyı açasın."

Orta yaşlardaki bir kadın sürgüyü çekti, kapıyı açtı. Mamo onu hafifçe kenara itip içeri girdi, gözleri Şifacı Zikra'yı aradı.

Tam o sırada Delal de aralık duran kapının önünde belirdi. Gördüğü manzara karşısında âdeta dili tutulmuştu. Hayatında ilk kez böyle bir ev görüyordu. Kocaman ev sanki cennetten bir köşe gibiydi. Bahçede rengârenk çiçekler açmış, kuyruğunu yelpaze şekline getirmiş tavus kuşları etrafta dolaşıyordu.

Orta yaşlardaki kadın kapıyı açtığına bin pişman olmuş gibiydi. Birden koşup Mamo'nun önünü kesti. Ellerini onun göğsüne dayayıp geriye doğru iterken, "Lütfen," dedi, "hemen şimdi dışarı çıkın. Bu ev hanımefendinin ailesiyle birlikte yaşadı yerdir. Hastalarını kesinlikle burada kabul etmez. Siz yanlış yere geldiniz. Rica ederim, evden derhal çıkın. Birkaç sokak ötede hastalarını kabul ettiği mekâna gidin."

Mamo oğlu Baran'ı güçlükle sırtında tutuyor, titreyen bacaklarının üzerinde zar zor duruyordu.

"Bacım," diye haykırdı. "Görmez misin perişanlığımızı? Sınırın öteki tarafından geçip gelmişizdir. Geceden beri de yorgun ve uykusuz bir haldeyizdir. Artık hiçbirimizin takati kalmamıştır. Bacağındaki yarasına burda baksa ne olur?"

Hizmetçi kadın ısrarcıydı.

"Lütfen! Bir kez daha sizden rica ediyorum. Hemen şimdi dışarı çıkın. Yoksa..."

Derken ansızın Şifacı Zikra az ötede oturduğu sandalyeden kalktı, etrafına hiç bakmadan hızlı adımlarla yürüyüp yanlarına gelirken, "Ne oluyor burada?" diye seslendi.

Onun gür sesiyle evde çalışan uşaklar bir an etrafta koşuşturup telaşlı bir şekilde oraya doğru seğirttiler.

"Hanımefendi," dedi hizmetçi kadın. "Bu adam beni omzuyla itip içeri daldı. Bir türlü gitmek bilmiyor."

Şifacı Zikra'nın o an gözleri kocaman açıldı. O şaşkınlık içerisinde neredeyse dengesini kaybedip yere düşecekti. Yüreği hızla çarparken, ne yapacağını kestirmeye çalışıyordu.

Mamo'nun da sinirleri bir hayli bozulmuş, çakmak çakmak yanan yeşil gözlerinden ateş saçıyordu. Evde çalışan uşaklar onları dışarı atacakları bir sırada, "Durun!" diye bağırdı Şifacı Zikra, "oğlanı sırtından alıp şuradaki divanın üstüne yatırın."

Uşaklar ansızın durdu. Sonra tez elden Baran'ı kucaklayıp Mamo'nun sırtından indirdiler, beri yandaki divana yatırdılar.

Şifacı Zikra şaşkın ve delici bakışlarını Mamo'nun üzerine dikmişti, "Bu yeşil gözleri otuz yıl geçse de yine unutmam. Sen Mamo'sun," diye mırıldandı kendi kendine.

Mamo'ya da, Zikra'da tanıdık gelen bir şeyler vardı. Ama ne olduğunu çıkaramamıştı. Fakat şimdi bunu düşünmek istemiyordu, bakışlarını çabucak ondan kaçırıp, "Oğlum," dedi, "neredeyse ölmek üzeredir. Şurda duran gelinim sizin adınızı bir falcıdan duymuş. Biz de mayınlı sınırı geçip buraya gelmişiz."

Şifacı Zikra âdeta bir rüyada gibiydi. Her zaman mucizelere inanırdı, ama bir gün onu tekrar göreceğine hiç inanmamıştı doğrusu. Bir ara bakışlarını ondan kaçırdı, diğer tarafa çevirdi.

"Hoş geldin kızım," dedi.

Mamo bir Delal'e, bir de Şifacı Zikra'ya baktıktan sonra, "Gelinim," dedi, "Arapça konuşmasını bilmez."

Şifacı Zikra hafiften gülümsedi, bu sefer onun anlayacağı dille konuştu.

"Hoş geldin evime," dedi. "Görünen o ki epeyce yorulmuşsunuz."

Delal de zoraki gülümsedi.

"Hoş bulduk. Dün sabah yola çıkmışız. Nerdeyse hiç durmadan yürümüşüz."

Şifacı Zikra'yı bir merak sardı.

"Peki, nerden geliyorsunuz?"

"Kilis'in Kulyanlı Köyü'nden."

Şifacı Zikra dudağını büzüp, "Kilis'e," dedi, "birkaç defa gelmişliğim vardır. Ama söylediğin bu köyün adını daha önce hiç duymadım."

Mamo birden başını çevirdi, onu dikkatlice süzdü. Şifacı Zikra kumral, etine dolgun, altmış-altmış beş yaşlarındaydı.

"Bizim orası," diye araya girdi Mamo. "Bir dağın başındadır. Yirmi-yirmi beş haneli toplama bir köydür."

Şifacı Zikra bütün her şeyi bildiğini, bunca yıl sakladığı sırları sarıp sarmaladığı bohçasından çıkarıp Mamo'nun yüzüne haykırmak istedi. Ama yapmadı, hemen konuyu değiştiriverdi.

"Oğlanın," dedi, "nesi var?"

Mamo onun yüzündeki bu ani değişimleri pek fark edememiş, yine saf saf konuşmuştu.

"Bacağı," dedi üzüntülü bir sesle. "Epeyce yaralıdır. Askerde gitmedik tabip, bizim oralarda gitmedik hoca, gitmedik şifacı kalmamış. Gel gör ki bu meret iyileşmez."

Şifacı Zikra o sırada kendinden geçmiş bir halde yatan Baran'ın yanına geldi, siyah şalvarını sıyırıp mosmor olmuş bacağına baktı. Böyle bir şey beklemediği her halinden belli oluyordu.

"Aman Allahım!" diye söylendi. "Bunun bacağına n'oldu böyle? Neredeyse kangren olmuş."

Mamo'nun o anda yüreği ağzına geldi, midesi şiddetli bir şekilde kasılırken, "Yarası," dedi, "yoksa iyileşmez mi?"

Şifacı Zikra derhal bacağını örttü, başını kaldırıp az ötede duran uşaklara baktı.

"Bu oğlanı," dedi panik dolu bir sesle. "Bir an önce diğer tarafa taşıyın. Ama biraz dikkatli olun! Çünkü yarası çok berbat görünüyor."

Uşaklar Baran'ı kucaklarına aldılar, apar topar sırtlayıp oradan götürdüler.

Delal onu bu şekilde götürmelerine bir anlam veremedi, şaşkın bir şekilde arkalarından bakarken, "Biz," dedi Mamo acı dolu bir sesle, "ne yapacağız?"

Şifacı Zikra onun sorusuna cevap vermek yerine, gözlerini oradaki uşaklardan birine dikip, "Sen," dedi, "bunları da alıp götür. Ben de banyoya gidip bir an önce hazırlanmalıyım. Şoförüme de söyleyin hazır olsun..."

***

Şifacı Zikra hiç zaman kaybetmeden evden çıktı. Arabaya bindiğinde o bulanık, kurşuni düşünceler bedenini öyle ağırlaştırmıştı ki, kafası karmakarışıktı.

Siyah araba genişçe bir sokağa girdiğinde, "Biraz yavaşla," diye seslendi şoföre. "Nadire Hanım'ın evinin önüne gelince dur."

Kısa bir süre sonra eve varmışlardı. Şoför arabayı durdurdu. Hızlıca inip arka kapıyı açtı.

"Buyurun hanımefendi."

Şifacı Zikra arabadan indi, koşar adımlarla eve yürüdü. Tokmakla kapıya vurdu, beklemeye koyuldu. Kısa bir süre sonra kapı açıldı.

"Buyurun," dedi hizmetçi kadın gülümseyerek. "Hoş geldiniz."

Şifacı Zikra da zoraki gülümseyip, "Hoş bulduk," diye karşılık verdi. "Nadire Hanım evde mi?"

"Hanımefendi şu anda evde, ama birazdan dışarı çıkacak. Lütfen içeri buyurun."

O gün sonbahar mevsimine rağmen hava ılıman ve güneşliydi. Nadire Hanım çayını almış, bahçeye çıkmıştı. O esnada bahçıvan rengârenk açan gülleri buduyor, bir sepette topluyordu.

"Bu kadar gülü ne yapacaksın?" dedi Şifacı Zikra tebessüm ederek.

Nadire Hanım başını sesin geldiğini yöne çevirdi, onu bir anda karşısında görünce büyük bir sevinçle yürümeye başladı.

Nadire Hanım altmış beş yaşında, buğday tenli, kısa boylu, uzun saçlıydı. Kollarını onun boynuna dolarken, "Aman da aman!" dedi. "Kimler gelmiş kimler! Seni hangi rüzgâr attı buraya?"

Şifacı Zikra arkadaşının yanaklarından öptü.

"Yaklaşık yarım saat önce," dedi yumuşak bir sesle, "sınırın öte tarafından birisi geldi bana. Belki kim olduğunu bilmek istersin diye düşündüm."

Nadire Hanım'ı bir merak sardı, düşünceleri bir anda savrulup uzaklara uçuşurken, "Kim?" diye sordu.

Şifacı Zikra'nın ansızın yüzü asıldı.

"Mamo!"

O an âdeta zaman durdu, etrafa bir ölüm sessizliği çöktü. Nadire Hanım duyduklarına inanamıyordu. Yüzü allak bullak olmuş, alnında boncuk boncuk ter damlaları birikmeye başlamıştı. Tıpkı yağmur damlalarına benziyordu.

Epey bir süre sonra, suda eriyen bir buz parçası gibi çözülüp kendine geldiğinde, "Emin misin?" diye sordu titrek bir sesle.

"Hem de hiç olmadığım kadar eminim. O yeşil gözleri, otuz yıl geçse de unutmam."

Nadire Hanım'ın bir an yüreği titredi.

"Ya kızım?" dedi. "Onu da gördün mü?"

"Anladığım kadarıyla onlarla birlikte gelmemiş."

Nadire Hanım neredeyse heyecandan mum gibi eriyecekti.

"Peki, onlar dediğin kim?"

"Torunun ve gelinin."

Nadire Hanım ikinci şokunu yaşıyordu. Ona ne söyleyeceğini bilemedi, duyduklarını hazmetmeye çalışır gibiydi. Şifacı Zikra o an kendini çaresiz hissetti. Bir süre hiç sesini çıkarmadı, fakat sonra dayanamayıp, "Torununun," dedi, "bacağındaki yara kangren olmak üzere. Son bir umutla bana getirmişler. Ama o yarayı ben katiyen iyileştiremem."

Nadire Hanım duyduklarına inanamıyormuş gibi Zikra'nın yüzüne baktı.

"Mamo," dedi düşünceli bir sesle. "Ölümü göze alıp buraya geldiğine göre, gerçekten de oğlunun durumu çok kötü olmalı."

"Ben," dedi Şifacı Zikra. "Yarasını gördüğüm an dehşetten ağzım açık kaldı."

"Peki, oğlanın nesi var?"

"Bilmiyorum, ama yarası çok fena görünüyor."

"Bu adam orada bir hekime götürmemiş mi?"

"Oğlan güya askerdeyken gitmiş. Sonra da hekime gittiklerini hiç sanmıyorum."

"O nedenmiş?"

Şifacı Zikra'nın boğazı düğümlendi.

"Hepsinin," dedi, "üstünü başını görmeliydin. Anlaşılan çok fakirler."

Nadire Hanım'ın yüreği bir kez daha acıyla doldu. Şifacı Zikra biraz duraksadı. Söyleyip söylememekte kararsız gibiydi. Sonra boğuk bir sesle, "Sen," dedi, "torunun için bir şey yapmayacak mısın?"

Nadire Hanım kızı Zeyno'nun tamı tamına yirmi altı yıl önce evden kaçtığı o günü dün gibi hatırlıyordu. Uzaklara dalıp giden gözlerini hüzün kaplamıştı. Yıllardan beri onun özlemini çekiyordu.

Dalıp gittiği düşünceden sıyrıldı. Şifacı Zikra'ya kararlı gözlerle baktıktan sonra, "Torunumu," dedi, "bir an önce oğlum Mazhar'ın çalıştığı hastaneye gönder. Mamo'ya da şu durumda bir şey söyleme sakın. Bir yalan uydur gitsin."

Şifacı Zikra'yı bir merak sardı.

"Ya sizinkiler? Onlara ne söyleyeceksin?"

"Mamo'nun burada olduğunu," dedi düşünceli bir şekilde başını kaşırken, "bizden başka bir tek oğlum Mazhar bilecek. Bütün bildiklerimiz şimdilik üçümüzün arasında bir sır olarak kalacak..."

***

Nadire Hanım o gün apar topar oğlunun çalıştığı hastaneye gelmişti. Odasında onu beklerken bütün bu olup bitenleri düşünüyor, hâlâ olanlara inanamıyordu.

Bir süre sonra kapı açıldı, Mazhar içeri girdi. Nadire Hanım büyük bir heyecanla oturduğu yerden kalktı, oğlu da koşup onun boynuna sarıldı.

"Hoş geldin anne," dedi yanağından öperken. "Doğrusu bugün seni beklemiyordum. Yoksa hasta mısın?"

Mazhar beş kardeşin en küçüğüydü. İngiltere'de tıp eğitimi aldıktan sonra genel cerrahi alanında uzmanlaşmış, oradaki eğitimini bitirir bitirmez de ülkesine geri dönmüştü.

Nadire Hanım biraz duraksadıktan sonra, "Çok şükür," dedi, "iyiyim oğlum. Hasta masta değilim."

Mazhar annesine dikkatle baktı. Bugün üzerinde bir tuhaflık vardı.

"Sende," dedi dudağını büzerken. "Bir gariplik var. Yoksa benden bir şey mi saklıyorsun?"

Nadire Hanım onu hiç duymamış gibi davrandı.

"Görmeyeli kızın Serra nasıl?"

Mazhar'ın şaşkınlığı büsbütün artmıştı.

"Çok iyi," dedi, "ama hâlâ az önceki soruma cevap vermedin."

Annesi oğlunu bir kez daha duymamış gibi yaptı.

"İster kız olsun ister erkek," dedi sesi titrerken. "Can candır, evlat evlattır. Bir tanesini bile kaldırıp kenara atamıyorsun..."

Mazhar'ın şaşkınlığı ve merakı iyiden iyiye artmıştı. Hemen sözünü kesti.

"Anne!.. Şimdi çıkar ağzından baklayı. Yoksa durduk yerde Serra'nın adını anıp bu konuşmayı yapmazdın, yalan mı?"

Nadire Hanım dağınık düşüncelerini hemen toparlamaya çalıştı. Bir an masadaki Kur'an-ı Kerim gözüne ilişti. Çabucak masaya yaklaşıp durduğu yerden aldı, tekrar oğlunun yanına geldi.

"Bu kutsal kitaba el bas öyleyse," dedi bir çırpıda. "Kimseye söylemeyeceğine yemin et."

Mazhar'ın bedeni kaskatı kesildi. Kısa bir süre olduğu yerde donup kaldı.

"Hadi ama!" dedi annesi ısrarcı davranarak. "Şimdi yemin et. Çok fazla zamanımız yok çünkü."

Mazhar o şaşkınlıkla kutsal kitaba el basıp, "Allah'ın huzurunda sana yemin ederim ki," dedi, "hiç kimseye bir şey söylemeyeceğim."

Nadire Hanım Kur'an-ı Kerim'i hürmetle üç defa öpüp alnına koyduktan sonra tekrar yerine bıraktı.

"Pekâlâ," dedi heyecanlı bir sesle. "Zeyno Abla'nın oğlu birazdan buraya gelecek."

Mazhar birden ablasının ismini duyunca ürkek bir kuş gibi titremeye başladı.

"Şey... Şey," dedi kekeleyerek. "Zeyno Ablam mı? Bunu da nereden çıkardın şimdi?"

Annesinin gözleri doldu, yüreği burkuldu.

"Oğlan sınırın öte tarafından gelmiş. Çok hastaymış."

Mazhar duyduklarına inanmak istemezcesine, "Bunu," dedi, "sana kim haber verdi?"

"Zikra!"

Mazhar içini çekti.

"Ablam yıllardan beri sınırın öte tarafında mı yaşıyormuş?"

"Hiç bilmiyorum oğlum. Tek bildiğim, tamı tamına yirmi altı yılı yoksulluk içinde geçirdiği..."

Nadire Hanım birden sustu, boğazı düğümlendi. Gözlerinden yanaklarına yaşlar süzülürken, "Ağlama," dedi Mazhar titreyen bir sesle. "Olan oldu, bitti gitti. Onun da kaderi böyleymiş ne yazık ki."

Nadire Hanım gözyaşlarını elinin tersiyle sildi.

"O," dedi boğuk bir sesle. "Benim tek kızımdı, mutluluğumdu. O günden sonra bir yanım hep yarım kaldı. Evlat hasretinin ne olduğunu bilir misin sen? Suya hasret çöller gibi ben de kızıma hasret kaldım. Ana yüreği bu..."

Nadire Hanım bu defa hüngür hüngür ağlamaya başladı. Mazhar ona sımsıkı sarıldı.

"Yeter," dedi, "ağlayıp üzme kendini. En azından ablamın hayatta olduğunu öğrendik. Şimdilik bu da bir şeydir."

Annesi sakinleşmeye çalışırken, "Bak oğlum!" dedi. "Mamo birazdan buraya gelecek. Ona hiçbir şey belli etme sakın. Nasıl olsa seni tanımaz. Sadece bir hekim gibi görevini yap. Onunla pek fazla muhatap olma ki huylanmasın. Sonrasında ben her şeyin icabına bakacağım."

"Peki," dedi Mazhar. "Söylediğin gibi yapacağım. Bu arada, oğlunun nesi varmış?"

"İnan bana, hiçbir şey bilmiyorum. Fakat Zikra'nın söylediğine göre, bacağındaki yara çok kötüymüş. Neredeyse kangren olmak üzereymiş..."

***

Mamo kapıyı tıklattı, Şifacı Zikra'nın gir demesini beklemeden içeriye girdi. Hemen ardında da Delal duruyordu.

"Oğlum," dedi Mamo meraklı bir sesle. "Kaldığı odada yoktur. Onu nereye götürmüşlerdir?"

Şifacı Zikra sandalyeye oturmaları için eliyle işaret yaptı. Mamo sinirli bir şekilde geçip sandalyeye oturdu, bakışlarını ona dikti. Kısa bir sessizlikten sonra, "Bakın," dedi Şifacı Zikra, "sizinle açık konuşacağım. Oğlunuzun bacağındaki yara sandığımdan da kötü durumda. Bunca zamandır birçok yarayı iyileştirdim. Ama oğlunuzun yarasından açıkçası korktum."

Mamo az önceki öfkesini içinde bastırmaya çalıştı, başını çevirip kederli gözlerle Delal'e baktı.

Delal bu sözler karşısında büyük bir endişe ve umutsuzluk hissetti. Sanki tutunmaya çalıştığı dal kırılmış, büyük bir hayal kırıklığına uğramıştı.

"O zaman," dedi Delal çatallaşan sesiyle. "Mayınlı sınırı geçip boş yere mi gelmişizdir buraya? Ya falcı bana niye öyle söylemiştir?"

Şifacı Zikra o an ikisinin de yaşadığı hayal kırıklığını görebiliyordu.

"Kızım," dedi alçak bir sesle. "Allah'tan umut kesilmez. Onun için dua edin."

Mamo oturduğu yerde huzursuz bir şekilde kıpırdandı. Anlaşılan bu cevabı beklemiyordu.

"Artık," dedi öfkeli bir sesle, "ne için dua edeceğizdir? Sen az evvel kendi ağzınla itiraf etmişsin, içimizdeki umudumuzu kırmışsın. Oğlumun yarası iyileşmeyecekmiş, yalan mı?"

Şifacı Zikra her zamanki gibi soğukkanlılığını elden bırakmadı.

"Bakın!" dedi. "İkinize de söylüyorum. Onun yarasını benim gibi insanlar katiyen iyileştiremez. Onun bir şifacıya değil, bir hekime ihtiyacı var. Beni anladınız mı şimdi?"

Mamo işittiği bu sözlerden dolayı bir baba olarak kahroldu, yüzü bir kızarıp bir soluyordu.

"İşin doğrusu," dedi Delal cılız bir sesle. "Paramız hiç olmamıştır. Onu bu sebepten bir tabibe götürememişizdir."

Şifacı Zikra onun bu açıksözlülüğü karşısında şaşırdı, kısa bir süre ona hayran hayran baktı.

"Senin," dedi, "adın nedir kızım?"

"Benim adım Delal'dir..."

Şifacı Zikra bakışlarını ondan kaçırdı, bu sefer de başını önüne eğip öylece duran Mamo'ya baktı.

"Onun da," diye konuşmasını sürdürdü Delal, "adı Mamo'dur."

Şifacı Zikra ismini duyduğunda, bir kez daha yanılmadığına sevindi. Düşüncelerini çabucak toparlayıp, "Kızım," dedi, "kocanı apar topar bir hastaneye yolladım. Orada tanıdığım çok iyi bir hekim var. Az önce Allah'tan umut kesilmez derken, tam olarak bunu kastetmiştim."

Mamo duyduklarına inanamamış, gözleri şaşkınlıkla kocaman açılmıştı. Delal de hayret dolu gözlerle kadına bakıyor, ne diyeceğini bilemiyordu. Sonra dudaklarında garip bir tebessümle, "İyi de," dedi. "Bizim o kadar paramız yoktur. Onu nasıl tedavi ettireceğizdir?"

Şifacı Zikra buruk bir şekilde gülümsedi.

"Sen hiç merak etme," dedi onu yatıştırmaya çalışarak. "İçiniz rahat olsun. Cebinizden bir kâğıt para dahi çıkmayacak. Bütün masrafları ben karşılayacağım. Ayrıca o iyileşene kadar burada misafirim olarak kalacaksınız..."

***

Aynı gün akşamüzeri bütün hekimler Mazhar'ın odasında toplanmış, Baran'ın az önce laboratuvardan gelen tahlil sonuçlarını inceleyip kendi aralarında istişare ediyor, fikir teatisinde bulunuyorlardı.

"Bence," dedi yaşlı hekimlerden biri, "bacağını derhal keselim. Bu yara katiyen iyileşmez. Çoktan kangren olmuş bile."

"Sevgili hocamın bu görüşlerine," dedi başka bir hekim, "ben de aynen katılıyorum. Şayet elimizi çabuk tutmazsak hastayı kaybedeceğiz..."

Genç bir hekim hemen araya girdi.

"Bugün hepimiz kendi gözlerimizle gördük. Bacağı morumtırak bir renge dönmüş. Ayrıca derisi kurumuş, çatlaklar oluşmuş. Bana sorarsanız en iyi yol bilinen yoldur. Bence de maceraya atılmaya hiç gerek yok."

Mazhar o sırada hâlâ büyük bir titizlikle tahlil sonuçlarını inceliyordu. Bir ara başını kaldırdı, genç meslektaşına baktı.

"Denemek fena mı olur?" diye sordu.

Genç hekim afalladı.

"Tabii tabii, fena olmaz. Ama..."

Mazhar sözünü kesti.

"Sence," dedi kendinden emin bir sesle, "bacaktaki bu yara neden olmuş olabilir?"

Genç hekim o an ay gibi tutuldu sanki. Ona nasıl bir cevap vereceğini bilememenin şaşkınlığı içerisindeydi.

"Şey..." diye kekeledi. "Bence..."

Mazhar artık onu dinlemiyor, iri mavi gözleriyle odadaki diğer meslektaşlarını süzüyordu.

"Ya sizce?" diye sordu.

Önce kısa bir sessizlik oldu odada. Sonra herkes birden fısıldaşmaya başladı. Mazhar o an yüzüne yayılan büyük bir hayal kırıklığıyla, "Sevgili meslektaşlarım," dedi. "Lütfen beni dinler misiniz?.."

Ansızın herkes dikkat kesildi.

"Teşekkür ederim," diye konuşmasını sürdürdü, "sevgili meslektaşlarım, bu tahlillerde gözden kaçırdığınız bir şey var, o da şu: Kan şekeri! Hastamız ne yazık ki diyabetik ayağa yakalanmış."

Odada ansızın bir uğultu koptu. Herkes şaşkınlıkla birbirine bakıp bir şeyler söylerken, "Diyabetik ayak mı?" dedi aralarından yaşlı bir hekim. "O nedir? Doğrusu bunu ilk defa duyuyorum."

Mazhar zarif bir şekilde gülümsedi.

"Şu anda," dedi, "bu hastalığı birçok hekim bilmiyor. İngiltere'de okuduğum yıllarda hocalarımızdan biri bu hastalık üzerinde çalışıyordu. Bana daha o zamanlar söylediğine göre, şeker hastalarının ayaklarında dolaşım yetersizliğine bağlı olarak doku beslenmesi bozuklukları oluyormuş. Bundan kaynaklanan yaralar yüzünden bacakta oluşan duruma da diyabetik ayak deniyormuş."

Yaşlı hekim duydukları karşısında şaşırmıştı.

"Anladığım kadarıyla," dedi, "kan şekeri düzensiz ve yüksek seyreden hastalarda bu problem ortaya çıkıyor, doğru mu?"

"Aynen hocam! Bence hastamız da hiç farkında olmadan şekerli besinler almış. Ne bileyim... Mesela pekmez gibi şeyler..."

***

O akşam herkes uzun masanın etrafına oturmuş, sessiz bir şekilde yemek yiyorlardı. Nadire Hanım yemeğe geç katılan Mazhar'a diğerlerinin yanında konuyu nasıl açacağını düşünüyor, merakını bastırmaya çalışıyordu. Fakat daha fazla kendini tutamayıp, "Oğlum," dedi. "Bizim Zikra'nın sana yolladığı hastanın durumu nasıl oldu?"

Mazhar bir şeyler söylemek üzere ağzını açtığı sırada, "Anne," dedi en büyük oğlu Vahap araya girerek. "Sen Zikra deyince şimdi aklıma geldi. Rahmetli babamın eski şoförü Bedir Amca yok mu?"

"Eee! Ne olmuş? Yoksa ölmüş mü adamcağız?"

"Yoo, ölmemiş. Hâlâ yaşıyor. Bugün akşama doğru apar topar kalkıp işyerime geldi. Bana bir şey söyledi, ama ona bir türlü inanasım gelmedi."

Vahap kırk sekiz yaşında, şişman, kel bir adamdı. Ayrıca son derece bağnazdı.

Oğlunun bu sözlerinden hiçbir şey anlamayan annesi meraklı gözlerle ona bakıp, "Hayrola?" dedi. "Bir şey mi olmuş?"

Vahap başını salladı.

"Bugün öğleden sonra Zikra'nın ocağına gittiğinde, adamın birini güya soysuz Mamo'ya benzetmiş."

Nadire Hanım'ın o an yüreğini bir endişe ve korku sardı. Yalandan tebessüm ederken, "Oğlum," dedi. "Onun gözleri doğru dürüst görmüyor ki, biz sözüne itibar edelim. Yirmi altı yıldan beri buralarda Mamo'yu kim görmüş ki, o görsün."

Vahap hâlâ düşünceliydi.

"O alçağın," dedi boğuk bir sesle. "Adını duyduğumda ansızın aklım gitti. Ama yine de içime bir kurt düştü."

Nadire Hanım daha da endişelendi.

"İçine ne kurdu düştü oğlum? Bu saatten sonra yaşlı adamcağızın söylediklerine mi inanacağız?"

"Öyle de olsa," dedi kararlı bir ses tonuyla. "Her ihtimale karşı işi şansa bırakmak istemiyorum. Yarın oraya adamlarımı göndereceğim, etrafa sorup sorduracağım. Bakalım bu işin altından bir Çapanoğlu çıkacak mı?"

Nadire Hanım sanki o an ayaklarının altından yer kayıyormuş gibi hissetti.

"Doğrusu," dedi içindeki hayal kırıklığı sesine yansırken. "Onun burada olacağını hiç sanmıyorum. Ama sen yine de soruştur bakalım. Madem içine kurt düştü, aklın kalmasın öyleyse..."

***

Aynı gece ilerleyen saatlerde hemen herkes evine dönmüş, sadece Mazhar bir süre daha annesinde kalmış, beş yaşındaki kızı Serra'yla şakalaşıp oyunlar oynuyordu.

Nadire Hanım bir ara oturduğu yerden kalkıp, "Oğlum," dedi. "Azıcık dışarı gelir misin?"

Mazhar o anda bir şey söylemedi. Kızının ipeksi saçlarını okşadı, annesinin ardı sıra dışarı çıktı.

"Bu akşam," dedi annesi düşünceli bir sesle. "Diğerlerinden fırsat bulup seninle konuşamadım. Sağ olsun ağabeyin de fırsat vermedi."

Mazhar endişeli gözlerle bakarken, "Anne," dedi, "ağabeyimin söylediklerinden sonra ne yapacağız?"

Nadire Hanım başını üzgünce iki yana salladı.

"Rahmetli baban gibi," dedi kızgın bir sesle. "Onun da inadı inat. İkisinin de huyu birbirine bu kadar mı benzer?"

"Boş ver şimdi. Onun huyunu biliyorsun zaten. Bunları konuşarak daha fazla canını sıkma. Şimdi ne yapacağız? Buna kafa yoralım."

"Tamam," dedi Nadire Hanım, "ama ondan önce söyle bakalım, çocuğun durumu nasıl oldu?"

Mazhar buruk bir şekilde gülümsedi.

"Korkma, yakında iyileşecek."

Annesi derin bir nefes alıp, "Ohhh!" dedi. "Allah'a bin şükürler olsun. Bacağını kesmeyeceksiniz değil mi?"

"Kesmeyeceğiz. İçin rahat olsun anne."

"Peki, oğlanın hastalığı neymiş?"

"Diyabetik ayak."

Nadire Hanım duraksadı, boş gözlerle oğluna baktı.

"Ne?"

"Diyabetik ayak."

Annesi bahsettiğinden hiçbir şey anlamamıştı. Merakla, "O nedir?" diye sordu.

"Senin anlayacağın, oğlan şeker hastasıymış. Bugün müdahale etmeseydik, belki de bir-iki haftaya kalmaz ya bacağı kesilirdi ya da ölürdü. Gerçi meslektaşlarıma kalsa, bugün bacağını kesmişlerdi ya, neyse..."

Nadire Hanım hemen sözünü kesti.

"Ağzından yel alsın oğlum! O ne biçim söz öyle? Allah korusun. Onun da, senin de canına değmesin. Peki, ne zaman iyileşip ayağa kalkacak?"

"Birkaç haftayı bulur. Ama tamamen iyileşmesi biraz zaman alacak."

"Olsun," dedi sevinçli bir sesle. "Hayırlısıyla bir ayağa kalksın da, gerisi önemli değil."

Mazhar kaygılı bir şekilde baktı.

"Ya Mamo meselesini," dedi, "nasıl çözeceğiz anne? Beni esas korkutan şey, bu konuda elimin kolumun bağlı olması. Ağabeyimin fikirlerini asla değiştiremem. Sen de biliyorsun. Hiç kimsenin lafını dinlemez. Her zaman kendi bildiğini okur."

"Biliyorum, ama gel gör ki ona ben de söz geçiremem. Neyse, merak etme. Bu meseleyi bir şekilde halledeceğim, her şeyi yoluna sokacağım. Bugün bir dayı olarak üzerine düşen görevi layıkıyla yaptın. Rabbim senden sonsuz razı olsun. Artık geç oldu. Şimdi karını ve kızını al, evine git. Allah'tan umut kesilmez oğlum. Yarın ola hayrola..."

KARŞILAŞMA

Ertesi sabah saat yedi gibi evden çıkmış, Şifacı Zikra'nın ikâmetgâhına gelmişti Nadire Hanım. O akşam oğlu Vahap'ın söyledikleri onu çok ürkütmüş, yüreğine sanki paslı bir çivi batmış, içini acıtmıştı.

Şifacı Zikra böyle erken bir saatte kırk yıllık dostunu karşısında görünce şaşırdı. Onun çökmüş çehresine bakıp, "Bu halin de neyin nesi?" diye sordu mahmur bir ses tonuyla. "Allah aşkına anlat. Ne oldu?"

Nadire Hanım derin derin içini çekti.

"Cenab-ı Hak biliyor ya," dedi, "sabaha kadar gözüme uyku girmedi."

"Peki, nedir derdin? Hâlbuki dün aldığım habere göre, torunun yakında iyileşecekmiş."

Nadire Hanım'ın solgun gözleri uzaklara dalıp gitti, odayı derin bir sessizlik kapladı. Bir süre düşündükten sonra yine iç çekerek, "Büyük oğlum Vahap," dedi. "Tam emin olmasa da, Mamo'nun burada olduğunu duymuş."

Şifacı Zikra bu sözler karşısında bir an donup kaldı. "Ama nasıl olur? Daha dün bir bugün iki. Kimden işitmiş olabilir?"

"Rahmetlinin eski şoföründen," diye cevap verdi. "Gözü kör olasıca, yememiş içmemiş yetiştirmiş haberi."

Şifacı Zikra endişeli bir şekilde arkadaşına baktı. "Umarım korktuğumuz şey başımıza gelmez..."

Nadire Hanım sözünü kesti.

"Sen de onu en az benim kadar iyi tanıyorsun. Oğlum deli doludur. Bu yüzden her an, her şey başımıza gelebilir. Elimizi çabuk tutsak hayırlı olacak."

Şifacı Zikra'nın yüzündeki şaşkınlık yavaş yavaş yerini ciddiyete bıraktı. Kolunu koltuğun kenarına dayayıp, "Pekâlâ," dedi, "senin için ne yapmamı istiyorsun?"

"Vahap," dedi düşünceli bir sesle. "Bugün senin ocağına adamlarını yollayacakmış. Şayet Mamo'yu orada görürlerse, bu iş çığırından çıkar. Hele birde Kahhar kudretiyle yakasına yapışırsa, elinden hiç kimse kurtaramaz onu. Anlıyor musun beni?"

"Anladım anlamasına da, maksadının ne olduğunu hâlâ çözebilmiş değilim. Bir düşüncen var mı peki?"

"Evet, bir fikrim var. Ama sen bu işe ne dersin bilmiyorum."

"Söyle bakalım, neymiş?"

Nadire Hanım etrafını şöyle bir kolaçan ettikten sonra, "Şey..." dedi duraksayarak. "Sana neresinden ve nasıl anlatmaya başlasam, bilemiyorum ki."

Şifacı Zikra merakla ona baktı, Nadire Hanım da geceden beri yaptığı planları ona tek tek anlattı...

***

Nadire Hanım o sabah heyecandan yerinde duramıyordu. Dakikalar birbirini kovalıyor, beklediği kişi bir türlü gelmiyordu. En sonunda kapı çaldı, hemen geçip salondaki bej rengi koltuğa oturdu.

"İçeri girin," dedi telaşlı bir sesle.

Kapı usulca açıldı, hizmetçi kadın kapının önünde belirdi.

"Hanımefendi," dedi yumuşak bir ses tonuyla. "Beklediğiniz misafir az önce geldi."

"Teşekkür ederim, içeri gönderin."

Hizmetçi kadın hafifçe tebessüm ettikten sonra kenara çekildi. Derken Mamo salona girdi. Gördükleri karşısında neye uğradığını şaşırmıştı. Kapının önünde âdeta donup kaldı. O anda Nadire Hanım ona değil, sanki bir cesede bakıyordu. O sırada gözlerinden birkaç damla yaş yanaklarından aşağıya süzüldü.

Mamo hâlâ öylece bakıyor, hiç konuşmuyordu. Epey bir süre ikisinden de çıt çıkmadı. Bir süre sonra Mamo uzayıp giden sessizlik karşısında huzursuzlanmaya başladı. Nadire Hanım ondaki bu tedirginliği fark edince, "Lütfen şöyle geçip otur," dedi. "Ayakta durma."

Mamo hâlâ şaşkındı. Büyük bir tereddüt yaşıyordu. Ama sonunda geçip karşısına oturdu.

"Doğrusu," dedi Nadire Hanım. "Onca yıldan sonra seninle tekrar karşılaşacağımı hiç ummazdım."

Mamo başını kaldırıp ona baktı.

"Burda olduğumu," dedi, "nasıl öğrenmişsin?"

Nadire Hanım buruk bir şekilde gülümsedi.

"Zikra," dedi. "Neredeyse kırk yıllık dostumdur. Sen onu tanımadın, ama o seni görür görmez tanımış. Yıllar önce bir kez karşılaşmışlığınız var..."

Mamo afalladı.

"Hâlâ anlamış değilim," diye konuşmasını sürdürdü Nadire Hanım. "Hangi cesaretle kalkıp buraya geldin?"

O sırada Mamo'nun yeşil gözlerinde yaşlar birikti, sözler boğazına takıldı.

"Bu hayatta," dedi, "sizin elinizden kaçtığım için hiçbir şeyin sahibi olamamışım. Karım ve çocuklarım tek sahip olduğum şeydir. Oğlum çok hastaydı. Sınırı geçip son bir umutla buraya gelmişim."

Mamo'nun dudaklarının arasından dökülen bu sözler Nadire Hanım'ın yüreğini paramparça etti.

"İyi de," dedi. "Kızımızdan uzak durmanı sana defalarca söylemiştik, değil mi?"

Mamo'nun yüzü gerildi, yüreği dolup taşarken, "Fakir olduğum için," dedi duygu dolu bir sesle. "Hepiniz beni hor görmüş, aşağılamıştınız. Lakin daha sonra hiçbiriniz sevdanın önüne geçememiştir..."

Nadire Hanım onun bu cevabı karşısında kendini boşlukta gibi hissetti.

"Ya sonra sizin yaptıklarınıza ne demelidir?" diye konuşmasını sürdürdü Mamo. "Kendimize ait bir yuvamız olmasına izin vermemişsiniz. Bu söylediklerim yalan mıdır?"

Nadire Hanım bu sefer üzüntü içindeydi.

"Anlaşılan," dedi, "sen bazı şeyleri çoktan unutmuşsun Mamo. İki aşiretin arasında kan davası vardı. Kızımızı sana nasıl verecektik?"

Mamo'nun yüzüne buruk bir tebessüm yayıldı.

"Az evvel sizinkileri değil, bizimkileri de demek istemişimdir. O günden sonra kan davalı aşiretler dost olmuş, sevdanın peşine düşmüşlerdir."

Nadire Hanım bir anda durgunlaştı.

"Neyse," dedi. "Bu konuyu kapatalım artık. Buradan bir yere varamayız. Şimdi gelelim bugüne, doğru mu?"

Mamo bedeninin hem öfkeyle hem de gönül üzgünlüğüne benzer bir duyguyla sarsıldığını hissetti.

"Pekâlâ, senin dediğin gibi olsun."

Nadire Hanım'ın birden yüreği titredi, kalbi küt küt atmaya başladı.

"Kızım Zeyno," dedi, "nasıldır? Beni hiç özlememiş midir?"

"Nasıl olsun?" dedi boğuk bir sesle. "Hem fakirlikle hem de üç oğlanla boğuşup durur. Allah'tan gelin kızımız geldi de, omzundaki yükü biraz hafiflemiştir. Seni özlemeye gelince, ana özlenmez mi hiç? Tabii çok özler."

Nadire Hanım'ın gözleri doldu.

"Ben de," dedi sesi titrerken. "Yıllardır onun hasretiyle yanıp tutuştum. Nasıl burnumda tütüyor."

Nadire Hanım birden sustu. Dudakları titredi, gözlerinden birkaç damla yaş yanaklarından aşağıya süzüldü. O an sanki acı ve hasretle geçen uzun yıllardan sonra ölmüş yüreğinin canlandığını hissetmiş, ayaklarının altından ırmakların aktığı bir cennetteymiş duygusuna kapılmıştı. Yüreğine vurulan kılıfın ağır ağır açılıp çözüldüğünü içinde bir yerlerde duyumsuyordu.

Ondaki bu tuhaf ruh hali karşısında Mamo ansızın ona karşı bir acıma hissetti. Bu yüzden hoş, avutucu bir şeyler söylemek istedi, ama bir türlü dili varıp da söyleyemedi.

Nadire Hanım bir süre sonra, "Çok şükür," dedi sesini yumuşatarak. "Oğlumdan duyduğuma göre torunumun sağlığı iyi olacakmış..."

Mamo şaşırdı. Hemen sözünü kesti.

"Oğlun mu?"

Nadire Hanım yüzüne dikkatle baktıktan sonra, "Şimdi," dedi, "sana bazı gerçekleri söyleyeceğim. Zikra dün bana gelip her şeyi anlatınca, oğlunu apar topar hastaneye yatırdık. Onunla ilgilenen hekim de benim en küçük oğlumdur. Yani senin anlayacağın, Hekim Mazhar, Baran'ın özbeöz dayısıdır..."

Mamo duydukları karşısında afallamıştı. Sessizce, hiçbir şey söylemeden öylece oturmaya devam etti.

"Oğlum Mazhar," diye konuşmasını sürdürdü Nadire Hanım. "Bir başkadır. Doğrusu en büyük oğluma hiç benzemez. Galiba biraz bunda Avrupa görmüşlüğün etkisi var. Ona sözüm geçer, ama en büyük oğlana asla geçmez. Dün ne yazık ki büyük oğlum Vahap'ın da kulağına kar suyunu kaçırmışlar. Seni burada gördüğünü söylemiş biri. Adamları bugün her yerde seni aramaya çıkacak."

O anda içerdeki tüm sesler sustu sanki. Mamo duyduklarına inanamıyordu.

"Bu anlattıkların," dedi dudakları titrerken, "hakkat midir?"

Nadire Hanım cevap vermedi, sadece başını sallamakla yetindi. Mamo artık hiçbir kaçışı olmadığını anlamıştı. Ceketinin cebinden tütün kesesini çıkardı, bir sigara sardı. Nadire Hanım o sırada yüzünden geçen kara bulutları görebiliyordu. Ona uzun uzun baktıktan sonra, "Şimdi beni iyi dinle Mamo," dedi boğuk bir sesle. "Halep'te daha fazla kalıp hayatınla kumar oynama istersen. Burayı hemen terk et."

Mamo'nun sanki bir anda kanı bedeninden çekildi, bütün gücü tükendi.

"Burdan nasıl ayrılacağım?" diye sordu şaşkınlıkla. "Sen de bilirsin ki, oğlanın yarası daha iyileşmemiş."

Nadire Hanım içini saran ürpertiyi bastırdı, soğukkanlı görünmeye çalıştı.

"O iyileşene kadar karısıyla burada kalacak. Sen Halep'i bir an önce terk edeceksin."

Mamo duyduklarına inanmak istemezcesine, "Bu mümkün değil," dedi, "onları burda yüzüstü bırakıp gidemem."

Nadire Hanım düşüncesinden geri adım atmadı.

"Bu sefer," dedi kararlı bir sesle, "benim sözümü dinleyeceksin. Bugünden sonra bir anne olarak üzerime düşen görevi fazlasıyla yapacağım evladıma karşı. Dün gece söz verdim kendime."

Mamo afalladı.

"Ne sözüdür bu?"

Tam o sırada salonun kapısı ardına kadar açıldı, içeri Şifacı Zikra girdi. Nadire Hanım'la göz göze geldiği sırada, "Pasavan kapısındaki memur," dedi tebessüm ederek, "halloldu. Bugün sınırı geçtiğinde hiçbir güçlükle karşılaşmayacak. Ayrıca şoförüm Yaver de kapıda hazır bekliyor. İstediğin zaman yola koyulabilirler."

Nadire Hanım sesini çıkarmadı, yavaşça ayağa kalktı. Şifacı Zikra da hiç vakit kaybetmeden dış kapıya yöneldi, bu sırada, "Hadi Mamo!" dedi Nadire Hanım dümdüz bir sesle. "Şimdi birlikte oğlanı görmeye gidelim. Onunla vedalaştıktan sonra sınıra gidersiniz. Yolda her şeyi anlatacağım sana..."

***

Yaklaşık yarım saat sonra Mamo oğlunun yattığı odanın önündeydi. İçeriye girmeden önce bir an duraksadı. Pencereden süzülen gün ışığı oğlu Baran'ın karanlık yüzünü aydınlatmış, berrak yeşili gözleri ışıl ışıl parlıyordu.

Mamo'nun birden içini büyük bir sevinç kapladı. Hemen koşup oğluna sarıldı, hüngür hüngür ağlamaya başladı.

"Baba," dedi Baran da ağlarken. "Bu sabahtan beri bacağımdaki acıyı hiç hissetmemişimdir. Tabip de artık iyileşeceğimi söylemiştir."

Mamo eliyle oğlunun gözyaşlarını silerken, "Hatırlarsan," dedi hıçkırıklarının arasından. "Sana daha önce dediğim gibi, umut güzeldir oğul. İnsanın bir dileği beslemesi güzeldir. Sen de umut et..."

Mamo bir an sustu, daha fazla konuşmasını sürdüremedi. Oğlunun başını göğsüne yaslayıp ağladığı bir sırada, odaya Nadire Hanım ve Mazhar girdi.

Mamo çabucak gözyaşlarını sildi, bütün gücünü toplayıp ayağa kalktı. O sırada hayatında ilk kez torununu gören Nadire Hanım, "Allah'a bin şükürler olsun," dedi sesi titrerken. "Sağ salim kavuştuk birbirimize."

Baran birden afalladı, odayı derin bir sessizlik kapladı. Bir süre ona şaşkın gözlerle baktıktan sonra, "Baba," dedi. "Bu kadın da kimdir?"

Mamo'nun o anda kalbi tuhaf bir şekilde atıyor, avuç içleri terliyordu. Buruk bir şekilde gülümserken, "Oğlum," dedi, "bu hanım senin nenendir. Yanındaki tabip de öz dayındır."

Baran duyduklarına inanamıyordu.

"Bu görüp işittiklerim," dedi gözlerini kocaman açarken. "Gerçek midir?"

"Şey..." dedi Nadire Hanım tereddütlü bir sesle. "Baban doğru söyler. Ben senin nenenim yavrum..."

Baran'ın dudakları heyecandan titriyor, kalbi deli gibi atıyordu. Ne söyleyeceğini bilemez bir halde onlara bakıyordu.

"Yıllardan beri," diye konuşmasını sürdürdü Nadire Hanım, "sizin hasretinizle yanıp tutuştum. Çok şükür Allah'a. Geçti o günler artık."

Baran şaşkınlığını biraz olsun üzerinden attıktan sonra bakışlarını babasının yüzüne çevirdi.

"Oğlum," dedi Mamo boğuk bir sesle. "Senin iyileşip ayağa kalkmana daha zaman vardır. Lakin önümüz de kıştır. Kar yağdı mı uzun süre yerden kalkmaz. Benim burda çok oyalanmamam lazım. Bilirsin, anacığın ve kardeşlerin köyde sahipsiz kalmıştır. Beni bugün sınırdan geçirecek bir adam bulmuşum. Birazdan eve dönmek için yola çıkarım. Sizi bundan böyle nenenize emanet ederim."

Baran'ın yüzüne keder, tarifsiz bir acı gelip oturmuştu. Doğrusu böyle bir şey beklemiyordu. Derin derin soluk aldı.

"İyi de," dedi endişeli bir sesle. "Bizi daha sonra sınırdan kim geçirecektir? Ya kar yağıp yollar kapanınca köye nasıl döneceğizdir?"

Mamo bu kez sustu. Ona daha fazla yalan söylemek istemedi. Nadire Hanım o anda yatağın başucuna geldi, eğilip torununu büyük bir özlemle öperken, "Sen o işi bana bırak oğlum," dedi.

KAVUŞMA

Mevsimlerden kış, aylardan aralıktı... Etraf karlarla kaplıydı. Dışarıda buz gibi bir hava vardı.

O akşamüzeri yine lapa lapa kar yağıyor, beyaz benekler yorulmuş gibi kendilerinden evvel gelenlerin üzerine yavaş yavaş konuyordu. Rüzgâr çoktan dinmiş, tabiatın vahşi uğultusu yerini kara trenin raylar üzerinde ilerlerken çıkardığı sese bırakmıştı...

O sırada Baran kompartımanın pencere kenarına oturmuş, lacivert mavisi gökyüzünü seyrediyordu.

"Karanlık," dedi Nadire Hanım alçak bir sesle. "Acılarımızı siliyor, aydınlık ise umutlarımızı yeşertiyor. Her gün gün geceye, gece de güne dönünce biz de yenileniyoruz. Zaman denen yakı herkesi iyileştiriyor. Yeter ki umut etmesini bilelim. Çok şükür yakında tamamen iyileşmiş olacaksın oğlum."

Baran'ın şimşek gibi çakan gözleri dalıp uzaklara gitti. Anneannesinin bu sözlerini bir an hayalinde canlandırdı. Bundan böyle yeni bir hayat başlıyordu onun için. Yüreğinde bir umut ateşi yandı. Birden yüzüne gülümseme yayıldı.

"Bilir misin nene," dedi Baran. "Hz. Âdem de biz oğullarına umut vasiyet etmiştir. Lakin bizler onu hiç anlamamışız. O da anlayalım diye, eğer gökkuşağının altından geçersek dileklerimizin kabul olacağını söylemiş."

Nadire Hanım onun bu sözlerine güldü.

"Peki," dedi, "gökkuşağının altından geçen olmuş mudur?"

"Babamın dediğine göre hiç kimse geçememiştir nene," diye cevap verdi Baran. "Hz. Âdem bize böyle söyleyerek umut etmemizi istemiştir."

Baran'daki bu değişiklik Delal'i gerçekten çok şaşırtıyordu. Ne de olsa Baran'ı tanıdı tanıyalı hiç böyle görmemişti. Onu böyle sevinçten kanatlanmış görmek çok hoşuna gitmişti doğrusu. Sanki bir anda onun berrak yeşili gözlerinde kendi gözlerini kamaştıran bir ışık görmüş, hemencecik içi aydınlanıvermişti.

"Âdem," dedi Nadire Hanım. "Bize ne kadar güzel bir vasiyet bırakmış. Çok anlamlı, tabii anlayabilene! İnsan her zaman bir umut saklayacak içinde. Umut yoksa, hayal de yoktur. Madem sağlığına kavuştun, şimdi söyle bana oğlum. Antep'e gittiğimizde ne iş yapmak istersin?"

Baran hiç beklemediği bu soru karşısında afalladı. Fakat sonra birdenbire yeşil gözleri ışıldayıverdi.

"Askerlik yaptığım sırada," dedi heyecanlı bir sesle. "Hayatımda ilk defa odun kömürü yapan insanları görmüşümdür. Ben de bu işi yapmayı çok isterim."

Nadire Hanım şaşırdı.

"Kömür mü?"

"He ya, kömür! Bilirim bu iş zahmetlidir, lakin çok para vardır."

Nadire Hanım dudağını büzdü, sonra yanında oturan Delal'i koluyla dürtüp, "Kızım," dedi, "kömür nedir? Dediği şeyi hiç gördün mü sen?"

Delal'in yüzünde muzip bir gülümseme belirdi.

"Görmüşüm. Senin anlayacağın nene, bildiğin odunun yanmışıdır."

Bu son cümle Delal'i de, Nadire Hanım'ı da güldürdü. Baran onlara şaşkın şaşkın bakarken, Nadire Hanım kendini hemencecik toparlayıp konuyu değiştirdi.

"Artık sizler tüm gerçeği biliyorsunuz. Bundan sonra hepiniz Antep'te yaşayacaksınız. Orada çok büyük şamfıstığı bahçelerim var. Oysa ben düşünmüştüm ki, bu işi yaparsın oğlum. Ama yanılmışım."

Baran ona kararlı gözlerle baktıktan sonra, "Nene," dedi, "sen hiç merak etmeyesin. Fıstık bahçelerinden elimi ayağımı katiyen çekmem. O işi de heyecanla ve zevkle yaparım. Zaten babam da yanımdadır. Her bir şeyciğe yetişirim."

Delal'i bir merak sarmıştı.

"Nene," dedi sesini iyice alçaltarak. "Antep'te fıstık bahçesi neden almışsındır?"

Nadire Hanım buruk bir şekilde gülümsedi.

"Bu fıstık bahçelerinin yarısı," dedi, "babamdan miras kalmıştır. Sahi, size söylemeyi unuttum. Benim babam Antepli, annem ise Haleplidir."

Delal ve Baran bu sözlere şaşırıp kalmıştı.

"Anam," dedi Baran, "bundan hiç bahsetmemiş bana. İlk kez senden duyarım nene."

Nadire Hanım bir an dalıp uzaklara gitti. Bal rengi gözlerinde hem hüzün hem de derin bir mana vardı...

***

Akşam olmuş, karanlık çökmüştü. Kara tren Tahtaköprü'den geçip Antakya Garı'na girdiğinde, kar da yeniden serpiştirmeye başlamıştı.

Mamo o gün Antep'ten ailesiyle birlikte yola çıkmış, onları karşılamak üzere tren istasyonuna gelmişti.

"Baba," dedi Halil çocuksu ve heyecanlı bir sesle. "Bir gün beni de trene bindirirsin?"

Mamo her zamanki gibi tatlı tatlı gülümsedi.

"Bu iş öyle tek başına olmaz," dedi şakayla karışık. "Resul ve ben de seninle birlikte o trene bineriz. Şimdicik anlaştık mı?"

Halil'in sevinçten gözleri parlarken trenin kapısı açıldı. Kara trenden epey inen oldu. Onlarsa bir parça gecikmişti.

"Acaba," dedi Zeyno endişeli bir sesle, "sana yanlış haber mi vermişlerdir? Yoksa bizimkiler bu trenle gelmemiş midir?"

Mamo da şaşkındı. Bir şeyler söylemek için ağzını açmıştı ki, "Yengem," diye sevinçle haykırdı Halil.

Tam o sırada Delal karla kaplı basamağa ayağını koydu, dikkatli bir şekilde trenden aşağı indi. Halil ona doğru heyecanla koşup sarıldığında, "Senin eve dönüşünü dört gözle beklemişim," dedi kalbi küt küt çarparken. "Bana ne zaman masal anlatacaksın?"

Delal'in birden gözleri doldu. Ona sımsıkı sarıldı, sonra titrek bir sesle, "Bu gece," dedi, "söz anlatacağım sana."

Derken ansızın merdivenin başında Baran belirdi. Annesini ve babasını görür görmez basamaklardan hızlıca aşağı indi, onlara doğru koşmaya başladı.

Zeyno'nun gördüğü manzara karşısında âdeta dili tutuldu. Uzun zamandan beri ilk kez oğlunun koştuğuna tanık oluyordu. Kollarını kocaman açıp ona doğru koşar adım ilerledi. Birbirlerine kavuştuklarında oğlunun başını göğsüne bastırdı, kollarıyla sarıp sarmaladı.

Bir süre sonra ıslak kehribar rengi gözleri az ileride duran annesine takıldı. Kolları oğlunun belinden ağır ağır çözüldü, bu defa da annesine doğru koşmaya başladı.

Anne ve kız önce kucaklaştılar, sonra hüngür hüngür ağlamaya başladılar. Uzunca bir süre tek kelime etmeden, ufak ufak serpiştiren karın altında sarmaş dolaş öylece durdular.

Mamo biraz olsun kendini toparladığında gözyaşlarını sildi, oğlunun mutluluktan parlayan gözlerine bakarken, "Baba," dedi Baran coşkulu bir sevinçle. "Yakında dede olacaksın..."

SİNEMA FİLMİ

Gaziantep, Mayıs 2010

Günler günleri, aylar ayları, yıllar yılları kovalamıştı... İkisinin de yaşı bir hayli ilerlemiş, saçlarına çoktan aklar düşmüş, omuzları iyice çökmüş, bir fırtına denizin yüzeyini nasıl buruşturursa, geçip giden zaman da yüzlerini öyle kırışıklarla doldurmuştu...

O sabah yine çok erken bir saatte uyanmış, gözlerinin önünde alabildiğine uzanıp giden uçsuz bucaksız fıstık bağına bakarken, bir zamanlar Alaaddin Paşa'nın söylediği, "Kim bilir belki bir gün buralarda geçen bir hikâyenin de filmini çekersin," sözlerini hatırladı. Birden içi burkuldu, gözleri doldu.

Gaziantep'e geleli tam üç gün olmuştu. O sabah mayıs güneşi vardı dışarıda, ama hava sanki haziran ayındaymış gibi sıcaktı. Sandalyeyi çekip oturdu. Piposunu ağzından çıkarıp yeniden yaktı. Derin bir nefes çekip dumanı dışarı bırakırken, bu coğrafyadaki hatıralarıyla bir süre baş başa kaldı...

Epey bir müddet sonra başını çevirdiğinde Delal'le göz göze geldi. Delal ona bakıp hafifçe tebessüm ederken, "Cevdet Bey," dedi. "Öyle bir dalmışsınız ki, geldiğimi bile duymadınız."

Cevdet hemen kendini toparlamaya çalıştı.

"Kusura bakmayın," dedi boğuk bir sesle. "Bu sabah anılar öyle yoğun ki..."

Delal'in de o an yüreğinde bir şeyler koptu sanki.

"Günün birinde," diye konuşmasını sürdürdü Cevdet. "Tekrar buraya gelip son filmimi çekeceğim aklımın ucundan bile geçmezdi doğrusu."

Delal acı acı gülümsedi.

"Ben de," dedi, "hayata daha yeni yeni adım atmış bir genç kızken, başıma böyle olayların geleceği aklımın ucundan geçmezdi. Öyle bir hayat yaşadım ki, bu dünyada cehennemi de gördüm, cenneti de... Öyle bir aşk yaşadım ki, sevilmeyi de gördüm, sevmeyi de... Öyle bir hayat yaşadım ki, son yolculukları çok erken tanıdım..."

Delal'in birden boğazı düğümlendi, sustu.

"O günü," dedi Cevdet, "hâlâ dün gibi hatırlarım. O genç adamın düğün gününde öldüğüne hiçbirimiz inanamıştık. Bu kaderin bir oyunu olsa gerek. Yoksa bu durumu nasıl açıklayacağız?"

Delal feri sönmüş gözleriyle ona baktı.

"Olur şey değildi," dedi yüzünü ekşiterek. "İnsanın aklı havsalası almıyor bir türlü. Neyse... Bunlar çok eskide kaldı. Bugünlerde bizi de bir araya getiren kader oldu, ne dersiniz?"

Cevdet buruk bir şekilde gülümserken, "Aslında," diye cevap verdi. "Bizi bir araya Şimal getirdi."

Delal geçip giden yıllar içinde tamı tamına üç erkek, iki kız çocuğu dünyaya getirmiş, bu çocuklarından da bir sürü torun sahibi olmuştu. Şimal da en küçük kızı Zeyno'nun çocuğuydu.

"Haklısınız," dedi Delal. "O bu işe ön ayak oldu, başıma da çok iş açtı."

Cevdet gene gülümsedi.

"Ama," dedi, "böyle güzel bir şeye de vesile oldu. İkimiz de bir gerçeği kabul edelim ki, o çok iyi bir senarist. Onun bu yeteneğini henüz üniversitedeyken keşfetmiştim."

Delal'in inanılmaz derecede gururu okşanmıştı. Cevdet gibi çok ünlü ve bol ödüllü bir yönetmenin ona böyle sahip çıkması çok hoşuna gitmişti.

"Biliyor musunuz," dedi buğulu bir sesle. "Şimdi hatırlayabildiğim kadarıyla huyuyla suyuyla tıpkı rahmetli kocama benziyor. O da kafasına koyduğu şeyi yapmaktan çekinmeyen, tuttuğunu koparan biriydi."

Cevdet meraklı gözlerle baktı.

"Siz," dedi, "İstanbul'da yaşıyorsunuz artık. Bu fıstık bağlarını niye hâlâ elinizde tutuyorsunuz?"

Delal derin düşüncelere daldı.

"Bu topraklarda," dedi titrek bir sesle. "Yüreğime saplı dikenler gibi duran anılarımla olmayı seviyorum. Sanki buradaki havayı onlarla birlikte soluyorum."

Cevdet bir an ne söyleyeceğini bilemedi. Kısa bir tereddütten sonra, "Şimdi izninizle," dedi, "size son bir sorum olacak... Keşke hayatımda o olsaydı dediğiniz oldu mu?"

Delal'in bir anda gözleri doldu, yanaklarından yaşlar süzülmeye başladı. Sözler boğazına takılmıştı sanki. Titreyen ellerini elbisesinin cebine soktu, bir zamanlar Şiyar'ın avcuna sıkıştırdığı al mendili sımsıkı tutarken, "Allah bizi birbirimize yazmış. Beni senden kim ayırabilir ki?" sözlerini bir an işitir gibi oldu, yüreği acıyla sızladı...

Cevdet onun yüzündeki değişikliği fark etmişti. Üzgün bir şekilde ona bakarken, "Peki," dedi yumuşak bir sesle. "Onu unutabildiniz mi?"

O an yine bir sessizlik oldu. Delal tam arkasını dönüp gidecekken, "En mutlu ânımda bile," dedi, "hiç aklımdan çıkmadı ki..."

TEŞEKKÜR

Bu kitabı yazmamda bana büyük katkıda bulunan başta Ergin Konuksever'e, editörüm Özgür Hanım'a, patronlarım Faruk Bey ve Vedat Bey'e, yayın yönetmenim Mustafa Bey'e, sayfa tasarımcımız Elif Hanım'a, Everest Yayınları'ndan M. Said Bey'e, Alfa Yayınları'ndan Zuhal Hanım'a, çocuklarım Kaan ve Kerem'e, eşim Ayşen'e teşekkür ediyorum.

Ayrıca bu güzel hikâyeyi benimle paylaşan Eylül'e de teşekkürü bir borç bilirim.

Yazarın diğer kitapları...